# Varianti

Benjamin Myers

# GIORNI SEMPRE PIÙ BUI

Romanzo

Traduzione di Tommaso Pincio

Bollati Boringhieri

*Prima edizione luglio 2023*



Titolo originale *These Darkening Days*


Torino, corso Vittorio Emanuele II, 86
Gruppo editoriale Mauri Spagnol
ISBN 978-88-339-3609-3

**www.bollatiboringhieri.it**

Stampato in Italia da Elcograf S.p.A., Verona

Certificato PEFC
Questo prodotto è realizzato con materia prima da foreste gestite in maniera sostenibile e da fonti controllate
PEFC
PEFC/18-32-03
www.pefc.it

| Anno | | | | Edizione | | | | | | |
|---|---|---|---|---|---|---|---|---|---|---|
| 2026 | 2025 | 2024 | 2023 | 1 | 2 | 3 | 4 | 5 | 6 | 7 |

# Giorni sempre più bui

«Cade la ghianda nel bosco,
L'inverno s'apposta nell'animo fosco,
E il fruscio della foglia appassita
È la musica della mia triste vita».

Henry David Thoreau, *Io sono il sole autunnale*

*Parte prima*

## 1.

Una sagoma, stravaccata.

Somiglia a un cumulo di rifiuti rovesciati.

Un ammasso di detriti.

Ma qualcosa cattura il suo sguardo mentre lui ci passa davanti, con la testa piena di fumo e canti, e le gambe che sperano prenda una direzione diversa. Forse è la traccia di un movimento. Un accenno di vita. Un'animazione fugace. L'architettura della notte è tutta angoli addolciti e aloni di lampioni quando lui si ferma e guarda.

Piove. Sembra stia piovendo da settimane, mesi – forse perfino da sempre, il ricordo di un verde lussureggiante delle lunghe serate estive è sbiadito da parecchio. Aspetta, ondeggiando con la levità di un anemone di mare nel riflusso della marea, e il suo centro di gravità, disturbato dall'alcol, si riconfigura insieme ai sensi davanti a quella vista inattesa. Si avvicina, penetra nella tenebra blu di quello stretto passaggio e mentre avanza a passi lenti ha l'impressione di essere arrivato soltanto in quel momento. Di essersi appena svegliato.

Vede che è una donna e che forse anche lei ha bevuto più del dovuto, perfino più di lui, fino all'oblio, nel dare la caccia alla notte. Forse si è addormentata al termine di una giornata passata a mandar giù i lucenti shottini che servono per una sterlina nel bar seminterrato dell'Attila e si sveglierà scossa da singulti colorati di un azzurro elettrico, lo stomaco roso dal bruciore del pentimento. Ma dopo essersi avvicinato di un altro po' e aver visto che una gamba è infilata in modo strano sotto il corpo e l'altra allungata in avanti, capisce che qualcosa non va.

È appoggiata al muro, la testa rovesciata sul petto. La bocca aperta. Il viso nascosto dall'ombra.

Eppure per un attimo lui pensa e spera che non sia vera, che sia soltanto un'installazione artistica o uno spaventapasseri o un residuo a grandezza naturale della parata estiva, quando fantocci fatti a mano ed effigi di animali e figure mitiche marciano per le strade, o forse il manichino di una vetrina vestito e poi gettato lì, per fare uno scherzo – magari proprio a lui. Non sarebbe la prima volta.

Si china e guarda, ascolta. Scopre che c'è ancora vita in quella donna. Flebile forse, ma evidente.

Cerca lo Zippo, dà un colpo col dito e fa luce. La scena diventa reale nello sfarfallio della fiamma e lui ne è parte integrante, vede la sua mano tremare mentre tiene l'accendino.

Ciò che in un primo momento gli era sembrata un'ombra è in effetti sangue. Sangue che va scurendosi e copre un lato intero del viso, il lato che non guarda la luce solitaria di un lampione inoltrarsi a stento in quel vicolo stretto.

Accosta lo Zippo e vede i capelli aggrovigliati, il nero viscido e scintillante nel gioco di riflessi della fiamma. La pioggia inonda il budello. Ha i piedi fradici e l'acqua si va raccogliendo attorno alla donna. Scorre su di lei, portandole via la poca vita che le è rimasta. L'odore pungente del liquido per accendini riempie l'aria mentre lui osserva la vena del collo, il battito ridotto ormai a quello di un uccellino caduto dal nido. Va scemando. Il cuore della donna è una batteria scarica.

Si alza, tornando a ondeggiare sulle gambe instabili. Il piacevole tepore del brusio che lo accompagna dalla festa si trasforma ora in qualcosa di più malevolo; qualcosa di cupo si è insinuato nella sua confusione, ha perforato la bolla e gli ha ribaltato il cervello. Il tempo si è distorto, è diventato una variabile incomprensibile; non ha idea da quanto si trovi lì, mentre nelle nebbie della sua mente è già germogliato il dubbio. Il seme ha messo radici.

Torna a chinarsi, piazzando le mani sulle cosce con la misurata lentezza dell'ubriaco cauto nei movimenti. La realtà si abbatte su di lui come una sferzata quando vede le gengive e i denti serrati in una smorfia spuntare da una fessura che da sotto l'occhio destro scende fino alla mandibola. La faccia della donna è una maschera strappata e lei respira più dalla ferita che non con il naso e la bocca.

Si avvicina ancora.

Una ciocca di capelli si è incrostata nel sangue della donna, che emette un grugnito gutturale e quasi impercettibile. Un suono adenoideo. Una serie di singhiozzi strozzati. Un respiro bloccato.

Indietreggia e osserva la strada dall'inizio alla fine, vede soltanto il velo leggero della pioggia notturna, dopodiché si impone di chinarsi ancora su di lei. Sente il sospiro di quel respiro difficoltoso spingere la carne e schiumare lungo i bordi della ferita.

È il caso di far venire qualcuno, pensa. Di chiamare un'ambulanza. La polizia magari. No, loro no. La polizia no. Un'ambulanza. Dovrebbe bastare.

Sente il profumo della donna, intenso e penetrante come i limoni che sua madre bolliva per neutralizzare l'odore delle pelli di coniglio che lui raschiava e asciugava e appendeva nell'armadio dei panni.

C'è una borsetta dietro di lei e la sua lampo è chiusa, per cui non sembra una rapina. Fa per tendere la mano, ma ci ripensa e la ritrae.

Soltanto quando si sposta lo vede. È a terra poco più in là nel vicolo, come una scheggia di luna: un coltello.

Dopo un lungo e raggelato momento di stasi e indecisione, si china in quella direzione e lo raccoglie. È soltanto un temperino con la lama pieghevole. Chi non tiene qualcosa di simile in un cassetto o nella tasca o nel vano portaoggetti? Anche lui ne aveva uno proprio come quello quando era più giovane; prima dell'incidente li collezionava. Li trovava o li comprava oppure glieli regalavano, e lui li conservava in una scatola sotto il letto. Temperini e coltelli a serramanico o a farfalla. Un coltello a scatto, un coltello svizzero, un coltello da intaglio. E anche uno spelucchio. Vivevano in campagna. Non c'era niente di strano. All'inizio li aveva usati per intagliare e affilare bastoni e poi sugli animali che catturava.

Ma dopo l'incidente, quando finalmente era tornato dall'ospedale, sua madre glieli aveva confiscati. Alle sue proteste lei aveva replicato che non erano giocattoli malgrado in precedenza non avesse mai trovato niente da ridire. Lei stessa gliene aveva regalato uno, un inutile coltello da lancio spuntato appartenuto a un nonno che lui non aveva conosciuto.

Anche la fionda Black Widow e la pistola ad aria compressa gli vennero sequestrate. Gli fu concesso di tenere soltanto la canna da pesca e il relativo equipaggiamento, peccato che la sua coordinazione fosse degenerata e non riuscisse neanche a mettere l'esca all'amo, tanto gli tremavano le mani.

Diventato abbastanza adulto da avere una casa sua e non rendere conto a nessuno ha ricostruito la sua collezione composta di qualunque cosa atta a tagliare o affettare, ferire o infilzare. Oltre al necessario per la caccia ha accumulato stelle da lancio e nunchaku, una cerbottana e ogni sorta di coltello, ne ha di vecchi e di nuovi, alcuni li ha comprati o rubati, altri glieli hanno regalati.

E ora ne ha un altro.

Fa scorrere il pollice lungo il bordo tagliente e sente che è affilato. C'è del sangue sulla lama. Il sangue della donna.

Poi si rende conto – lo ha preso in mano. Sta toccando il coltello. Che idiota. Si può essere tanto idioti e ritardati? Getta il temperino nel buio e arretra.

Ha il pollice sporco di sangue e senza pensarci lo lecca e sente in bocca un sapore metallico, di vecchie monete, e allora si strofina il pollice sui jeans. In malora te, stupido idiota, e il tuo cervello bacato. Sente quelle parole pronunciate ad alta voce, il che gli succede quando è sotto stress o troppo concentrato. Si guarda attorno impaurito ma la strada è deserta e buia e la pioggia leggera è un mulinare di scintille. Il passare del tempo torna a farsi sfocato.

Ora lui è lì. È sul coltello. Con le sue impronte e il suo DNA. È legato al coltello che è legato alla donna che è legata a una montagna di guai.

Ha in bocca il sapore del suo sangue e quel sangue sa di ruggine bagnata.

Le conseguenze. Gli mancava la capacità di valutare le conseguenze di un'azione, gli dicevano sempre, e ora eccolo sbronzo e fatto, a barcollare nel buio con gli occhi iniettati di sangue, un sacchetto pieno d'erba in tasca e una cattiva reputazione. No. Tutto ciò non aiuta.

Vorranno fargli delle domande, ti pare che non vorranno fargliele – tutti gliele faranno – e lui non saprà rispondere a niente di quel che gli chiederanno, non nel modo giusto almeno. Gli faranno chinare la testa e lo confonderanno e allora lui dirà la cosa sbagliata oppure, invece di pensarla, la dirà ad alta voce. Balbetterà e parlerà senza riflettere. Panico.

Non deve farsi coinvolgere in questa storia.

Torna a chinarsi su di lei e con molta cautela raccoglie il coltello, si dirige di corsa verso il tombino più vicino e vi lascia cadere l'arma del delitto.

Ecco.

Risolto.

Non è poi così scemo in fondo. Ora le sue impronte verranno portate via dall'acqua.

Va a dare un'altra occhiata alla donna. Accosta l'orecchio al taglio e sente di nuovo quel singulto disperato, e quando vede il sangue già prossimo a coagularsi e seccarsi sulla guancia, si volta e se ne va.

Il bianco silente e gelido del documento ancora vuoto gli illumina il volto. Quando il portatile rimpiazza la pagina con un salvaschermo scuro Roddy Mace vi scorge il proprio riflesso. Una versione condensata dei suoi lineamenti. La fronte sembra più prominente, gli occhi ridotti a due vortici neri, il naso sparito. Gli torna in mente un famoso quadro di Munch.

Sembra invecchiato. Sembra spiritato.

Accanto a lui sulla scrivania, una pila di fogli, parecchi bloc-notes, un fascio di ritagli di giornali tenuti insieme da una vecchia pinza fermacarte, tre tazze contenenti varie quantità di caffè freddo, una lattina di Coca-Cola storta e mezzo schiacciata, involucri di caramelle, briciole e, sia attorno sia dentro la tastiera, quelli che Roddy Mace identifica come residui di materia umana: riccioli di unghie mangiucchiate, capelli, pelle, polvere.

Un fazzoletto di carta appallottolato, incrostato di una sostanza che non gli preme identificare, giace accanto alla tastiera.

Tanta zavorra, gli effetti collaterali del lavoro dedicato al documento di Word che ha chiamato per scherzo Mein Kampf, anche se ora non sembra più divertente come scherzo.

È in questi momenti che il desiderio di bere è massimo. È nelle prime ore del mattino, in queste ore immobili, con il battito irregolare della pioggia sul tetto e il lieve cigolio della casa galleggiante, il dondolio e gli strattoni dell'ormeggio, che gli manca il fiorire di quel calore interno, lo sbocciare di speranze che l'alcol gli dava.

Clicca sul browser e cerca il suo video preferito, il filmato di un fuoco scoppiettante. Il suo si è estinto da parecchio e non è rimasto che un mucchio di cenere nel focolare della stufa a legna.

E così Roddy Mace osserva i ciocchi digitali crepitare tra fiamme digitali. Sente i colori muoversi sul suo viso e vede i lineamenti tornare a deformarsi nel riflesso sullo schermo, si chiede se un passante che dovesse buttare un occhio nello spazio tra le tende solo in parte tirate capirebbe che è un incendio bidimensionale quello davanti al quale lui è seduto.

Questo pensiero gli risulta intollerabile, di una tristezza quasi opprimente. Allunga una mano verso la tazza più vicina, dimenticandosi però che il caffè è ormai freddo, per cui non gli resta che sputarlo. Trova l'ultimo cubetto di un cioccolato scadente e se lo mangia, poi fa sgocciolare in bocca la Coca-Cola rimasta nella lattina schiacciata.

Nessuno dei possibili miglioramenti che gli avevano prospettato i libri e gli psicologi e la gente agli incontri degli alcolisti si è verificato.

Da quando ha smesso di bere Roddy Mace non ha conosciuto nessuna euforia, nessuna vitalità, nessuna rinascita. Non è stato investito da nessuna ondata di emozioni prima soppresse; soltanto da una sorta di letargia ansiosa. Un senso di noia profonda. Di fiacchezza.

Smettere di fumare ha comportato una disintossicazione doppia e non passa giorno – non passa ora – in cui non pensi al primo tiro di nicotina mattutina: la piacevole sensazione di gonfiore nella testa, la leggerezza delle percezioni sensoriali, il rilassamento dell'intestino. Poi la prima esalazione e, per un attimo, le tensioni di tutta una vita che svaporano insieme al fumo.

Ora si trova a desiderare soltanto zuccheri, il che ha significato un aumento di peso, una forma di insonnia e un fastidio continuo ai denti.

Questo approccio astemio rientrava nel suo tentativo di reinventarsi – una nuova carriera in una nuova città, come la canzone di Bowie. Stabilendosi altrove, veniva meno l'obbligo di essere noto come un disastro umano capace solo di bere. Ha preso il primo alloggio che gli è capitato sotto mano: questa baracca galleggiante fatta di legno deformato e sogni di un'esistenza bohémien, ormeggiata ai bordi della città, in fondo agli argini di scisto su cui era sorta, nel corso degli anni e per mano dei suoi residenti acquatici, una raffazzonata collezione di pontili improvvisati, legnaie, capanni e piccoli patii.

Se la gente di questa valle del nord costituisce una razza a parte, cosa che Roddy Mace ha presto capito, chi vive sulle barche non è da meno. La loro specie è un miscuglio di romantici, disadattati e fuggiaschi.

La casa gliel'ha mostrata il custode, un cinquantenne corpulento e scontroso incaricato di riscuotere le tasse di ormeggio e sovrintendere al buon andamento del porticciolo, in realtà un molo di modestissime dimensioni, grande appena per consentire a una barca di muoversi e usato, a secco, per riparare scafi ammaccati e rinfrescare le verniciature. Il porticciolo è monopolizzato da aggressive oche selvatiche che lasciano i loro escrementi riccioluti e catramosi sui ciottoli ricoperti di alghe e lanciano sibili minacciosi ai turisti che osano avvicinarsi più del dovuto. Le oche del porticciolo hanno perfino un loro profilo Twitter.

L'affitto della casa galleggiante è la metà di quello che Mace avrebbe pagato per l'alloggio più a buon mercato della città ma si è comunque divorato quel che gli restava della liquidazione del giornale. Il custode lo ha condotto lungo la stretta passerella tirando boccate da una sigaretta elettronica fino a uno spazio abitativo che aveva l'aria di essere stato lasciato in fretta e furia dai precedenti occupanti.

In quella deprimente penombra, Mace si è sentito ricacciato in uno degli angoli più lerci del mercato di Camden o sotto un tendone del festival di Glastonbury. C'era roba appesa ovunque e perlopiù inutile: acchiappasogni navajo, mazzi di piume legati con nastri, sagome di animali fatte di rami intrecciati – la testa di una volpe, una lepre tesa in uno scatto – portaincensi, una maschera kabuki, barattoli con dentro biglie e conchiglie e fagioli secchi, una borsa di perline, diverse pietre turche tonde e azzurre contro il malocchio, un narghilè pieno di acqua stagnante che lui non si è mai deciso a svuotare, pile di volantini di esibizioni dal vivo e associazioni varie, percussioni e strumenti a corda tra cui un liuto rotto e una m'bira, una cartolina di una donna con la frase *NON IN VENDITA* scritta sul busto e una gran quantità di sciarpe con motivi cachemire che pendevano dalle finestra o gettate sopra le lampade. Ciarpame etnico, aveva pensato Mace. Cagate hippy.

Questo è quanto, ha detto il custode. Caveat emptor.

Come si chiama?

Come si chiama cosa?

La barca. Non ha un nome?

Il custode lo ha guardato, aspirando dalla sigaretta elettronica. Poi ne ha esalato i vapori. Profumavano di ciliegia sintetica.

È importante?

No, ha detto Mace. Semplice curiosità.

Il custode si è voltato, ha sporto la testa fuori della porta per poi rientrare.

Si chiama *Lepre marzolina*.

E perché questo nome?

Il custode ha alzato le spalle.

Non lo so, e poi, dopo averci pensato un po', ha aggiunto: Sono andati a cercare se stessi in Laos. I proprietari.

Ok.

Devono essersi persi però, perché il contratto di affitto è per un anno, minimo. Le interessa o no?

Ha tirato ancora dalla sigaretta elettronica le cui esalazioni fruttate davano il voltastomaco a Roddy Mace.

Mi chiedo solo il perché di *Lepre marzolina*. È uno strano nome per un barca.

Il custode ha sospirato.

Gliel'ho detto: non lo so. Sono lesbiche però. E una di loro è scozzese. Forse c'entra qualcosa. Dovrebbe chiederlo a loro. Guardi.

Ha indicato un'iscrizione dipinta a mano sulla trave che correva lungo il soffitto. Mace ha seguito il suo dito, leggendo ad alta voce:

*Di una lepre prenderò i panni / Insieme al dolore e ai tanti affanni / E in nome del Diavolo mi presenterò / Quando a casa tornerò.*

I versi erano attribuiti a «Isobel Gowdie, 1662».

Che significa? ha chiesto Mace, ma lo sguardo del custode consigliava che era meglio smetterla con le domande, perciò era invece andato a dare uno sguardo alla cucina di bordo attrezzata con fornelli a gas e un piccolo frigorifero, tazze appese a dei ganci e scaffali che ospitavano altri barattoli con prodotti secchi. Non c'era spazio che non fosse occupato da qualcosa.

È un po' buio, ha osservato.

È buio dappertutto quassù, è stata la replica del custode. Siamo nello Yorkshire occidentale.

Mace ha buttato un occhio anche alla camera dominata da un letto che sembrava fin troppo grande per quell'ambiente.

Ha acceso e spento la luce.

Il custode ha dato una terza boccata alla sigaretta e una volta esalato quel nauseabondo simulacro dolciastro di fumo, ha tossito e controllato l'orologio.

Ascolti, c'è sempre il Mediterraneo, se è il sole che cerca. La prende o no?

Posso attingere alle provviste?

Il custode ha alzato ancora le spalle.

Io ci penserei due volte. Ma finché paga la tassa d'ormeggio per me può fare quello che vuole. Non è molto pratico di barche, vero, figliolo?

No, ha detto Mace.

Lo immaginavo.

C'è niente che devo sapere?

Veda di non affondare.

Nient'altro?

Non faccia il coglione.

La prendo, aveva detto.

Ora, nella sua casa galleggiante, Roddy Mace osserva lo schermo per qualche secondo ancora. Il cursore sembra schernirlo, per come se ne sta lì a lampeggiare, in quel nulla innevato di pixel, un vuoto profondo e assoluto come il suo blocco creativo.

Salva il documento, si mette a letto e sente la massa pesante delle coperte adagiarsi su di lui quando si gira su un fianco e inclina lo schermo del portatile in modo che i colori caldi delle fiamme digitali siano a meno di mezzo metro. Chiude gli occhi e ascolta la pioggia.

Corpi. Che si flettono e si tendono.

Corpi che si stirano e sudano.

Che si torcono.

Intorno a sé, l'ispettore James Brindle vede muscoli, ossa, legamenti e tendini sollecitati al massimo delle loro possibilità. Corpi curati e pompati, disegnati e scolpiti.

Tiene il conto delle ripetizioni. Prima gli squat e poi le flessioni. Dieci di un esercizio e dieci dell'altro. Il sudore dei palmi gli incolla le mani alla gomma calda del tappetino.

Si alza e respira e cammina in cerchio. La palestra intorno a lui risuona di grugniti e schiocchi metallici, il sottofondo che accompagna gli uomini impegnati a sollevare ferro. Vengono soltanto uomini la mattina presto.

Brindle conta otto schermi televisivi, ognuno è sintonizzato su un canale musicale e spara Eurotrance e roboanti successi pop tutto il giorno fino a sera. Ha notato che l'implacabile 4/4 di una musica ripetitiva tende a imporre un tono e un ritmo alla sala, con quel tic vocale da AutoTune che sembra affliggere ogni canzone, dando l'impressione di entrare in una dimensione iperreale commentata senza posa da un coro ciarliero di voci alterate. Le canzoni sono quasi tutte accompagnate da video pieni di carne esposta in cui agili giovani di entrambi i sessi sono colti in momenti di riflessione emotiva o abbandono selvaggio e prolungato.

Qui musica, colore ed esercizio fisico si fondono per creare un surreale simposio dedicato al sudore e al sovraccarico sensoriale.

Ogni tanto le canzoni conoscono delle pause in cui Brindle riesce a cogliere la sinfonia di gemiti e conati e colpi di tosse, insieme ai frequenti mantra motivazionali – Spingi, dacci sotto, deve far male – pronunciati a denti serrati o urlati da uno dei due allenatori che presidiano la palestra, imponendo alle nuove reclute le loro cadenze impietose con soddisfazione e sadico godimento.

Un uomo con la parte superiore del corpo sovradimensionata sfila davanti a Brindle con un'andatura a papera e una canottiera viola su cui sono stampate in caratteri bianchi le parole *SE LA BARRA NON SI PIEGA SEI TU CHE FAI PER FINTA*.

Se l'uomo moderno è in crisi, pensa Brindle, è perché ha chiesto soccorso al narcisismo e alla vanità.

Brindle risponde con un cenno del capo all'occhiata che Hulk gli lancia passando, ma quello non mostra la minima reazione, forse per rispetto a una implicita gerarchia basata sulla mole fisica. Forse perché Brindle non è un fusto.

Non è qui per farsi i muscoli. Non si gonfia di steroidi né si spruzza addosso prodotti che gli diano il colorito del tè. Non punta alla mole né alla bellezza, gli interessa piuttosto la sensazione di riprendersi il controllo della giornata, della settimana, del mese. Se gli altri cercano la definizione di glutei e addominali, lui cerca di dare forma alla sua vita in un modo più obliquo: attraverso un'attenta programmazione di ogni momento di veglia.

La cura eccessiva del corpo non è per lui; si rade soltanto la faccia, non si depila né fissa con malizia le donne finché queste non si vedono costrette a lasciare la sala, intimidite e disgustate. Non è un gorilla silverback, un maschio dominante che si mette ai rack mosso dalla rabbia e dall'insicurezza.

E tuttavia ci viene tre volte la settimana e una anche nei weekend, onorando l'altare dei pesi, perché da quando gli è stato ordinato di prendersi una pausa sabbatica a tempo indeterminato per motivi di salute – a un certo punto nella sua cartella è apparso un generico *esaurimento nervoso* – non ha niente di meglio da fare.

All'inizio avere tutto quel tempo davanti a sé gli ha causato un leggero panico. Ha dovuto inventarsi dei modi per porre un freno al frullio del cervello e la punizione fisica gli è parso uno degli sbocchi più ovvi. Soddisfa inoltre la sua propensione ai numeri, alla ripetizione, alle statistiche, al contare. E soprattutto al controllo.

E così James Brindle, ispettore a riposo, si aggrappa alla routine che questo luogo assurdo gli offre; l'ancoraggio al presente, il solo di cui dispone, lo ha reso dipendente sia dal dolore fisico sia dalla sete e dall'appetito che ne conseguono. Ci verrebbe ogni giorno, immagina, se non avesse scoperto che l'allenamento quotidiano non è produttivo. Anche la mancanza di interazione sociale è un sollievo per lui; esiste soltanto la forza bruta della carne alle prese con il metallo. Nient'altro.

Va ai rack dei pesi liberi e seleziona due kettlebell. Li lascia penzolare accanto ai fianchi e sente un piacevole schiocco quando qualcosa si allenta nelle giunture. Fa dieci scrollate di spalle, poi dieci flessioni per sollecitare i bicipiti. Movimenti da automa che lui conta uno per uno, pronuncia i numeri a bassa voce, in un soffio.

Alla Cella Frigorifera sono stati comprensivi, almeno in una certa misura. Devono esserlo. Sempre in una certa misura. Alan Tate, il sovrintendente capo, si è schierato dalla sua, si è battuto perché non perdesse il posto e si è assicurato che ricevesse l'aiuto di cui aveva bisogno. Ma comunque la chiamassero, restava una sospensione. Scartoffie da riempire, pillole da ingoiare e tanti saluti. Ci si rivede tra sei mesi per una valutazione.

Uno psicologo direbbe che le avvisaglie c'erano da anni – e i tre esperti da cui Brindle è andato glielo hanno fatto presente tutti – ma lui è già oltre. Questo lo sa già. Non sono stati i suoi tic né il rifiuto di attenersi a ordini precisi, né la sua ossessione per il calcolo e per l'igiene, né la scortesia, né la voglia di solitudine o le lunghe assenze ingiustificate dall'ufficio, ma gli errori commessi nel caso più importante della sua carriera – gli omicidi, la brughiera, la gente di quelle valli, nello Yorkshire – a portarlo a questa sospensione. Nient'altro. Prima di quel caso non aveva mai avuto problemi.

In precedenza la Cella Frigorifera aveva sempre tollerato i suoi comportamenti fuori dalle righe; ne era anzi quasi fiera, dalla sua prospettiva di dipartimento segreto, fuori dai radar e altamente specializzato, composto di menti geniali, disadattati sociali e cervelloni dalla vocazione scientifica selezionati con cura per le loro qualità.

Ma quando è esploso lo scandalo, anche Brindle è esploso. Qualcosa in lui si è spezzato. Vedere ogni suo difetto e fallimento esposti sulla pubblica piazza, insieme agli sbagli del dipartimento che lui rappresentava, ha provocato lo smottamento mentale che era sempre riuscito a evitare, malgrado in fondo sapesse da sempre che sarebbe arrivato. Il pensiero che a tenerlo sveglio la notte non fossero stati in realtà gli omicidi, le torture, gli orrori perpetrati su quei bambini – la sostanza stessa del suo lavoro – lo affliggeva soltanto in parte. Se la notte restava sveglio era perché non aveva mai odiato niente o nessuno quanto odiava se stesso.

Gli era stato offerto un congedo a tempo indeterminato, più una piccola dose di compassione. Prendere o lasciare.

Oggi, dopo due pause sabbatiche di sei mesi, continua a tornare in questo volgare tempio del rumore e della fatica inutile, dove l'agitazione umana e la musica e il semplice ripetersi dei numeri gli placano la mente e lo aiutano ad addormentarsi.

Ripetizione, ripetizione. Dieci di uno e poi dieci dell'altro.

James Brindle rimette i kettlebell al loro posto. Incrocia con lo sguardo il proprio riflesso negli specchi che ricoprono le pareti della palestra e si vede impietrito al centro di un quadro con uomini e macchine. Vede la carne opposta al metallo e i suoi capelli appiattiti dal sudore, le piccole ciocche appiccicate alla fronte, le tempie e la nuca rasate, e un torace più ampio di quanto ricordasse. La pelle privata del sole, bianca, simile al latticello. Gli occhi impassibili dietro occhiali costosi. Vede un'intensità che lo spaventa e sa bene che quello sguardo innervosisce anche gli altri.

Vede poi il segno sulla guancia; la grande macchia di pelle indurita color Beaujolais che non è mai riuscito ad accettare.

Da bambino ha cercato di toglierla strofinandola con una spugnetta, ma sua madre lo ha colto in flagrante, lo ha rimproverato e poi, alla vista delle sue lacrime, gli ha spiegato che sono i difetti a rendere uniche le persone e che un giorno non ci avrebbe più fatto caso. Quel giorno non è mai arrivato.

Si siede sul vogatore, programma dieci minuti di allenamento poi comincia a tirare la maniglia che aziona il cavo e fa girare la ruota che replica il movimento nell'acqua, le spalle si contraggono alla resistenza che si oppone ai suoi sforzi. Il sedile è caldo e scivola con scioltezza sulle guide.

Le gambe di Brindle si piegano e si raddrizzano mentre lui conta le rivoluzioni della ruota. Trattiene il respiro e voga con cicli di numeri pari – due, quattro, sei, otto – raggiunto il dieci caccia fuori l'aria. Ripete questo esercizio più volte. I numeri pari fanno al caso suo. I numeri pari sono quadrati e ordinati e i loro schemi combaciano alla perfezione; non sono numeri recalcitranti. I numeri pari sono parte dell'enigma personalizzato che per anni ha cercato di risolvere.

Sente lo sforzo nelle cosce, nello stomaco, nelle spalle. Gli scricchiolii e gli strappi delle ripetizioni. Brindle ha voglia di fermarsi. Brindle ha voglia di riposare. Ma fermarsi e riposare vorrebbero dire interrompere lo schema dei numeri. Uno sconvolgimento di quel tipo condurrebbe al caos e il caos alla disintegrazione.

Il sudore cola sulla fronte di Brindle. La canottiera gli si appiccica alla schiena. La musica rimbomba.

Dopo aver completato un secondo giro Brindle va alle docce. Sono uno spazio comune ma oggi lo ha tutto per sé. Posiziona il miscelatore sull'acqua fredda e si mette sotto il getto gelido. Gli manca il fiato per lo choc e ha la sensazione che lo scheletro voglia abbandonare il suo corpo seduta stante e malgrado stia ansimando si impone di contare fino a trenta prima di girare il miscelatore verso la temperatura massima. Il getto lo ustiona, ma ancora una volta conta fino a trenta, finché il dolore è tale da fargli accogliere con entusiasmo il ritorno del freddo. Ripete lo schema e passa poi a un getto tiepido per insaponarsi e sciacquarsi. Infine altri trenta secondi di freddo per rassodare la carne. La pelle acquista un colorito rosa. Tutto si ritrae.

Asciugamano, talco, deodorante.

Cera modellante, pettine.

Niente rasatura oggi.

Spiega camicia e pantaloni, entrambi stirati la sera prima.

Indossa anche una cravatta – solo perché al momento non è a pieno servizio non vuol dire che sia pronto ad abbracciare la sciatteria dell'abbigliamento informale. Come in ogni altro ambito della sua vita, la coerenza sartoriale è imprescindibile.

Si porta la spremuta da casa. Carota, mela e zenzero un giorno; mirtilli, basilico, lime e peperoncino di Cayenna quello dopo, e, malgrado la spremuta sia ormai calda quando si avvia all'auto e la beve mandando giù anche una pillola, è più economica e salutare delle bevande energetiche di marca che vendono nella reception della palestra. Deve inoltre stare attento a quanto spende adesso.

Schiaccia il portachiavi e un bip si leva dall'auto. Apre la portiera e sale nell'abitacolo. Il parabrezza è un po' appannato; l'autunno si è scavato un pertugio nell'aria e lo si coglie anche nelle grandi foglie color cremisi disseminate nel parcheggio che a Brindle ricordano impronte di mani insanguinate.

Si osserva nello specchietto retrovisore.

Fa un respiro profondo e mette le mani sul volante per bloccarne il tremito. Ci appoggia anche la fronte.

Un tetro sbuffo di nebbia mulina sull'alzaia e si allontana verso la sponda opposta. È un nastro solitario sospeso nell'aria, spesso soltanto una trentina di centimetri.

È un altro segno del calo autunnale delle temperature; un indicatore della stagione del pianto.

Roddy Mace immagina quanto si possa odiare questo canale e le sue acque marroni e stagnanti, le sue chiuse misteriose e i vortici in cui si addensano i coaguli di una schiuma color panna simile alla sostanza che stilla dal collo dei cavalli quando sono accaldati.

Ma vivere sull'acqua è ancora un'esperienza nuova per lui. Dà a quel senso di novità altri sei mesi, trascorsi i quali si aspetta di piombare in un più profondo livello di disperazione e scoramento. Da questa prospettiva l'idea della primavera gli sembra una fantasia eccentrica, un'impossibilità. Una terra straniera.

Fende la nebbia con gli stinchi e quando si volta vede che è scomparsa dietro di lui.

L'astinenza dall'alcol non ha migliorato di molto la sua puntualità. Malgrado la città sia a pochi minuti di cammino, arriva in redazione tardi, buon ultimo. Il direttore, Malcolm Askew, non è al suo posto e non lo vede sempre entrare e fiondarsi alla sua scrivania, lasciando una scia di impronte fangose sulla vecchia moquette.

Roddy Mace si versa il caffè e lo sorseggia mentre il computer si avvia, poi controlla le email. La solita valanga di spam e comunicati stampa di eventi che non gli interessano o hanno luogo al di fuori della zona di competenza coperta dal giornale – che comprende la città e le colline circostanti ovvero un'area con un raggio di poco superiore ai dieci chilometri – o riguardano cose o persone di cui non scriverà mai. Concerti a Londra. Ritiri yoga nelle Highlands scozzesi. Performance artistiche nelle gallerie di Manchester. Una conferenza stampa di due ore per il lancio di un nuovo smartphone. Cori di cani. Un corso di costruzione di muretti a secco per disabili.

Gli inviti non sono personali, è solo che fa questo lavoro da troppo tempo ed è finito in troppe mailing list. Ogni giorno un nuovo diluvio digitale da cancellare.

Mentre procede a questa operazione dà una scorsa ai titoli del sito web della BBC. Prima gli esteri, poi il nazionale. Poi il regionale. Il West Riding.

Le ultime notizie propongono la solita litania di orrori e banalità. Un tassista arrestato per tre accuse di molestie sessuali. Un uomo della zona rapito in Siria. Uno studente ubriaco vestito da Harry Potter salvato dall'annegamento nel molo. Mucche scappate che hanno creato il caos a Haworth. Prodotti a base di carne di cavallo trovati in uno stabilimento alimentare della zona, di nuovo. Un festival del sidro cancellato.

Beve altro caffè mentre dà un'occhiata al timone del prossimo numero. Restano ancora dieci pagine da riempire prima di andare in stampa. Con cosa, lui non ne ha idea.

Ne verranno a capo, come sempre, ma il pensiero di doversi inventare dieci pagine di articoli dal niente in meno di due giorni lavorativi, e senza tante speranze di nuove inserzioni pubblicitarie, non è una prospettiva eccitante.

Ma qui è più facile. È il vantaggio che questo posto ha su Londra. Bisogna ammetterlo. La vita scorre a un passo più lento. Tutto costa meno ed è più semplice. C'è meno competizione. Londra era spietata.

Tutte quelle notti passate sotto i tubi al neon della redazione, a smaltire la sbornia per prepararsi alla successiva. L'ansia lancinante causata da una pressione infinita. Il fegato ridotto a uno straccio strizzato. Le sortite furtive in bagno per raschiare gli ultimi residui di polvere bianca dagli involucri di carta, caldi e sgualciti dopo essere rimasti per cinque o sei ore infilati nel portafoglio in cui li ha infilati mentre era ancora in chissà quale lercia topaia. Un perfetto cliché, come migliaia di altri giovani prima di lui.

Non ha nostalgia di quel periodo. Neanche un po'.

Niente a che vedere neppure con le Dales, pensa, dove il suo ultimo impiego lo ha spremuto in modo molto diverso, quando è venuto a trovarsi solo e smarrito in quella grande vastità, catapultato in un caso di cronaca nera per cui non era affatto pronto, ma che gli ha portato comunque un contratto per un libro che è ben lontano dall'onorare e la cui ombra incombe in ogni suo pensiero da sveglio e anche in buona parte dei suoi sonni inquieti.

Forse potrebbero aumentare la dimensione dei caratteri questa settimana, pensa. Chi se ne accorgerebbe? La metà dei loro lettori ha comunque la cataratta. Compra il giornale soltanto per l'oroscopo e i necrologi. L'altra metà lo usa per la lettiera del gatto.

Sta ancora sorridendo per la brillante idea che ha avuto, quando Malcolm fa il suo ingresso.

Giorno, dice Roddy Mace, guardando l'orologio con finta disapprovazione.

Hai saputo?

Askew va alla sua scrivania.

Malgrado abbia l'aspetto di un tipico esemplare della valle – la faccia segnata dai rigori del clima, il colorito simile a quello di un pasticcio di maiale e la corporatura tarchiata di un campagnolo – Malcolm Askew denota comunque una certa grazia e una leggerezza nell'andatura che non smette di affascinare Mace. Si muove come un ballerino da sala conservando dentro di sé l'uomo molto più magro, giovane e attraente che di sicuro era in passato.

Saputo cosa? dice Mace.

La notizia.

Ho saputo della carne di cavallo e di Harry Potter.

Mi riferivo a Jo Jenks.

Manda giù un altro sorso di caffè.

Chi è Jo Jenks?

Josephine Jenks. Vive su a Greenfields. Non la conosci?

No.

Allora sei il solo uomo che non la conosca. D'altronde, non sei...

Askew si zittisce di colpo.

Non sono cosa? chiede Mace.

Sei ancora nuovo della valle in fin dei conti. Per alcune persone del posto, e non solo del posto, Jo Jenks è una leggenda.

È famosa?

In un certo senso. Ha fatto parlare di sé, diciamo. O forse in tanti la ricordano con affetto.

Perché?

Ora ci arrivo.

Malcolm Askew lavora al «Valley Echo» da quasi quattro decenni. Ha cominciato come semplice cronista quando la stampa locale ancora contava. In precedenza, quando era studente, consegnava il giornale alle fattorie e nei borghi in cima alla valle, un particolare che gli piace ricordare alla sua squadra con grande frequenza.

Per Mace è pressoché inconcepibile che una persona possa lavorare per lo stesso datore una vita intera e ogni volta che ripensa alle cose che ha fatto in passato, ai diversi posti in cui ha vissuto e ai paesi in cui è stato, e confronta la sua esperienza con quella di Askew, che ha scelto di venire nello stesso ufficio giorno dopo giorno, anno dopo anno, gli genera un senso di panico. Panico dovuto forse alla paura di finire anche lui ingabbiato in questa valle umida in cui si è rifugiato poco più di un anno fa.

È tuttavia una eventualità improbabile. Il «Valley Echo», come ogni giornale locale, è in sofferenza. Moribondo, per dirla come va detta. Fin dal giorno del colloquio per l'assunzione (numero di candidati: uno) ha capito che la pubblicazione era stata ridotta all'essenziale e che la sua età dell'oro era conclusa da un pezzo. Può darsi sia stato proprio questo ad avere indotto Roddy Mace ad accettare un lavoro che ancora una volta non lo avrebbe impegnato a lungo termine. L'ambizione non lo ho mai consumato granché.

Mal Askew ama quel posto comunque sia. Ama il lavoro, la città, la gente e le sue stranezze. Ama le strade ripide, perennemente bagnate dalla pioggia dei monti Pennini, rese scivolose dal muschio e fiancheggiate da un groviglio di quelle tozze case di pietra sparse anche sulle colline più lontane, come se un bambino avesse rovesciato la sua scatola dei giocattoli fino ai margini della brughiera.

L'hanno trovata alle prime ore del mattino, dice Askew. Accoltellata.

Accoltellata?

Il direttore di Mace annuisce.

Dove?

In faccia. Gliel'hanno squarciata.

Dove in città, volevo dire.

Askew indica dietro di sé con il pollice.

Vicino a Crowhill Lane. Nel vicolo che porta al parcheggio.

Merda. È a due minuti da qui. Come sta?

Non lo so, dice Askew. Ho appena ricevuto un messaggio da un amico che lavora al pronto soccorso. Gli faccio uno squillo. Merita una o due pagine perlomeno. Forse anche di più. Controlla se c'è niente online.

Mentre Askew è al telefono Mace fa una ricerca su internet. Prova con vari termini ma non trova niente. Buon segno. La voce non si è sparsa. Una volta tanto potranno scrivere di qualcosa di più consistente delle solite torte salate del Women's Institute o delle discussioni sull'amianto della fabbrica abbandonata.

Quando cerca *Josephine Jenks*, però, gli appare una schermata piena di link a siti per adulti. Canali porno gratis. Roba amatoriale. Mace clicca su Immagini e la prima foto che salta fuori è quella di una donna in mutande a quattro zampe su un letto. Ci è andata pesante con il rossetto e sorride all'obbiettivo. A giudicare dai mobili, dalla biancheria e dalle mèches, la foto è vecchiotta.

Primi anni Novanta. Roddy Mace nota il seno grosso e sodo. L'aspetto è quello tipico della «moglie del lettore» dei tempi andati, quando gli uomini mandavano ancora foto della loro dolce metà svestita a certe riviste. Il sorriso è aperto, caldo. Autentico.

La salva. L'archivia in una nuova cartella.

La seconda foto è stata scattata in un bar o in un discopub dall'aria pacchiana e mostra Josephine Jenks che beve un cocktail con un corpetto in cui la donna deve essersi strizzata con un certo sforzo. In questa foto sembra avere qualche anno in più. I capelli sono di un colore diverso e acconciati in altro modo. Il trucco è stato accentuato per nascondere le rughe incipienti attorno agli occhi, che comunque scintillano come giaietto lucidato. Sorride anche qui. Raggiante.

Hai individuato l'illustre JJ dunque, dice Askew, comparendo alle sue spalle.

Mace si gira sulla sedia.

Che le è successo?

Le è successo che può dirsi fortunata a essere ancora viva, per cominciare. Quarantotto punti e una trasfusione di sangue, per adesso. La faccia sembra un pallone da calcio mangiucchiato da un bull terrier. Tre millimetri in là e avrebbe perso un occhio.

Mace commenta con un fischio sommesso.

A quanto pare chiunque sia stato voleva aprirgli una seconda bocca, continua Askew. Torna sotto i ferri questo pomeriggio.

Ce la farà?

Dicono che vivrà, sì.

Come è andata?

Nessuno lo sa ancora. La polizia è stata in ospedale ma lei non aveva idea neanche di che giorno fosse. Tutto quello che possono dire è che qualcuno l'ha assalita mentre lei camminava per la città. L'ha intagliata come fosse una zucca per Halloween.

Nessuna violenza di tipo sessuale?

Askew alza le spalle.

Forse. Non lo so.

Guarda la foto sullo schermo e scuote la testa. Si tira su i pantaloni prendendoli per la cintura, un gesto automatico ormai diventato un tic per dire che bisogna mettersi al lavoro.

Mi richiamano tra un'ora, dice. Nel frattempo voglio che tu ci dia dentro.

Ci sono testimoni?

Nessuno. Per adesso almeno.

L'arma?

Askew scuote la testa. Roddy, non lo so.

Crowhill Lane hai detto.

Il vicolo laterale di Crowhill, sì.

Dovremmo farci un salto, anche solo per dare una rapida occhiata.

Dovresti. Io ho delle chiamate da fare.

Ti viene mente qualche nome, un possibile sospettato?

Malcolm Askew alza le spalle.

Potrebbe essere chiunque. Qualcuno che la conosce, così dicono le statistiche.

E sai altro di lei?

Parecchio.

Roddy Mace osserva il suo capo ma vedendo che quello resta in silenzio, insiste con le domande.

Ok. Qualche possibile movente?

Ah, dice Askew. Be'.

Come ti aspetti che io mi metta a scrivere 'sto pezzo se non mi dici niente?

Entrambi danno un'occhiata allo schermo. Alle foto.

Askew si ritira su i pantaloni.

Da dove comincio?

Quando aveva undici anni, mentre andava a raccogliere uova di uccelli, Tony Garner è caduto per una ventina di metri lungo il fianco di una cava cinta dagli alberi a tre chilometri dalla città. Lo trovò un fell-runner che era riuscito a scendere dal fianco opposto di quello sfregio nella brughiera. Tony si lamentava, dicendo parole incoerenti senza mollare un sacchetto con dentro tuorli di uovo e frammenti di gusci azzurro pallido, tortora e beige, l'esito appiccicoso di una frittata accidentale.

Intervenne il soccorso montano che lo portò via da lì con una barella; un medico disse che poteva essere rimasto privo di coscienza per molte ore prima del ritrovamento e in quel lasso di tempo il rifornimento di ossigeno al cervello era stato limitato.

Tony perse i capelli dal giorno alla notte e rimase in ospedale per sei settimane. Sia la memoria a breve termine che l'equilibrio avevano subito danni permanenti. Non poteva più giocare a calcio o andare in bici. Non poteva più fare un mucchio di cose.

Dopo essersi rimesso abbastanza da riprendere gli studi era tornato a scuola ma reintegrarsi si rivelò un'impresa superiore alle sue possibilità. Era rimasto indietro e dovette essere indirizzato a un istituto per alunni con difficoltà di apprendimento. Si trovava a una quarantina di chilometri, nel Lancashire, raggiungibile soltanto con un taxi che veniva a prendere Tony tutte le mattine.

Nei fine settimana tornava al campo di calcio e allo skate park per vedere i suoi vecchi amici che però non lo trattavano più come prima. Aveva preso il vizio di lasciare le frasi a metà e restarsene lì a bocca aperta, con la mascella penzoloni e la cerea cupola del suo cranio su cui crescevano soltanto irregolari ed esili ciuffi di capelli.

Per quanto si sforzasse, non riusciva più a seguire le conversazioni. Rideva nei momenti sbagliati; se un tempo scambiava battute con gli amici, adesso la barzelletta era lui. Diceva le cose sbagliate, faceva dichiarazioni fuori luogo e ogni tanto si dimenticava dove fosse e questo lo mandava in confusione rendendo il suo comportamento ancora più strano.

Con l'arrivo della pubertà il corpo di Tony Garner si trasformò in un campo di battaglia e le sue bizzarrie aumentarono, soprattutto in pubblico. Venivano naturalmente incoraggiate con entusiasmo dai coetanei e da quei ragazzi più grandi che lo corrompevano con la promessa di spinelli, cioccolata o sorsate di birra se avesse portato a compimento un certa missione.

Una domenica pomeriggio di primavera, con la linfa dei boschi che impregnava l'aria e la falange delle rondini che tornava sorvolando il parco e lanciando grida, un nutrito gruppo di adolescenti aveva fatto fuori diverse lattine e se ne stava sdraiato sull'erba, quando Tony, allora quindicenne, si era alzato per abbassarsi i pantaloni e defecare davanti agli altri sul prato.

In un primo momento pensarono facesse per scherzo, perché bastava una risata per dargli il la, ma quando lo videro espellere una salsiccia grassa e marrone che andò ad attorcigliarsi nel sole pomeridiano, i ragazzi urlarono e ulularono e le ragazze scapparono inorridite tra strilli e risa, lasciando dietro di sé una scia di lattine rovesciate e sacchetti di plastica.

I genitori dei bambini che giocavano in un parco vicino chiamarono la polizia. Ne scaturì una scenata. Il gesto venne filmato e in breve caricato su YouTube, e la leggenda di Tony Garner fu così immortalata in eterno. Poco tempo dopo uno dei ragazzi più grandi della banda lo spinse a rubare un cigno dal canale. Tony fu quasi sul punto di riuscirci, si avventò di sorpresa sul volatile che però era una femmina con la nidiata non lontana da lì ed era perciò decisa a combattere. Si voltò e sollevandosi sulla zampe spiegò le ali e caricò Tony, per la gioia dei ragazzi che ridevano come pazzi e rimettevano mano ai telefoni mentre lui scappava urlando, il che non impedì però a mamma cigno di beccarlo con forza, lacerandogli con i denti aguzzi come spilli mani e avambracci fino a farli sanguinare.

Ma proprio nel momento in cui altri avrebbero posto fine alla missione, Tony smise di fuggire e si voltò. Riuscì ad afferrare il cigno per il collo con entrambi le mani e lo sbatté sui blocchi di cemento accanto all'alzaia. Sbalordito, il cigno si afflosciò con un'ala bloccata in una strana posizione perdendo le piume e adagiandosi sulle acque brune e oleose del canale, molliccio come un mucchio di stracci. I ragazzi non ridevano più. Nessun filmato venne caricato su YouTube. Tony Garner non era più soltanto un buffone, si era guadagnato la qualifica di autentico psicopatico.

Una donna che viveva su una casa galleggiante vide quel che aveva fatto e si mise a gridare. Ancora una volta venne chiamata la polizia. La banda si era dileguata ma la donna riuscì comunque a identificarlo perché Tony Garner aveva cominciato a portare cappelli per nascondere la calvizie. Questa abitudine dei cappelli gli aveva causato una dermatite e quando qualcuno gli strappava dalla testa il suo nuovo copricapo – uno scherzo che andava per la maggiore tra chi beveva in strada – lui, senza pensarci, si grattava le piaghe della pelata biancastra. Nel corso degli anni portargli via il cappello era diventato un passatempo locale, un rito di passaggio per molti.

Per questo la donna si ricordava di lui. Lo aveva riconosciuto. Sapeva chi era per via della sua fama.

È stato il ragazzino matto col cappello, disse. È stato Tony Garner.

Tutto ciò risale ad anni fa e malgrado l'adolescenza sia un ricordo sbiadito il suo status in città è diventato comunque qualcosa di inamovibile. Molti dei suoi coetanei hanno lasciato la valle, alcuni per l'università o per girare il mondo, altri per cominciare una carriera a Londra o avviare un'attività. Ma Tony è stato tradito dal tempo; è per sempre legato al ragazzino col cappello che fa i bisogni in pubblico e ammazza i cigni e caccia di frodo sulla brughiera, e che sembra sempre ubriaco anche quando non lo è, e la cui casa rappresenta un appoggio per i giovani sbandati della valle e anche per i relitti più avanti con l'età.

Tony, il cui appartamento è oggetto di denunce per inquinamento acustico e che fa commissioni per qualche pensionato e costituisce una inesauribile fonte di divertimento per la nuova generazione di bevitori e dimentica sempre di prendere le sue medicine e ama i cani, vuole soltanto essere lasciato in pace.

Ma la sua nomea glielo nega e perciò Tony è ormai parte del paesaggio e dei suoi racconti, un prigioniero della sfortuna e delle circostanze, una componente dell'architettura collettiva, come l'orologio della torre o il vecchio ponte dei cavalli da soma o le pozzanghere putride che ristagnano tra i ciottoli di Market Street.

Ormai è Tony Pelata o Tony Cappello o Tony Barcolla o Tony Cigno o Tony Fatto o Tony Tremarella, a seconda dei punti di vista, ed è comunque troppo lento per stare al passo di un mondo che accelera troppo per lui. Per coloro che ricordano quella giornata al parco sarà sempre Tony Brown Trout e quando ritornano nella valle e si riuniscono, che sia per Natale o per un matrimonio, la domanda sorge spontanea e inevitabile: Qualcuno ha visto Tony Brown Trout? E a quel punto, tra le persone unite dal ricordo, scattano sghignazzi e rievocazioni.

Riprende conoscenza in un mondo di luce bianca e si chiede se stia accogliendo la morte come nei film o se sia stata invece la morte a venirle incontro a metà strada, per prenderla per mano e condurla in un luogo tranquillo e silenzioso. Ma non è un film e la cruda illuminazione ospedaliera le si stampa per qualche istante sulle retine, mentre il cattivo odore delle corsie, un miscuglio di medicine e malattie, ha su di lei l'effetto di una sniffata di sali.

Josephine Jenks sbatte una palpebra e per un attimo sperimenta un'immobilità fugace, un tuffo in un nulla confuso – un lasciar andare tutto – ma poi un dolore intenso divampa su un lato del viso e la fitta è così forte che artiglia con le mani le lenzuola e le stringe serrando le dita, mentre il ricordo ovattato della notte precedente sbuca di colpo da dietro il bianco delle lampade e l'assale.

I punti le tirano la pelle. Ha la bocca secca. Ha sete. Non ha mai avuto una sete simile in vita sua e sente un sapore sgradevole. Un sapore amaro, come un misto di sangue e vomito e bile. Ha le labbra secche e screpolate. Si volta e vede una brocca di plastica con dell'acqua sul comodino con le ruote, e malgrado la brocca sia vecchia e graffiata e dia all'acqua un'apparenza stagnante, ammuffita e stantia, la desidera con disperazione.

È troppo lontana.

Ha un occhio coperto da un cuscinetto di compressione tenuto fermo da una benda incerottata.

Entra un'infermiera, una donna sorridente che le aggiusta un tubo attaccato al braccio. L'infermiera le dice qualcosa e nonostante Josephine creda di riconoscervi l'accento della valle, quelle parole le risultano prive di significato per cui le risponde sbattendo la palpebra e cercando di chiedere un po' d'acqua. L'infermiera le dice qualcos'altro e le tocca il braccio. Josephine ha sonno e sente la mente annebbiarsi e l'occhio scoperto che sfarfalla prima di chiudersi. Quando lo riapre il volto di un uomo ha preso il posto dell'infermiera.

Ciao Josephine. Come ti senti?

L'uomo è soltanto una sagoma stagliata contro la forte luce della stanza. Non ha lineamenti.

Josephine spalanca l'occhio.

Non aver paura, sei in ospedale e al sicuro. Sono della polizia del West Yorkshire. Devo solo farti qualche domanda su quel che è successo la notte scorsa.

Lei sbatte la palpebra. Non dice una parola.

Ricordi niente?

Prova a parlare ma il dolore è troppo forte. Ha le terminazioni nervose intorpidite e la faccia le sembra compressa, fredda. Come intrappolata sotto del ghiaccio. Congelata. Bloccata dov'è. Tutto è fragile come cristallo e un movimento anche piccolissimo potrebbe mandare in frantumi l'intero universo.

Scuote la testa. È un movimento minimo, a stento percettibile, ma fa comunque male. Ha ancora del sangue incrostato nei capelli e nel muovere la testa Josephine se ne rende conto, sente tirare i grumi rappresi, i ciuffi irrigiditi.

Niente?

Lei annuisce e fa un'altra smorfia.

Lo conoscevi?

Josephine fissa l'uomo.

Vogliamo prenderlo. Chiunque sia stato... dobbiamo prenderlo.

Lei chiude l'occhio esposto.

Josephine, dice la sagoma senza volto ritagliata nel bagliore bianco magnesio della luce ospedaliera.

Lei tiene l'occhio chiuso.

Josephine, dice la figura senza volto mentre lei si abbandona ai colori sempre più scuri che vorticano dietro le sue palpebre, con le strisce bianche della luce che ancora lampeggiano come segnali d'allarme. Come presagi.

I rulli si chiudono su entrambi i lati mentre lui avanza con l'auto. Getti d'acqua schizzano sui finestrini e il parabrezza e poi cominciano a ruotare. Sferzano il vetro con i loro umidi tentacoli, dimenandosi in una tempesta di schiuma finché James Brindle non ha la sensazione di trovarsi dentro un tamburo.

Brindle preme un pulsante sul volante per alzare il volume del suo audiolibro.

Si è messo a leggere molti libri sul Terzo Reich di recente. Le lunghe ore di tempo libero lo hanno incidentalmente portato a esplorare quel periodo, a scavare in profondità nel tanto materiale disponibile, un pozzo quasi senza fondo. Solo negli ultimi giorni si è soffermato ad analizzare cosa lo attragga, giungendo alla conclusione che sia senz'altro il tentativo di comprendere le macchinazioni messe in atto dall'uomo per esaltare la sua estrema propensione alla crudeltà e al male.

Il male è un concetto di cui ha sempre diffidato, tanto che ora si rimprovera di essere ricorso a un termine così riduttivo. Il male va bene per i tabloid, la parola che certa stampa scandalistica ha usato per parlare del tossico che ha torturato la sua ragazza con un ferro da stiro, pinze e una levigatrice a nastro prima di evirarsi con un trapano. Il male è la giovane coppia – lui un giardiniere paesaggista, lei una supplente – che ha rapito e sepolto vivo uno scolaretto siriano arrivato in Inghilterra soltanto sei mesi prima. Il male è l'aristocratico che ha ucciso e smembrato tre giovani uomini conosciuti su Grindr. Il male è l'immolatore seriale che ha dato alle fiamme animali e fabbriche.

Sono casi su cui Brindle ha lavorato per conto della Cella Frigorifera, eppure gli autori di questi crimini pagavano quasi tutti le tasse e compravano fiori per la loro mamma il giorno della festa della mamma. Se mai ha imparato qualcosa è che il male, sempre che esista, è una scala mobile.

Ma mentre l'acqua saponata schizza sul parabrezza, si chiede se gli orrori che ha visto e sentito non abbiano ammantato il suo senso della moralità e se in effetti non siano state queste esperienze a portarlo alla solitudine di questo giorno feriale, ad ascoltare la traduzione dei discorsi di Hitler in un autolavaggio ai margini di una città del nord con cui non ha alcun legame.

I rivoli di schiuma gocciolano, si mescolano e disegnano volute mentre un altro rullo, anche questo orizzontale, si abbassa per ruotare sul cofano, il parabrezza e il tetto dell'auto. Brindle alza ancora un po' il volume e cerca di contare le rotazioni, che sono però troppo veloci e gli fanno male agli occhi.

I getti ad alta pressione mitragliano i parafanghi, le portiere e i finestrini. Fiotti di schiuma bagnano il parabrezza e quando dell'altra acqua comincia a portar via il sapone Brindle è ancora immerso in questi pensieri.

Ai quattro angoli dell'auto, i rulli di spugna ruotano, le strisce di camoscio bagnato schiaffeggiano la carrozzeria e quel rumore gli provoca una mancanza di respiro a lui famigliare. L'ansia attecchisce dentro di lui.

Nuovi getti di acqua si avventano sull'auto, i rulli adesso ruotano all'impazzata e il battito cardiaco di Brindle si adegua al ritmo. L'auto sembra rimpicciolirsi e la voce che legge l'audiolibro dà l'impressione di subirne gli effetti, rallenta e si distorce. James Brindle ha un bisogno impellente di aria fresca. Di uscire dall'auto. Di correre in una strada sconosciuta. Di essere altrove. Ovunque fuorché qui.

Una vena gli pulsa nel collo e per un breve momento si chiede se non stia per avere un attacco di cuore, se non debba morire qui dentro, chiuso in questa scatola di vetro e metallo insaponata, con l'eco della folla di Norimberga nelle orecchie, un suono simile a quello di un'onda lontana che si infrange su una sabbia di scisto, mentre altri getti di acqua irrorano il parabrezza esibendo un'efficienza igienica orchestrata alla perfezione, occultando il mondo esterno in una tormenta di bolle mulinanti.

Brindle stringe con le dita la maniglia della portiera.

Manca poco a mezzogiorno quando il primo accenno di sole si apre un varco nelle tende e sveglia il cane che salta sul letto e tocca con la zampa Tony Garner accoccolato sotto il piumone sporco. Non visto, il cane lascia cadere la gocciolina di urina che ha trattenuto con disperazione crescente mentre il padrone dormiva.

Garner si gira, solleva il cane tirandolo nel letto accanto a sé, ma l'animale è agitato e pieno di energia, per cui Tony si alza e lo lascia uscire nel minuscolo balcone affinché alzi la zampa per rilasciare un lungo e abbondante getto nauseabondo che corre lento fino al bordo dove assume le sembianze di un'irregolare corda dorata cadendo sul balcone sottostante.

Il piccolo rettangolo di cemento è anche disseminato di escrementi di cane secchi. Inarcando il dorso, Earl ne aggiunge uno nuovo mentre dà un'annusata all'aria.

Tony Garner riceve un'indennità di alloggio e usa la pensione di invalidità per comprare soltanto lo stretto necessario. Patatine al forno e cibo per cani perlopiù, che vanno a integrare la selvaggina che cattura: conigli, lepri, colombacci, galli cedroni e perfino scoiattoli dopo che ha visto un documentario sulla dieta di Elvis Presley. Elvis mangiava scoiattoli, anche se Tony ha scoperto che occorrono almeno due o tre di queste bestiole rimpinzate di noccioline perché la cosa abbia un senso. Gli spara con il fucile ad aria compressa e poi manda il cane a prenderli e se ancora danno segni di vita, li scuote fino a spezzargli il collo o la spina dorsale.

In passato ha provato a vendere erba ma si è ritrovato a combattere con bilancini, dosi e calcoli, patendo il costante sospetto che amici ed estranei si approfittassero della sua incompetenza. Per non parlare del fatto che tendeva a fumarsi gran parte della merce.

Gli piace dire per scherzo che la sua testa non è fatta per i numeri, ma solo per i cappelli. Ne ha un'infinità: berretti di lana, berretti da baseball, flosci cappelli da pescatore, lobbie di pelle e berretti da aviatore con i paraorecchie foderati di pelliccia.

Il suo preferito è un vecchio e malconcio berretto alla Sherlock Holmes in cui infila le piume che trova mentre va a cacciare di frodo in boschi privati o batte le brughiere sorvegliate da quei bastardi dei guardacaccia che non ci penserebbero un attimo a spaccargli la testa con un bastone se lo prendessero. Finora non ne hanno avuto l'occasione, ma Tony sa per certo che uno di quegli infami cattura corvi e merli a cui cava gli occhi con un ferro da calza incandescente per poi rinchiuderli in grosse gabbie perché facciano da esche per rapaci come i nibbi reali, i falchi pellegrini e le poiane.

Catturare qualche coniglio o sparare a uno scoiattolo è un conto, ma questa è un'altra cosa. È puro sadismo.

Un sacco di gente gli regala cappelli adesso. Una volta Tony è stato fermato dalla polizia in centro città, era sotto acido e gridava ai turisti e lo faceva indossando soltanto un copricapo da giullare troppo grande per lui e un paio di pantofole in tono, con dei campanelli, e niente pantaloni. Un filmato di quell'esibizione è finito su YouTube. Earl, un terrier di origini ignote, è l'ultimo dei tanti cani che ha avuto, una bestia pelle e ossa che ha addestrato a cacciare topi e conigli. A volte un contadino gli dà venti sterline perché Earl ripulisca dai topi il pollaio, un silo di grano o una stalla.

I vetri sono ancora appannati, segno che la lunga stagione degli incendi, della febbre, del buio e della morte è iniziata.

In cucina Tony Garner svuota quel che resta di una busta di biscotti nella ciotola del cane per poi aggiungervi i resti rinsecchiti del pasticcio del giorno prima – una miscela di salsa rappresa, brandelli di carne non meglio identificabile e frammenti di pasta. Accende il bollitore dopodiché si siede per rollarsi una canna.

L'appartamento è freddo per cui alza il termostato.

È soltanto dopo essersi acceso la canna e avere preparato una tazza di caffè solubile che gli torna alla mente quanto accaduto la sera prima.

Anche adesso si chiede se non sia stata soltanto un'altra notte di incubi indotti dai farmaci o dall'ultimo raccolto della cannabis che coltiva in fienili appartati sulla cima delle colline. La memoria lo tradisce spesso e la notte da poco trascorsa è disseminata di buchi neri. Di vuoti mentali e punti interrogativi.

Poco a poco ricorda di essere rincasato a piedi dalla costruzione sul pendio. Ricorda la donna nel vicolo. Il sangue. Quel respiro debole. Sa che dei suoi ricordi non si deve mai fidare ma i dettagli che riemergono nell'aria fresca e pulita del mattino sono troppo precisi per non essere reali.

Ricorda il suo profumo, pungente come l'odore del limone, e il gorgoglio schiumoso che fuoriusciva da quello squarcio orribile.

Contrae il petto intrappolando il fumo nei polmoni. Un'ondata improvvisa di calore gli si abbatte sulla testa, seguita da uno svuotamento, una sparizione dei sensi. In questa sorta di liquefazione interiore viene colto da un pensiero: E se fossi stato io? Se fossi stato io a ridurla in quel modo?

Travolto dalla nausea, si toglie la canna dalla bocca e la mette in equilibrio sul bordo di un posacenere di un birrificio che ha rubato in un pub, mentre la caffeina entra in collisione con la nicotina e comincia a scorrergli nel corpo.

Si guarda le mani come se vi fosse contenuta la risposta, ma vede soltanto lo sporco sotto le unghie – una è annerita per via di un piccolo incidente con un martello – e le cicatrici dei punti risalenti allo scorso inverno, quando per poco non si è mozzato un dito mentre tagliava una torta. E poi il tremito quasi permanente che lo affligge.

Non è possibile, pensa. Non può essere. Ha commesso un mucchio di stupidaggini – ci sono ritagli di giornale che lo dimostrano – ma non farebbe mai una cosa simile.

Si precipita in camera per controllare le tasche della giacca. Trova il suo coltellino svizzero, quello che porta sempre con sé, e ne apre ogni lama, ogni utensile, uno alla volta: la sega, il cavatappi, le forbicine ormai spuntate.

Gli elementi mobili sono sporchi e imbrattati di terra, e le varie lame presentano abrasioni e scheggiature, ma non ci sono segni di macchie recenti. Esamina anche le pinzette e lo stuzzicadenti, girando entrambi alla luce del mattino che intercetta il vortice di polvere alzatosi dal divano quando lui si è stravaccato sui cuscini.

Poi un graduale senso di sollievo lo pervade al ricordo del coltello nella sua mano e del bagliore del lampione riflesso in una lama all'apparenza troppo piccola per infliggere quella ferita. Un coltello che non ha mai visto, mai avuto.

Poi un ricordo che aggiunge sollievo al sollievo, il momento in cui ha gettato il coltello nel tombino.

Prende la canna ma quando prova a tirare si rende conto che si è spenta, per cui allunga una mano verso l'accendino e nel tremolio della fiamma torna a vedere la faccia della donna.

Il fumo gli sale alla testa e le domande gli piovono addosso come una frana.

# 2.

Mace si mette il cappotto e lascia l'ufficio.

Una nebbia densa irrompe da sopra le colline e scende nella valle. In questi ultimi giorni Mace ha sentito il freddo autunnale penetrare in profondità e giusto ieri ha notato che gli alberi del bosco dietro la stazione hanno cambiato colore, la cima rugginosa delle chiome annuncia che la stagione del decadimento ha preso possesso del luogo.

Quei pendii silvani rappresentano una sorta di demarcazione tra la città e i chilometri di brughiera in cui vi è poco a parte una vasta landa fatta di fossati e pantani, cave e paludi. Soltanto gli alberi molto vecchi, i più alti, si intravedono nel silenzioso turbinio di nubi a chiazze, il denso nastro di nebbia che Mace ha scorto prima sul canale era un'anticipazione dell'umidità che inghirlanda ogni cosa con le sue goccioline.

Mentre Mace attraversa la piazza del mercato la nebbia si trasforma di colpo in pioviggine, come se qualcuno avesse premuto un interruttore.

Non si è ancora abituato al tempo capriccioso di queste parti, all'ostinazione con cui sembra sfidare ogni previsione meteo della regione per infliggere alla città un microclima imprevedibile. Nelle ultime settimane, nelle rare occasioni in cui ha lasciato la valle, si è quasi allarmato nel constatare che a una quindicina di chilometri il tempo fosse sereno e soleggiato, mentre sulla città infuriava il diluvio, il livello del fiume si alzava nel giro di poche ore e il cielo rimbombava di oscuri presagi.

Non fa che imparare nuove parole per designare la pioggia e le sue svariate manifestazioni. Acquerugiola. Gnagnarella. Sciacquetta. Sbrusina. Sbrufaldina. Secchiata. Ci sono piogge che sputano. Che scaricano. Che pisciano. Che sgrullano. Che picchiano. Che frustano.

Che pisciano come dannate. Pure.

Come gli ha spiegato Malcolm Askew in più di un'occasione senza nascondere un certo orgoglio, gli eschimesi e i loro tanti modi di dire neve sono niente al confronto di un valligiano e del suo lessico in fatto di pioggia. Da queste parti la pioggia esige un suo vocabolario perché ogni giorno porta una precipitazione diversa.

Dopo aver preso tre svolte - a sinistra, a destra, a sinistra - Roddy Mace arriva in fondo a Crowhill Lane. Cammina fino al vicolo.

È inaccessibile, il nastro teso dalla polizia ondeggia nella leggera brezza. Lo tocca, sente al tatto la sua cedevole elasticità innescando una piccola cascata di goccioline.

Spinge lo sguardo in fondo al vicolo, c'è del sangue in terra. Non molto all'interno, sarà a un metro circa dalla strada. Ce n'è anche all'ingresso, macchie non ancora lavate dalla pioggia.

Josephine Jenks dev'essere strisciata nel vicolo dopo aver subito l'aggressione.

Mace si volta e osserva la strada in entrambe le direzioni. Le attività commerciali sono aperte come al solito: la panetteria, il negozio per escursionisti, quello costosissimo di articoli da regalo. Nella direzione opposta il giornalaio è aperto dalle sei. Lo stesso vale per il minimarket poco più avanti.

Attraversa la strada per osservare da lontano l'ingresso del vicolo. Guarda ancora a destra e sinistra, scandagliando il manto stradale disseminato di pozzanghere in cui si riflette il cielo, la pioggerellina che si deposita sul suo cappotto di lana stendendovi un velo lucente.

Mace si volta sulla sua sinistra e vede quello che sta cercando.

Va al tombino più vicino al punto in cui è stata trovata Jo Jenks e si accovaccia per abbassare lo sguardo nel buio stagnante. È sempre bene cominciare dai posti più ovvi. Glielo ha insegnato l'ultimo caso su cui ha lavorato. Guarda sotto al tuo naso prima e poi estendi il campo delle possibilità.

Prende il telefono e punta la torcia in modo da illuminare l'acqua torbida. Vede sacchetti di patatine, una o due lattine. Carta spappolata. Si rialza e si avvia nella direzione opposta per ripetere l'operazione con il tombino successivo, poi torna nel vicolo.

Si china per passare sotto il nastro bianco e azzurro. Gira attorno al sangue, entra in quello spazio angusto che è poco più di una scorciatoia per il parcheggio. Non è neanche il tipo di anfratto tra una casa e l'altra in cui i ragazzini si radunano per fumare i loro spinelli o svuotare qualche bottiglia. È troppo stretto e anonimo per simili attività; troppo umido. Sarebbe una lotta passarci con una bicicletta.

Forse la vittima è stata aggredita a una delle due estremità. Oppure è stata inseguita e colpita, dopodiché è strisciata in questo squarcio tra due vecchi edifici di pietra per cercare riparo come un animale ferito.

Deve conoscere la sua storia. È questo che gli serve. Starsene lì, in quella nebbia fitta, non porterà da nessuna parte, per cui Mace si avvia a tornare in ufficio, fermandosi alla panetteria per comprare quattro tortini di cagliata.

Ne sta ancora masticando uno quando arriva in ufficio e si prepara un altro caffè. Allunga una tazza e un tortino a Malcolm Askew.

Allora, dice Mace. Josephine Jenks.

Sì, replica il suo direttore. È la nostra Linda Lovelace.

La nostra chi?

Linda Lovelace.

Mace scuote la testa.

Andiamo, figliolo. *Gola profonda*. Il film, il più grande incasso degli anni Settanta.

Mai sentito.

Ora è Askew a scuotere la testa.

I giovani d'oggi. Zero cultura. *Gola profonda*. Era un film per adulti. Un porno. Linda Lovelace era la protagonista.

Josephine è una pornostar?

Askew soppesa la domanda di Mace per un istante.

Non esattamente.

Cosa allora?

Non limita il suo talento soltanto allo schermo. È, o almeno era, una professionista... come dire.

Intendi dire che era una prostituta, Mal?

No. Prostituta sarebbe ingiusto. Diciamo che era conosciuta per la sua ospitalità. I servizi alla persona. Riceveva, intratteneva. Offriva prestazioni diversificate.

Per soldi?

Be', sì.

Una prostituta allora, conclude Mace.

No. Penso che Josephine sfruttasse quel che aveva.

O che venisse sfruttata, più probabilmente. Usata.

Be', sì, ammette il direttore. Forse. A volte la gente pagava per spassarsela con lei. E quando dico gente - sì - intendo uomini. Che fossero davanti a un obbiettivo o no. Sempre e soltanto a livello amatoriale, però. Devono esserci un sacco di suoi film che prendono polvere nelle soffitte e nei garage, e molte delle sue feste sono diventate leggendarie. Ha i suoi fan, la nostra Jo Jenks. Ci sono molti siti web dedicati a lei. Così almeno ho sentito.

Così hai sentito, dice Mace.

Esatto, dice Askew accigliato mentre divora il resto del tortino per poi bere un sorso di caffè.

Io ho avuto il piacere di vederne alcuni, dice Mace.

È una persona a posto, Jo, continua il suo capo. Non è per niente una donnaccia. A suo modo attraente e molto tenera.

La pornostar dei Pennini.

Star? Non direi. No.

Ha fatto dei film però.

Ha fatto di tutto, Roddy.

Così hai sentito.

Sì. Così ho sentito.

Quanti anni ha?

Una quarantina. Forse va per i cinquanta. Pensandoci, forse ne ha proprio cinquanta in effetti. Si dice abbia esplorato l'intera gamma dell'intrattenimento per adulti e ora è una semipensionata.

E in cosa consisterebbe con esattezza? L'intera gamma, intendo.

Askew alza le spalle.

Molte cose. Riviste di annunci personali negli anni Ottanta. Poi i DVD. Le feste di cui ti parlavo e appuntamenti intimi in età più avanzata. Credo che abbia smesso da un po' di anni, però. Da quando i figli hanno cominciato a crescere.

Si direbbe che tu sappia parecchio sul suo lavoro.

Mi sforzo di sapere parecchio sul conto di tutti, Roddy. Immagino tu l'abbia notato. Scommetto che non te lo insegnano in quell'università di giornalismo giù a Londra, vero? Dimentica il codice html, i social network e le altre cagate dei nuovi media. Contatti e informazioni rappresentano ancora la migliore risorsa per uno scribacchino. Oltre alla fiducia della sua comunità.

Roddy Mace non ha mai avuto il coraggio di rivelare al suo direttore che non si è laureato in giornalismo bensì in letteratura inglese, e che non ha studiato neanche a Londra, ma in un ex politecnico a una sessantina di chilometri, nel profondo di una delle province meno metropolitane e più squallide poste ai margini dell'hinterland abitato dai pendolari. Tutto un altro mondo rispetto alla capitale.

Immagino dunque che Josephine Janks conosca un discreto numero di uomini tristi, soli e pietosi, dice Mace.

Chi siamo noi per giudicare? replica Askew.

Io non giudico nessuno. È solo che a infliggere violenza alle donne sono di solito gli uomini che le conoscono. Un partner, un marito, un ex. È quasi sempre così. E in questo caso, diventa una faccenda di numeri.

Di che parli?

Di probabilità, dice Mace. Ci saranno – quante? – quattromila persone che vivono in questa città e nei suoi dintorni.

Dipende se nel conto mettiamo anche chi vive in una tenda o in un Ford Transit. Comunque sia, direi che un terzo sono bambini, pensionati o invalidi. Per cui...

Mace fa un rapido calcolo mentale: 1333 possiamo depennarli all'istante, dice. E la metà dei restanti due terzi sono donne, per cui le probabilità indicano che l'assassino è uno dei 1333 uomini di questa valle.

Non è proprio un assassino, Roddy.

Vero. E non è neanche detto che sia proprio un uomo.

È un'ipotesi plausibile, dice Mal Askew. Ma resta un'ipotesi. Ed è precisamente questo che distingue noi giornalisti dai poliziotti e dagli avvocati. Diffidiamo delle ipotesi. Ho ricevuto troppe lettere di avvocati per battere ancora quella strada.

Per me resta una questione di genere. È stato un uomo.

Probabile. Ma è sconcertante quanto tu ne sia sicuro, visto che hai messo in piedi questa teoria in meno di cinque minuti.

Non sono sicuro. Non sono sicuro di niente. Ma scommetto dieci sterline che è stato un uomo a squarciarla. Le statistiche sui crimini violenti degli ultimi due decenni fanno pensare a un uomo bianco tra i venti e cinquant'anni. Questi sono numeri. Fatti.

Può anche darsi che ci sia del vero, concede Askew. Io so solo che certe mattine riesco a stento ad alzarmi dal letto. Mi ci vogliono due caffè per tenermi in piedi, e anche se volessi non avrei mai la forza di squarciare una povera disgraziata.

Quanto ti manca ancora?

Per la pensione? Centottantadue giorni e sette ore circa perché mi venga offerto il tradizionale orologio da viaggio e io salpi alla luce del tramonto. Come va il tuo libro?

Mace torna alla sua scrivania e finge di cercare qualcosa nel primo cassetto.

Bene, dice. Alla grande.

Non l'hai neanche iniziato, vero?

Sono stato impegnato a scrivere incisivi resoconti su pecore scomparse e falle nelle condutture idriche, nel caso non lo avessi notato.

Askew ride.

Quando andrai pensione forse avrò un po' di tempo per respirare, continua Mace. Forse allora assumeranno qualcuno più attento ai processi creativi della grande letteratura.

Mal Askew si guarda attorno, osserva la squallida redazione con i suoi antiquati cubicoli da lavoro, i ritagli sbiaditi appuntati alla bacheca, il barattolo mezzo vuoto di caffè solubile poggiato sul vassoio di plastica cosparso di macchie marroni e impronte di tazze, la cadente piramide di bustine da tè usate anch'essa sul vassoio, l'erratica stampante e la fotocopiatrice con il vetro crepato perché qualcuno ci si è seduto sopra tre feste di Natale fa, il calendario del 2004 con gli ovili dello Yorkshire, calendario che nessuno ha pensato di staccare, la foto in bianco e nero 18×24 di lui con le braccia sulle spalle di due conduttori di *Countryfile*, le pareti il cui bianco fa pensare alla panna acida e la trama lisa della moquette sopravvissuta a parecchi allagamenti.

Come farò senza tutto questo? si domanda.

Tony Garner disegna una faccina sorridente sul vetro appannato della Cafetière. Aggiunge uno spinello alla bocca, poi scruta la strada attraverso le linee che ha tracciato con la punta del dito. Ha cominciato a piovere.

Ehi, tu, ho pulito i vetri solo ieri, dice Maggie Delaney mentre gli passa accanto con un vassoio di piatti sporchi. E non dondolarti sullo sgabello, Tony, finirai per romperlo.

Miseria boia, borbotta. Sei peggio di mia madre, sei.

Maggie gli sorride. Anni fa si è rotta un dente cadendo a notte fonda e col tempo è diventato grigio, per poi devitalizzarsi, finché un giorno non è venuto da solo fuori dalla bocca, cadendo in una di quelle tortine di frutta candita chiamate Fat Rascal, e lei non si è mai preoccupata di farsi un impianto.

Sotto la faccina Tony disegna un pene stilizzato che eiacula.

Ehi, fa lei, e toglie di mezzo l'opera con una passata di straccio, tirando da dietro il berretto di Garner prima di andarsene.

La merce non si tocca, dice lui, farfugliando un po'.

Finisce il suo panino all'uovo, pulisce il piatto con la crosta del pane infilandosela in bocca e si rolla una sigaretta.

L'aria fresca respirata mentre scendeva in città dalla collina lo ha aiutato a superare i postumi della sbornia e la lattina di Coca-Cola gli ha placato l'acidità di stomaco, ma la seconda canna che si è fatto per strada e poi il caffè e il cibo ricco di grassi lo hanno svegliato, anche se l'ansia si è scavata un anfratto dentro di lui. Pensa ancora al vicolo e alla serie di eventi che lo hanno condotto dalla scoperta della donna al letto su cui è crollato una volta a casa, ma appena cerca di fare mente locale, frammenti di pensieri e l'immutabilità della sua vita si mescolano in una massa caotica, come spesso gli capita.

Non gli resta che una cosa da fare: deve tornare in quel vicolo.

Tony Garner chiude la lampo del parka e si aggiusta il berretto alla Sherlock Holmes, poi esce dalla Cafetière. Maggie gli grida un ciao, lui sventola una mano senza voltarsi e se ne va.

Si ferma per accendersi la sigaretta e siccome piove più forte di quanto pensasse, abbassa i paraorecchie, poi slega Earl, che è rimasto in paziente attesa del padrone, la testa china e le enormi orecchie da pipistrello rizzate come antenne. Garner scarta una salsiccia, la spezza in due e la dà in pasto al cane. Earl la manda giù con voracità, poi si lecca i baffi e lo guarda speranzoso.

Tony Garner taglia per la piazza del mercato, attraversa il selciato fino alla macelleria di Colin Intake. La città è tranquilla. La stagione turistica è alle spalle e le strade non sono più intasate da perdigiorno, escursionisti e gruppi di uomini di mezza età con indumenti di lycra, pigramente appoggiati alle loro biciclette.

Preferisce questo periodo dell'anno. Anche Earl lo preferisce. Earl detesta farsi strada nella foresta di gambe bruciate dal sole durante i mesi estivi. Le grida dei bambini stizzosi.

La pioggia concede una tregua quando Tony si ferma davanti alla vetrina della macelleria per ammirare la fantasia con cui Colin Intake espone la carne. Colin è sempre attento alla presentazione e oggi il centro della vetrina è occupato da un maiale spaccato in due, sventrato per bene e disteso in una posa quasi giocosa. Attorno si snodano due file di polli spennati, incartati e pronti per la cottura, ci sono poi varie costolette, braciole e bistecche appena tagliate, formano una spirale che si apre verso l'esterno con una serie di composizioni a forma di mezzaluna. Non manca la carne di agnello, tagli di manzo e di maiale, vassoi con diversi tipi di bistecche – fesa, controfiletto, da friggere o da cuocere a fuoco lento. In alto, stinchi di maiale e salsicce pendono come ghirlande di bandierine. Conigli scuoiati e fagiani spennati sono disposti in primo piano, davanti a un sanguinaccio, a un vassoio di fegato di vitello tagliato a fette e a un altro di rognoni a bagno in sangue acquoso.

Miseriaccia che meraviglia, pensa Tony mentre fa un tiro dalla sigaretta. Un'opera d'arte.

Colin Intake lo saluta da dietro il bancone, indossa il suo grembiule macchiato e il cappello bianco da macellaio messo di sbieco. Ne ha uno anche Tony; glielo ha dato Colin come parte di un pagamento.

Sta servendo una cliente per cui Tony aspetta che la donna esca prima di legare Earl ed entrare.

Ehilà, Tony, dice il macellaio.

Ciao Colin. Hai niente per il nostro Earl?

Il macellaio afferra un coltello e comincia a strisciarlo su un affilatoio di metallo, prima da un lato e poi dall'altro. I suoi movimenti sono rapidi e sicuri, si ferma un attimo per esaminare la lama e poi riparte.

Dipende. Tu hai niente per me?

Per ora niente.

Più tardi allora?

Credo di poterti portare qualcosa domani. Qualche coniglio forse.

E come sta il piccolo Earl?

Sta bene, Colin. È là fuori.

Non ha perso l'istinto omicida, spero.

No.

Il macellaio sparisce nel retrobottega e torna con un mezzo maiale tagliato per lungo sulla spalla. Lo fa cadere di peso sul banco cromato e immacolato.

Colin Intake è di una magrezza inverosimile per uno che ha accesso a tagli di prima scelta, eppure il suo grembiule insanguinato nasconde un corpo asciutto e muscoloso, scolpito da anni passati a mettersi in spalla quarti di manzo e fare a pezzi grasso e ossa.

Non ti sei fatto un giro stamattina?

No, Colin, niente conigli oggi. Devo farmi prestare un bastardo che si lavori le tane con Earl.

Intake prende una mannaia e la affila veloce.

E una bella lepre? C'è ancora qualche anziano a cui piace prepararle alla vecchia maniera da queste parti, con un goccio di porto e bacche di ginepro.

Non sono rimaste lepri da queste parti, lo sai, dice Tony. O hanno avuto il buon senso di andarsene o sono finite tutte in pentola. O si nascondo bene, se ancora sono in giro. Sono stato un po' male, comunque sia.

Un'altra indigestione di patatine, Tony?

Non risponde. Si volta verso la vetrina, ammirando l'esposizione dall'interno.

Be', cerca di portarmi qualcosa di più grosso dell'ultima volta, se riesci, dice Colin Intake. I piccoli non posso venderli. La gente vuole più carne in cambio dei loro soldi oggigiorno, sono tempi duri e comunque ai clienti i coniglietti teneri e pelosi ricordano troppo gli animali che hanno in casa. Vogliono roba sventrata a dovere, ben tagliata, ben sgrassata e ne vogliono tanta. Purché non somigli a un animale, sono contenti. Maledetti ipocriti.

Volta le spalle, aggiusta la posizione del maiale e con un preciso colpo di mannaia separa la mezza testa dal resto della carcassa.

Sul serio, Tony. Non star dietro ai coniglietti. Non ci faccio niente, finisce che li do ai cani e sono già abbastanza grassi così. Lascia che i piccoli crescano e la prossima primavera ce ne saranno il doppio nella valle.

E i fagiani? chiede Garner. Ti servono fagiani?

Intake si appoggia al bancone e abbassa la voce.

Lo sai che non dico mai no davanti a un fagiano bello grosso, Tony. Ma è la provenienza che mi preoccupa.

Te l'ho già detto, cadono dal cielo. Non devo far altro che allungare la mano.

Il macellaio scuote la testa.

Solo i ricchi hanno i fagiani.

Garner solleva il berretto per grattarsi la testa. Lo rimette al suo posto senza dire una parola.

Né tu né io siamo in cerca di guai, giusto? Che mi dici dei guardacaccia?

Sono troppo lenti per Tony, replica Garner.

Ti conciano per le feste se ti beccano.

Non mi beccano.

Colin Intake lo fissa per un attimo.

Non portarmi guai in casa, Tony. Se ti beccano dirai che quegli uccelli sono per te e la tua pentola, per te solo, intesi?

Tony Garner sbadiglia e annuisce.

Abbiamo visto abbastanza polizia in giro stamattina, dice Intake, mentre torna al banco di lavoro per preparare un cosciotto di agnello.

Che vuoi dire?

Jo Jenks. Non l'hai saputo?

Garner deglutisce. Si sforza di mantenere un'espressione neutra. Non deve permettere che il suo viso lo tradisca. Ma lo tradisce sempre.

Saputo cosa?

È successo qui a due passi, dietro l'angolo.

Garner si concentra sul suo stomaco. È come se là dentro ci fosse un pugno chiuso e ogni volta che il macellaio apre bocca le sue dita si agitano e lo pungolano dall'interno. I postumi della sbornia lo assalgono di nuovo.

Di che parli?

Tony sente l'occhio sinistro contrarsi.

Qualcuno l'ha squarciata, dice Colin Intake. Le hanno aperto la faccia. Qui dietro, nel vicolo che porta al parcheggio.

Uno spasmo attanaglia lo stomaco di Tony Garner.

Si toglie il berretto per tenere le mani occupate. Si passa il palmo sulla testa quasi pelata, sente i radi ciuffi di capelli che ancora vi crescono e pensa che ha bisogno di una rasata. Scruta l'interno del berretto. Osserva l'etichetta. Fa scorrere il bordo del berretto tra le dita. Fa di tutto pur di evitare lo sguardo di Colin Intake.

È morta?

Il macellaio afferra la mezza testa di maiale. La solleva e se la accosta al viso. Fa una smorfia storcendo gli occhi prima di scoppiare a ridere e gettarla sul banco da lavoro.

No, dice. Ma non sta messa bene.

Chi l'ha trovata?

Non lo so. Che importa chi l'ha trovata? È il colpevole che interessa alla polizia.

Sì, ma che mi dici delle impronte digitali?

Chi sei, l'ispettore Tony Tremarella? Non so un cazzo, amico. Cercano un movente però. Dei testimoni. E anche l'arma. È una brava ragazza, Josephine. Certo, ha avuto i suoi problemi in passato, ma tutti noi abbiamo le nostre colpe, dico bene? Non giudico nessuno, io.

Garner rimane in silenzio. Si rimette il berretto. Guarda fuori della vetrina. Le nuvole color peltro sembrano sul punto di scaricare altra acqua.

Sei mai stato da Jo, Tony?

Tony scuote la testa.

No.

Con aria svogliata, Colin Intake inizia a tagliare le costolette d'agnello.

Sicuro?

Sì, dice Tony indignato, la voce scossa da un tremolio improvviso. E non l'ho mai toccata.

Il macellaio getta le costolette su un vassoio.

Va bene, calmati. Per la miseria, non ho mica detto che sei stato tu.

Tony guarda nervoso la porta, poi Colin Intake e poi ancora la porta. Un fiume di bile gli sale in gola e l'odore della carne cruda lo fa star male di nuovo.

La mannaia ancora in mano, Intake si appoggia al bancone. Garner vede il sangue secco nei solchi del palmo e sotto le unghie del macellaio che abbassa la voce.

Andiamo. Vorresti dire che nessuno ti ci ha mai portato?

Portato dove?

Da Josephine. Puoi dirmelo, Tony. So mantenere un segreto.

Tony Garner si acciglia, disorientato. Si sistema il berretto.

Devo farti un disegno? insiste il macellaio.

Garner torna a guardare la porta, distratto. Vede Earl sdraiato sulla pietra bagnata, il muso poggiato sulle zampe anteriori e gli occhi rivolti all'insù, e poi alza lo sguardo oltre il cane. La piazza comincia ad animarsi. Un uomo suona una fisarmonica. Davanti a lui danza una marionetta dall'aspetto sinistro, che l'uomo controlla con l'aiuto di una struttura attaccata alle sue gambe da vecchi nastri. La marionetta, logora e danneggiata, somiglia alle creature che popolano gli incubi dei bambini. La canzone che sta suonando è una malinconica ballata marinaresca malgrado quella sia una piccola città nei Pennini, circondata da ogni lato dalla brughiera, il posto più lontano dal mare che si possa trovare nell'Inghilterra settentrionale.

Tony sente un bisogno irrefrenabile di uscire, di allontanarsi da quella carne in mostra e dai vassoi pieni di sangue acquoso, di attraversare la piazza e imboccare una strada, una qualsiasi, respirando a pieni polmoni aria fresca. Sente il richiamo dei boschi, delle colline, della brughiera che è quanto ci sia di più vicino a un deserto in questa terra verdeggiante.

Ma Colin Intake, ora piazzato davanti all'affettatrice che domina un angolo del negozio, sta ancora parlando.

Sesso, Tony. Trombare e tutto il resto. Metà degli uomini di questa città se la sono spassata con Jo negli anni, e anche qualche casalinga annoiata. Ha reso felici più persone lei che tutte le slot machine di Morecambe messe insieme. Andiamo, hai preso una botta in testa, ma non sei così scemo. Sai cosa voglio dire.

Tony sente lo stomaco contrarsi, la bile gli sale in gola. È calda, acida, corrosiva. Sa di caffè nero e acido gastrico. Brucia. Vorrebbe dell'acqua. Colin Intake non sembra accorgersene.

Si gratta una guancia e fiuta l'aria.

Senza offesa, Tony. Ma dovresti guardarti le spalle, con la reputazione che hai.

Non l'ho mai toccata, urla Tony, girando i tacchi e uscendo di corsa dalla macelleria. Il cane, vedendo di colpo il padrone, si rialza e tira il guinzaglio.

Mentre beve il caffè Mal Askew spiega a Mace cosa mettere nel breve articolo per il sito web.

Dacci il succo, un pezzo breve, dice. Limitati a quello che sappiamo e niente di più. Niente speculazioni. Cinquecento parole al massimo. Quando avrai finito, inizieremo subito a lavorare alla doppia pagina per il giornale. Lo annunceremo domani in prima.

Nessun problema, dice Mace.

Non possiamo sbagliare, Roddy. Indaga su Josephine – dove è stata, chi ha frequentato di recente, cosa ne pensa la polizia – parti da lì. Ce l'abbiamo in casa, 'sta storia.

Ok, dice Mace.

Ma non stamperemo congetture, per cui limitati ai fatti, prima sul sito. Poi vedi di avere pronto un pezzo pubblicabile per il numero di questa settimana: Donna del posto aggredita nella nostra bella cittadina, le ferite hanno richiesto quaranta punti di sutura, la polizia sta interrogando e così via. Ci serviranno anche dei virgolettati dei compaesani sconvolti: Non avrei mai pensato che potesse accadere qui da noi, dice Agnes Colostomy, pensionata. Quel genere di roba. Sai come funziona.

Va bene, Malcolm. Ho capito.

Teniamo pronto il pezzo, ma lo passeremo solo quando la polizia avrà fatto una dichiarazione. Ci resteranno ancora altre due pagine da riempire, ma lascia che me ne occupi io. Ah, e vedi se hanno trovato un'arma. Il giornale va in stampa stasera ma parlerò con la tipografia perché ci diano tre ore in più. Può darsi tu debba fare gli straordinari stavolta.

Mace si gratta il mento. Nella fretta si è dimenticato di radersi stamattina.

Non posso fare tardi stasera, Malcom. Ma so come riempire quelle due pagine.

Davvero?

Devo intervistare Jenny Thank-You, ricordi?

No. Rinfrescami la memoria.

La cantante dei Thank-You.

La cantante di cosa?

Il gruppo folk. Suonano cupe canzoni che parlano di morte, malattie, omicidi e tradimenti nello Yorkshire e nella Cumbria. Scavano nei miti del nord. Suonano al Flags stasera. Mi avevi chiesto un pezzo.

Non ne ho mai sentito parlare.

Be', ti assicuro che è così, insiste Mace. E con tutto il rispetto, tu non sei esattamente un barometro culturale.

È un nome da sfigati.

Il loro ultimo album è stato candidato al Mercury Prize.

Le mani ancora infilate nelle tasche dei pantaloni, Askew alza le spalle.

Mi giunge nuovo anche 'sto premio.

Diversi artisti jazz sono stati candidati al Mercury.

Non John Coltrane.

Coltrane è morto da secoli. Mi pare.

Askew mette fine alla conversazione.

Comunque sia non mi importa, basta che tu mi riempia quelle due pagine. Riesci a chiudere il pezzo su Jo Jenks prima di occuparti dei Fuck-You?

I Thank-You. Sì, se torno dopo il concerto.

Non hai scelta. Lo pubblicheremo a pagina 4 e 5. Aspetta... abbiamo delle foto?

Faccio uno squillo a Ray. Credo avesse intenzione di andarci comunque. Dovrà solo presentarsi al Flags un po' prima con la sua macchina fotografica.

Assicurati che tolga il tappo dell'obbiettivo stavolta.

Le immagini che si riflettono sugli occhiali di Brindle sono sgranate e tremolanti.

La scena mostra un esercito di diecimila uomini, fanti che marciano come automi, all'unisono perfetto. In quella successiva le bandiere con le loro insegne circolari bianche e nere vengono alzate per sventolare orgogliose e con aria di sfida nel vento. Seguono poi immagini di castelli maestosi e verdi foreste, fitte e scure, e un nido d'aquila sulla cima di una montagna. Un montaggio di stelle tracciate col pennello su finestre e case o appuntate su esseri umani. Immagini di manifestazioni e raduni, uniformi, cene sontuose e ciminiere fumanti, fosse comuni ed enormi mucchi di scarpe, orologi, ossa.

Brindle afferra il telecomando e mette in pausa il filmato.

In cucina, riprende fiato e dopo aver acceso il bollitore spreme una compressa dalla stagnola di una scatola riposta nella credenza e la ingoia con un po' d'acqua che filtra da sé. Prepara un bricco di tè Earl Grey e lo mette insieme a una fetta di limone e alla sua solita tazza su un vassoio, porta il tutto in soggiorno, lasciando dietro di sé una scia di vapore.

Tornato in cucina, controlla che il bollitore sia pieno per il prossimo utilizzo. Dà un'occhiata ai fornelli per assicurarsi che siano spenti. Tocca ciascun pulsante una, due, quattro volte in totale.

Quattro pulsanti toccati quattro volte fanno sedici. Sedici è un numero pari, un buon numero. Così buono che Brindle ripete la manovra per ottenere un altro sedici.

Esce dalla cucina ma finisce per tornarci un attimo dopo, borbottando a bassa voce.

Sedici è composto da un uno e un sei, che fanno sette.

Due volte sedici fa trentadue, o tre e due, che sommati fanno cinque. Il cinque è una merda, ovvio, ma se prendi il sette del primo risultato e lo aggiungi a questo nuovo cinque, ne ricavi un dodici.

Il dodici è buon numero. Non ti tradisce. È pari e piacevole, il dodici. Divisibile e facilmente moltiplicabile. Un numero sublime.

Molte cose vanno per dodici. Il dodici non è un numero qualsiasi. Ha un ruolo nella vita, nel mondo. È significativo. A scuola, i bambini scoprono i numeri con le tabelline e dodici volte dodici rappresenta il massimo che gli viene chiesto di imparare. Dodici sono anche i mesi dell'anno. I segni zodiacali, per chi ci crede. Dodici nervi cranici del corpo umano. Dodici paia di costole. Dodici livelli della scala Beaufort.

Cos'altro?

Brindle fissa il piano cottura pulito, immacolato. La sua mano è sospesa nell'aria sopra una delle manopole del gas.

Rifletti, su. Cos'altro?

Le dodici tribù di Israele. Le dodici divinità dell'Olimpo della mitologia greca.

Tocca la manopola e poi quella accanto. Le controlla.

Ancora. Ci sono altri esempi.

Mezzanotte e mezzogiorno, naturalmente. Sono entrambi le dodici, che anche su un orologio rotto danno l'ora esatta due volte al giorno, anche se l'era digitale tende a...

Il sistema imperiale britannico, pensa. Ci sono dodici pollici in un piede.

Il cuore gli batte forte. Tocca le altre manopole.

I membri di una giuria anglosassone, come se potesse dimenticarselo.

*Quella sporca dozzina*. *La dodicesima notte*. Le dodici battute del blues.

Il programma dei dodici passi.

Brindle si impone di tornare in soggiorno, alla sua poltrona e al bricco di tè. Preme il tasto play.

È alla quarta delle sette ore di *Hitler: A Film from Germany*, una produzione non lineare e parecchio sperimentale che mira a esplorare la personalità del Führer, la sua ascesa e la successiva disfatta. Ha scaricato il documentario d'impulso e solo due ore dopo cominciava a pensare di aver forse commesso un errore, eppure qualcosa gli impedisce di fermarsi e guardare altro, anche se il film è chiaramente troppo lungo e rischia di scatenare un altro attacco d'ansia.

Forse i sottotitoli hanno un effetto ipnotico o soporifero, o forse lui è solo incapace di interrompere una cosa una volta che l'ha iniziata, ma Brindle sa che guarderà le tre ore rimanenti, a prescindere dalle conseguenze.

Meglio dunque farla finita il prima possibile.

Una vaschetta piena di frutta secca assortita è poggiata sul bracciolo della poltrona. Solleva il coperchio e sceglie cosa prendere. Stringe la manciata nel pugno per un attimo e poi ne fa cadere un po' in bocca. Mastica. Ingoia.

Beve un sorso di tè, che si è raffreddato mentre era perso nelle sue considerazioni aritmetiche. Sente di nuovo scorrere sulla faccia le immagini delle più grandi atrocità mai perpetrate dall'uomo contro i propri simili.

Roddy Mace compra due panini alla salsiccia e ne mangia uno alla scrivania. Il secondo neanche lo tocca, resta nel sacchetto e impregna la carta fino a dargli un colore in tono con il cielo dietro i vetri delle finestre, un grigio traslucido e untuoso.

Da quando ha smesso di bere la sua dieta è molto peggiorata, se un tempo saltava i pasti, ora si abbuffa di torte e crostate e pasticcini, accumulando amido e carboidrati e grassi nel tentativo di saziare un appetito che prima non aveva mai.

Un tempo la redazione era un alveare in frenetica attività il giorno della chiusura, ma ora non è più così. Oltre a lui c'è soltanto Abrar Sharma, il caporedattore, intento a trascrivere un'intervista con le cuffie alle orecchie e le dita che battono sulla tastiera. È scoppiato a ridere la prima volta che Mace gli ha chiesto da quanto tempo vivesse nella valle.

Qui? ha detto. Ci lavoro e basta, non ci vivo. Non se ne parla proprio. È una boccia per pesci rossi. Un vaso di acqua stagnante senza un posto in cui nascondersi. Un muro d'occhi che ti guardano. Non fa per me. È il tipo di posto che prima ti risucchia e poi ti sputa. E quando non sono i pettegolezzi a divorarti, è la febbre della valle a farlo.

Il caporedattore vive invece a Keighley, dall'altra parte della brughiera che attraversa ogni mattina per andare al lavoro.

Mace sa di sprecare il suo talento in quel giornalaccio locale e sa anche che Sharma andrà a lavorare per la BBC, a Leeds o a Salford, prima o poi. Oggi la maggior parte dei testi e delle foto proviene da fonti esterne o vengono acquistate da agenzie di stampa e corrispondenti sparsi nella regione.

Mace spegne il telefono e passa l'intero pomeriggio a lavorare, fermandosi solo per bere acqua e mordere una mela, spinto più dal senso di colpa che dalla necessità.

Arriva Rosie Kemp per correggere gli annunci e le pagine sportive locali, scritte e messe insieme da un freelance che Mace non ha mai conosciuto e che passa le domeniche mattina ai margini di campi da calcio in pendenza e pieni di buche, a osservare contadini, muratori e fattorini sbronzi che si prendono a pedate negli stinchi sotto una pioggia insistente. Certe partite, contro squadre provenienti dall'altra parte del confine, nel Lancashire, hanno fama di essere molto violente e sentite per via di antichi rancori transfrontalieri che precedono l'invenzione del gioco stesso e che ogni tanto ancora riemergono in quei novanta minuti di tensione. Durante la Guerra delle Due Rose le battaglie tra contee, tra i rami rivali del Casato dei Plantageneti, fornivano uno sfogo ai giovani più rabbiosi o campanilisti; oggi ci sono soltanto il calcio, l'alcol e la violenza occasionale.

Buonasera signori, dice Rosie Kemp. Il capo vuole che vi guadagnate la paga, eh?

Entrambi alzano lo sguardo e la salutano.

Hai saputo dell'accoltellamento? chiede Mace.

Rosie getta la borsa su quella che un tempo era la sua scrivania e che ora condivide con i freelance ingaggiati di volta in volta per dare una mano.

Brutto affare sicuro. Ma non mi sorprende affatto.

Che vuoi dire?

Rosie Kemp fruga nella borsa. Trovate le sigarette, ne offre una a Roddy, che però rifiuta. Se ne accende una per sé e apre poi la finestra più vicina soffiando il fumo all'esterno.

Sono sempre le donne a essere aggredite, dice. Dagli uomini. Si sentono insicuri per via della loro sessualità o dell'uccello troppo piccolo o dell'auto che guidano, così se la prendono con noi.

Su questo non posso darti torto, ammette Mace.

Gli piace Rosie. Da quando ha iniziato a lavorare per il «Valley Echo» sono andati a pranzo insieme diverse volte e lei gli ha fornito informazioni preziose, non solo sulle torbide macchinazioni interne ma anche sulla città. Purtroppo, con le vendite calate allo stesso ritmo degli introiti pubblicitari, Malcolm Askew ha dovuto toglierla dal libro paga per assumerla a giornata, chiamandola lo stretto necessario. Viene solo uno o due giorni alla settimana, senza orari fissi. In quanto nuovo arrivato che è riuscito a non perdere il suo posto fisso, Roddy Mace si sente un po' in colpa per il fatto che lei, scrittrice e poetessa pubblicata, sia ridotta a lavorare poche ore, a spostare una virgola qua e là e controllare i risultati di quelle sanguinose partite domenicali spaccaossa. È inoltre uno dei pochi scrittori locali – e ce ne sono molti – di cui abbia letto e apprezzato l'opera.

A differenza del loro direttore, non scrive soltanto per le pagine del quotidiano, e a differenza di Mace, si rifiuta di tollerare l'uso frequente e deliberato da parte del loro direttore di affermazioni ed epiteti arcaici e politicamente scorretti.

Rosie Kemp sa come gestire Askew molto meglio di lui; Mace lo ha constatato in molte occasioni.

Finisce il pezzo per il sito in un'ora e poi chiede a Rosie di dargli un'occhiata. Lei lo legge in silenzio sullo schermo, cambia una parola o due e lo carica online.

Per accompagnarlo, scelgono di usare la foto del profilo di Josephine su Facebook. Sembra felice in quella foto. Sorride. Ha denti bianchi e forti e lineamenti cavallini e ben definiti. Si intravede una scollatura. I capelli scuri, che le ricadono in una frangia sulla fronte, brillano sotto le luci di un locale notturno ormai dimenticato.

Mace passa il resto del pomeriggio al telefono. Fa uno squillo all'ospedale per avere notizie. Poi chiama l'ufficio stampa della polizia del West Yorkshire per vedere se hanno emesso un comunicato ufficiale. Beve del tè per trovare il coraggio di telefonare a casa di Josephine Jenks e prova un parziale sollievo quando nessuno risponde all'apparecchio.

Alle quattro legge i comunicati stampa per l'edizione cartacea. Alle cinque esce in strada e incastra un paio di negozianti perché facciano da vox populi e alle sei in punto ha pronta la bozza da editare.

Roddy Mace sa che il pezzo è una storia senza storia; un iceberg che si protende sopra acque torbide ancora da esplorare. È riuscito a intrecciare i pochi fatti di cui dispone, il luogo dove Josephine Jenks è stata trovata, l'entità delle ferite e qualche dettaglio sulla vita familiare che non comprenda il glorioso passato della donna. Ha evitato le speculazioni e ha inserito i commenti solidali e scioccati di alcuni abitanti del luogo. È un riempitivo. In un modo o nell'altro ha scritto milleduecento parole senza dire granché.

Rosie Kemp lo sostituisce alla scrivania e legge l'articolo sullo schermo del computer.

Non vincerà il Pulitzer, ma è corretto, dice.

Solo corretto?

Be', è un po' stiracchiato, se ne potrebbe togliere tranquillamente un quarto, compreso il commento del postino, ma ti sei arrangiato con quello che avevi.

L'ho beccato per caso. Ho pensato che la reazione di una persona almeno che la conosceva avrebbe aggiunto qualcosa al pezzo. Una prospettiva più umana.

Ok. Ma resto convinta che dovresti scorciarlo a novecento parole.

Devo scappare. Ho un'intervista da fare. E comunque Malcolm vuole una doppia pagina.

E che doppia pagina sia. Dovremo solo ingrandire la foto. Non c'è problema. Ma lasciami comunque editarlo un minimo.

Grazie, Rosie.

Si mette la giacca.

Ecco, aggiunge. Un regalo.

Fa scivolare il secondo panino alla salsiccia sulla scrivania di Rosie.

Non è soltanto saporita, le dice. Ma anche nutriente.

Rosie dà un'occhiata, poi torna a concentrarsi sullo schermo.

Sono ammutolita dalla gratitudine.

## 3.

Quando Roddy Mace arriva al Flags, il gruppo ha già allestito il palco ed effettuato il sound check.

Un barman pulisce i tavoli della sala interna e controlla gli spillatori per la birra. Malgrado siano passati anni da quando hanno introdotto il divieto di fumare nei locali pubblici e nonostante gli odori di spezie bruciate e cipolle fritte che provengono dalle cucine, dove pentole di curry e dhal borbottano a fuoco lento per la band e i tecnici, Mace percepisce il lieve sentore di tabacco freddo che ancora impregna le pareti, i mobili e il feltro verde sbiadito del tavolo da biliardo.

Attorno ai tavoli sono raggruppati un po' di bevitori diurni. Riconosce alcuni dei clienti abituali, uomini stagionati e già sbronzi che sfoggiano le loro cicatrici di battaglia, bloccati in questo limbo sospeso tra la promessa perduta del pomeriggio e il potenziale infinito della notte, e che non sanno ancora se raggiungere le mogli, le amanti e i figli per la cena o completare il proprio annientamento.

Mace si affaccia sulla sala principale e vede che la band di apertura è già sul palco, impegnata a regolare il livello sonoro della batteria. Reprime un grugnito; li ha già visti in passato e se li ricorda come dei punk ritardati che suonano sempre le stesse cover, anche se per ora il batterista si limita a colpire a più riprese il rullante con una mano, mentre con l'altra si scola una pinta di birra.

Torna al bancone e ordina una Coca-Cola con ghiaccio, la porta a un tavolo dove prende taccuino e penna. È a metà della bibita quando entra Jenny Thank-You, che dà un'occhiata alla stanza.

Mace si alza e si ritrova senza sapere perché a segnalare la sua presenza agitando la biro tra il pollice e l'indice. La donna sorride e mentre va da lui, scioglie la lunghissima sciarpa che le avvolge il collo.

È il segnale internazionale usato dai critici musicali intrepidi, la penna che scodinzola? chiede la cantante.

Sono più un fan che un critico musicale, replica lui tendendo la mano. Roddy Mace, del «Valley Echo». È un buon momento?

Certo, così avevamo stabilito. Quanto tempo le serve?

Può darmi mezz'ora? Una chiacchierata tranquilla, pensavo. Niente di gravoso

Sono tutta sua, a patto che mi permetta di mangiare mentre parliamo. Se non mangio adesso, vorrà dire patatine dopo il concerto e se ne mangio ancora, schiatto per la fine del mese. Vuole venire in camerino?

Mace la segue.

Lei si volta verso di lui.

Ho detto camerino, ma è più un ripostiglio in realtà.

Ha mangiato? Sono certa che un piatto posso rimediarglielo. Ho intravisto una misteriosa cosa gialla che aveva un odore passabile.

Sì, si mangia bene qui. Ma sono a posto così, grazie.

Sicuro?

Jenny Thank-You entra in cucina e ne esce con un piatto di carta contenente una porzione di curry e riso con sopra un chapati, dopodiché salgono una rampa di scale e arrivano al ripostiglio che funge anche da camerino.

Ci sono borse e vestiti sparsi un po' ovunque e un tavolo con snack e bevande e, accanto al tavolo, un uomo raggomitolato sopra una fila di sedie, coperto dal suo cappotto. Una piccola foresta di mozziconi ha messo radici nel posacenere ai suoi piedi.

Lui è Brian, dice Jenny, indicando col capo la figura sbracata, quindi si siede, accavalla le gambe e soffia sulla forchetta piena di riso.

Roddy Mace alza una mano.

Ciao Brian, dice per poi rivolgersi a Jenny: Sta zitto qualche volta?

Lei scoppia a ridere. Ha un sorriso bellissimo, aperto, che le illumina gli occhi.

Sembra un bel posticino. Mi chiedo perché non ci sia mai venuta prima.

Mace annuisce.

Immagino sappia che i biglietti sono andati venduti nel giro di cinque minuti.

Sì, me l'ha detto il tour manager. È bello, per una volta, non suonare in uno di quei locali sponsorizzati dalle grandi etichette. Sembra tutto un tantino diverso in un posto come questo.

Una città di drogati con un problema di turismo, la definiscono così.

Jenny scoppia a ridere e tossisce, seminando qualche chicco di riso sul pavimento. Mace apre una bottiglia d'acqua che ha preso dalla borsa e gliela porge. Lei beve un lungo sorso.

Il giornalista allunga una mano verso la borsa. Le dispiace se registro l'intervista?

Certo che no.

Mace accende il dittafono.

Porca miseria, esclama Jenny, indicando l'apparecchio. Un vero registratore. Riesce ancora a trovare le cassette per quell'aggeggio?

Le compro in blocco su internet. Faccio scorta.

Un po' bizzarro, commenta Jenny Thank-You. Ma va bene così. Mi piacciono le stranezze, le cose fuori dal comune. Si prenda una birra. A proposito, volevo chiederle, è vero che ieri sera è stata accoltellata una donna da queste parti?

Le è giunta voce?

Il personale del locale ne stava parlando quando siamo arrivati.

Sì. Le hanno squarciato la faccia più che accoltellarla, ma sì.

Cristo. Conosce la vittima?

No, ma il mio direttore sì. Sto lavorando al caso, in effetti. O almeno, ci ho lavorato fino mezz'ora fa.

Si rimetterà?

I medici non ne sono sicuri.

Qualcuno sa come è andata?

No. Non proprio. Lo squarcio va dall'occhio fino alla mascella però. Le hanno aperto la faccia.

Jenny scuote la testa.

Pensavo di dire qualcosa stasera. Non so bene cosa ancora. Lei che conosce la zona, crede sia una buona idea?

Mace ci riflette un attimo.

Forse è un po' presto. Non so. La gente di qui è un po' suscettibile.

Ha ragione, dice Jenny Thank-You. Ha senz'altro ragione. Resta per il concerto?

Mace si schiarisce la gola.

Vorrei tanto. Dico sul serio. Sono venuto perché sono un suo fan. Ma devo trascrivere l'intervista e chiudere il pezzo il prima possibile. Se mi sbrigo in tempo, torno. Andiamo in stampa stanotte però. Ed è il pezzo trainante.

Quale, questa intervista?

Sì. Una doppia pagina.

Oh, merda, replica Jenny ridendo ancora. Dunque è il caso che io cominci dicendo qualcosa di interessante, eh?

E che io le faccia le domande giuste. A cosa sta lavorando al momento?

Ho scavato parecchio negli archivi regionali e nelle biblioteche del Nord, spiega. In realtà, seguo soltanto ciò che molte generazioni di cantanti folk hanno fatto prima di me, estrarre materiale da una ricca vena di leggende locali, comprese quelle di questa valle. Spero che le mie scoperte ispirino una nuova serie di canzoni.

E che ha scoperto esattamente scavando in questi paraggi?

Jenny Thank-You posa il piatto.

Cose di ogni tipo. Una rivolta luddista. Persecuzioni di presunte streghe. Il resoconto storico di un'ondata di violente aggressioni a donne nei dintorni di Halifax, attribuite a un'isteria di massa. Il demo di questo pezzo è già pronto, in effetti. Posso mandargliene una copia, se vuole. Una cosa che ho imparato è che non ci sono stati molti cambiamenti nel corso dei secoli. Gli stupidi fanno sempre stupidaggini, a prescindere dall'evoluzione sociale. Mi permetta però di fare io una domanda a lei: le piace fare il giornalista?

Mace riflette sulla domanda.

Mi piace scrivere. Risponde. Sto pensando a un libro al momento.

Un romanzo?

Mace si acciglia.

No, non è un romanzo. Riguarda un altro caso criminale. Una vicenda accaduta nelle Dales che ho seguito da giornalista.

Ha già un editore?

Sì.

Come procede?

Mace inclina la testa e si gratta la nuca.

Immagini una bufera di neve in pieno inverno.

Ok.

Quello è più o meno lo stato del manoscritto per ora.

Jenny sorride.

Mi piacerebbe leggerlo quando sarà finito, dice. Ma l'avverto: se è buono, le ruberò le idee.

Sa che loro sanno che è lì. Sa anche che l'informazione è stata registrata: James Brindle, «a riposo» al momento, continua a tornare alla Cella Frigorifera. Tre volte questa settimana, due volte quella prima. Visite notate e registrate. Monitorate e segnalate. Valutate.

È il loro lavoro.

Ha pregato sommessamente il suo superiore di dire ai colleghi che era stato distaccato al Met o inviato in Europa, a Parigi o Amsterdam o Praga, presso dipartimenti equivalenti come consulente sulle nuove tecniche investigative della scientifica, sorveglianza e reti informatiche avanzate, campi in cui la Cella Frigorifera ha acquisito una certa reputazione. Ma Alan Tate ha liquidato il suggerimento con un'alzata di spalle.

Non ho intenzione di mentire alla mia squadra, Jim, gli ha detto. Che senso ha prendere per il culo i migliori?

Non aveva tutti i torti.

Eppure Brindle è di nuovo qui.

La Cella Frigorifera è dotata di telecamere impossibili da individuare a occhio nudo. E sebbene sia volutamente situata nel cuore di una zona industriale, tra fiorenti start-up e aziende tecnologiche, per meglio mimetizzarsi tra le altre facciate di vetro e strutture cromate, c'è comunque un membro del personale pagato soltanto per monitorare le entrate e le uscite. È una misura nuova il cui scopo sfugge a Brindle. Gli piacerebbe credere che serva proprio a tenere traccia delle sue brevi apparizioni, ma sa che non è così.

Sa che è normale per la Cella Frigorifera sorvegliare i dipendenti, installare dispositivi di localizzazione sulle loro auto, mettere sotto controllo i loro telefoni, violare le caselle di posta elettronica e i conti bancari – tracciare ogni loro attività in rete – osservare come spendono lo stipendio, chi frequentano, qual è il loro alcolico preferito o il loro handicap nel golf e, più in generale, come trascorrono il loro tempo quando non sono alla CF.

Controllare i controllori.

Investigare sugli investigatori.

Sarebbe ingenuo pensare che non lo facciano e ogni nuova recluta viene messa sull'avviso fin dal primo giorno.

La Cella Frigorifera va fiera della sua trasparenza. Un luogo costruito su segreti e mezze verità deve essere trasparente e ogni persona coinvolta è ben felice di propagare i miti del dipartimento, proprio come lo sono i dipendenti del GCHQ, il Quartier generale del governo per le comunicazioni, e di altri servizi di sicurezza più arcaici come l'MI5 e l'MI6, o lo Special Branch e persino il Foreign Office.

Seduto nella sua auto, Brindle sorseggia un tè che ha comprato a malincuore nel bar in franchising di una stazione di servizio e intanto osserva il lento scorrere delle nuvole sulla facciata a specchio dell'edificio. Per un attimo la Cella Frigorifera sembra animarsi di vita propria, un edificio che si sgancia dal momento presente e se ne va alla deriva nel firmamento, portandolo con sé.

Non sono soltanto gli investigatori a dover essere irreprensibili. Tocca alle segretarie e i contabili, agli informatici, alle squadre di manutenzione, ai fattorini e perfino gli addetti alle pulizie. Ogni movimento di ogni singola persona che entra in quell'edificio viene monitorato, anche al cesso. Soprattutto al cesso.

Brindle e i suoi colleghi hanno giocato a trova-la-telecamera finché i progressi ultraveloci della tecnologia non sono andati oltre.

Nessuno può cambiare una lampadina o collegarsi a una presa senza un'autorizzazione preventiva. È il regno della paranoia.

Brindle sa che se hanno innalzato il livello di sicurezza è in parte a causa sua, per le sue mancanze nel caso Steve Rutter e lo scandalo nazionale - anzi internazionale, Cristo - derivato dalla totale mancanza di arresti.

Sa che per colpa sua la Cella Frigorifera ha rischiato lo smantellamento. Lo sa bene. Viene da sempre vista come un pozzo succhiasoldi situato nella selvatica desolazione dell'Inghilterra settentrionale, una regione che gli ex studenti del Balliol College e del Bullingdon Club di Oxford non potevano capire. Ma finché i risultati sono stati buoni, la CF ha ricevuto risorse grazie a quei pochi coglioni al vertice della piramide che ancora ci vedevano un senso. Sono stati sempre loro però a porre quale condizione il suo trasferimento fantasma, a rendere il suo futuro e riservato reintegro un'eventualità incerta.

Il tè che sta bevendo non è il tè che piace a lui. Non è stato preparato nel modo corretto. Quando ha visto il barista immergere la bustina nell'acqua, anziché versare l'acqua sopra la bustina, Brindle ha dovuto trattenersi dal saltare sul bancone, urlando. Questo tè ha anche un vago retrogusto chimico. Sa di sapone.

È consapevole che le telecamere lo stanno filmando mentre lui è nell'auto e beve un tè o un succo di frutta da un thermos o sta seduto e basta con le dita aggrappate al volante a fissare un luogo la cui reputazione ha contribuito a infangare, ma che potrebbe essere senz'altro ristabilita, se solo lo lasciassero tornare.

La sicurezza avrà di certo trasmesso queste immagini ad Alan Tate e agli altri superiori. Avranno già tracciato ogni suo spostamento, in palestra, al cinema, nei ristoranti in franchising dei centri commerciali fuori città dove mangia da solo. Hanno visto quali libri scarica, quali film guarda in streaming, con chi scambia qualche parola, il tutto al fine di monitorare con discrezione il suo stato mentale. Perché, se ben gestito, un uomo con le sue facoltà sarà sempre una risorsa per loro.

Lui sa che loro lo sanno.

E loro sanno che lui sa che loro sanno.

E lui sa che loro sanno che lui sa che loro sanno.

E così via.

La Cella Frigorifera era lui. Anzi lo è ancora. E se quegli sciocchi imbrattacarte che la gestiscono vogliono che lui lo dimostri di nuovo, lo farà.

Osserva un uomo in camicia e cravatta uscire dall'edificio e camminare verso di lui. È al telefono. Il personale della sicurezza di questo reparto non si veste da personale della sicurezza. Né si comporta da personale della sicurezza. Nessuno qui sembra o agisce come il mondo esterno si aspetta e in questo consiste la bellezza del luogo, per Brindle, ed è il motivo per cui ritiene di essere perfetto per la Cella Frigorifera.

Mentre il capo della sicurezza si avvicina, James Brindle posa il tè nel portabicchieri sul cruscotto, avvia il motore e se ne va a velocità moderata.

È l'ora di *Look North*, il notiziario regionale della BBC, telegiornale e Roddy Mace è impegnato a battere sulla tastiera quando una foto del volto ancora integro di Josephine Jenks riempie lo schermo. Cerca il telecomando e alza il volume del vecchio televisore, un massiccio monolite appollaiato su una libreria in cui sono raccolti i numeri arretrati del giornale a partire dagli anni Ottanta. Josephine sorride.

*... è stata trovata priva di sensi la notte scorsa nella pittoresca cittadina dei Pennini e pare che le sue condizioni siano critiche. Josephine Jenks, quarantanove anni e madre di quattro figli...*

Lo stacco non mostra un'inquadratura della vittima nel suo letto d'ospedale, ma soltanto un giornalista davanti alla struttura sanitaria, sotto la pioggia e con un'aria preoccupata.

Il racconto prosegue con la stessa foto di Josephine Jenks che Mace ha preso da Facebook e usato per l'articolo caricato sul sito.

*... è stata aggredita in centro città dopo mezzanotte mentre rincasava dopo aver trascorso la serata fuori. Secondo quanto riferito, è stata colpita al volto e ha già subito un intervento chirurgico. La polizia si appella a chiunque fosse con la vittima nel corso della serata o avesse assistito a quello che al momento gli investigatori trattano come un tentato omicidio.*

Mace torna alla trascrizione dell'intervista con Jenny Thank-You. Per risparmiare tempo, e anche perché non vuole dare a Mal Askew l'opportunità di opporsi all'idea, ha deciso di impostarla come un susseguirsi di domande e risposte preceduto da una lunga introduzione sulla band e il loro nuovo album. Inserisce un riquadro con un potente virgolettato della cantante sulla violenza contro le donne e un altro poetico sul crescere con la merda di pecora sotto le unghie, premurandosi di sostituire le ultime quattro lettere della parolaccia con degli asterischi. Omette però ogni riferimento diretto a Josephine Jenks. L'apparizione del volto della donna sullo schermo gli ricorda che questa storia è appena agli inizi e troppo legata al territorio.

Sono le nove e un quarto quando chiude il pezzo. Si pente di aver detto no quando Jenny Thank-You gli ha offerto di mangiare qualcosa. Dovrà aspettare.

Uscito dalla redazione si incammina sotto la pioggerellina fino al Flags, dove fumatori rinsecchiti sono radunati sul marciapiede davanti al locale, coi colletti tirati su e l'acqua che viene giù forte. Vede un movimento di spinelli e una nuvola di fumo grigio-verde, al profumo di cannabis, velare il gruppo. Mace fa un cenno a un paio di facce che conosce – tra cui Ken, un insegnante di chitarra che vive su una barca anche lui – entra quindi nel pub e sale le scale. Sente il pestare dei piedi e lo sgomitare dei corpi e le voci, sente la temperatura salire. Le pareti del corridoio sono ricoperte di manifesti di concerti passati e futuri, una fitta schiera di volantini più o meno staccati e strappati offre uno spaccato delle serate di questo posto; l'effetto è quello di un viaggio nel tempo, i nomi rivelano un mix eterogeneo, artisti alle prime armi ma di belle speranze, celebrità in declino e sconosciuti di ogni sorta che hanno bazzicato la scena musicale negli ultimi decenni.

La sala interna è affollata, con gli avventori che si accalcano al bancone. Pinte di birra artigianale vengono svuotate e rovesciate; il pub si vanta di servire i drink in bicchieri di vetro anziché di plastica e di avere sempre e solo piazzato all'ingresso un buttafuori al massimo e dall'aspetto peraltro poco intimidatorio.

Roddy Mace sente qualcosa sfiorargli le gambe. Quando abbassa lo sguardo vede sfilare un levriero con un passamontagna di lana dai colori vivaci. Il cane salta su un sedile accanto al suo padrone, che interrompe per un attimo un'animata conversazione con una donna dalla nuca rasata per dargli un pezzetto di cotenna di maiale fritta. Mace sbatte le palpebre. Scorge al di là della ressa il gruppo di apertura. Non ricorda il loro nome. Una manciata di avventori dai capelli grigi saltella come adolescenti sotto il palco spargendo birra, ma il resto dei presenti sembra più interessato a fare conversazione.

Quando Mace si è conquistato una posizione utile per farsi servire, la band ha finalmente smesso di suonare. Ordina una bottiglia d'acqua.

Non vendiamo acqua, dice il barista.

Non servite acqua?

No, mi dispiace.

Perché no?

Per motivi etici. Per la plastica e tutto il resto. Ma può bere quella del rubinetto.

Indica una brocca d'acqua con alcuni piccoli cubetti di ghiaccio che vi galleggiano dentro. Accanto ci sono dei bicchieri.

Si serva pure, dice ancora, prima di prendere un'ordinazione che arriva dalle spalle di Mace.

Dopo aver svuotato e riempito il suo bicchiere d'acqua, Mace va a presentarsi alla donna che sta spuntando i nomi della lista degli invitati. Gli sorride e gli infila un braccialetto al polso e lui entra nella sala principale, piena come un uovo. Vi sono persone di tutte le età, tra cui qualche faccia famigliare.

Ci sono fan irriducibili del folk, dall'aria solenne e più di un bianco con i dread. Mace riconosce anche alcune delle donne che lavorano al centro artigianale e il gestore del negozio di biciclette. Nota anche un piccolo gruppo di adolescenti che probabilmente hanno sentito parlare della band su 6 Music, oltre che alcuni punk e motociclisti sparsi tra la folla. A giudicare dai vestiti, molta gente è arrivata dritta dall'ufficio. Altri, ancora in tenuta da trekking, sono invece appena scesi dalle colline. In un angolo, due donne si baciano, una di loro tiene la mano di un uomo che fissa il palco, dove due roadie stanno regolando l'altezza dei microfoni e riaggiustando i piatti.

Mace individua il lattaio, la donna dell'edicola. Uno spacciatore. Due spacciatori. Un altro tizio che vive su una barca. La donna che dispensa abbracci e l'uomo che vent'anni fa ha cambiato il suo nome in quello di una lontana tribù aborigena.

Tutte le sottoculture della valle sono rappresentate, ma lui a quale appartiene? Mentre si chiede cosa vede la gente quando lo guarda, le luci della sala si abbassano di colpo e un clamore si leva ai piedi del palco, diffondendosi veloce tra il pubblico come un'increspatura su uno stagno.

Mentre le persone si spostano per guadagnarsi una vista migliore, un uomo sale sul palco e comincia a suonare un armonium. Il suo rombo sommesso, ma pulsante e sinistro, mette a tacere le chiacchiere del bar.

Il musicista intona note degne di una marcia funebre. A poco a poco l'illuminazione diventa di un blu opprimente, mentre appaiono gli altri membri dei Thank-You che afferrano gli strumenti e controllano i livelli. Della cantante ancora nessuna traccia però.

Il bassista suona una singola nota lineare e il ronzio dell'armonium si gonfia in una sorta di pulsazione maligna, finché il batterista interviene sul sincopato per piazzare un ritmo jazz inaspettato e leggero sul rullante e sui piatti.

Infine entra in scena Jenny suscitando timidi applausi.

Ti amo, Jenny! grida qualcuno.

La cantante si erge al centro del palco, a testa bassa e con gli occhi chiusi, mentre le vibrazioni sonore sembrano farsi più intense e spandersi intorno a lei. Pulsano nella sala, si insinuano in ogni angolo agitando le pinte sui tavoli e salendo dalla pista da ballo tra i piedi e le gambe del pubblico.

Ti amo, Jenny! grida la stessa voce di prima, che viene però subito zittita da parecchie persone. Mace si guarda attorno per capire da dove proviene e vede un uomo proprio di fronte al palco. È alto, tarchiato e malgrado abbia un accenno di chierica, lunghe ciocche di capelli gli cadono sulle spalle dandogli l'aspetto di un personaggio dickensiano trapiantato in un festival rock degli anni Ottanta. Mace è convinto di averlo già visto in città. È un altro dei pazzoidi che hanno invaso la valle.

All'improvviso la band smette di suonare. Jenny apre gli occhi.

Vorrei dedicare questa canzone a Josephine Jenks, che è stata vittima di violenza, e a tutte le donne maltrattate nel mondo.

La folla applaude.

Merda, pensa Mace. L'ha detto. L'ha detto davvero.

Ehi, anche gli uomini soffrono! Grida lo stesso disturbatore, ma prima che qualcuno possa lamentarsi, i Thank-You attaccano il brano di apertura del loro ultimo album, che si rivela molto più tosto, serrato e potente di quanto Mace si aspettasse. La folla si precipita verso il palco e lui si sente trascinare suo malgrado. Il bicchiere d'acqua gli schizza sulla camicia e poi gli sfugge di mano, mentre lo assale l'odore acre e pungente di quella massa umana accalcata. Vede ancora quell'uomo, agita le braccia e salta con un vigore eccessivo, e mentre la luce acquista una tonalità rossastra, scura e sanguinosa, anche Mace si abbandona alla frenesia collettiva.

Esce prima della fine del concerto e s'incammina a passo lento lungo l'alzaia fuori città, schivando buche ed escrementi d'oca, mentre l'aria fredda e umida dell'autunno imminente gli gela il sudore sulla fronte e sulla schiena.

Decide di prendere la strada più lunga e si dirige verso il parco, stanotte silenzioso. L'area dei pattinatori è una massa scultorea di conche, rampe e ondulazioni colorate di bianco dalla luna, forme perfette e surreali come un'opera di Henry Moore o Barbara Hepworth. Il palco è deserto, uno spazio silenzioso e senza vita che ha bisogno della musica estiva, e alla luce di un lampione dalla punta piegata come un fiore appassito, Roddy Mace scorge le foglie di cui è cosparso, i loro bordi bruniti, come consumati dal fuoco, le delicate increspature della loro agonia.

Poi, mentre lascia il parco e si allontana dai lampioni, gli alberi sembrano avvicinare le loro chiome per oscurare il sentiero riducendo la notte alle colonne serrate dei tronchi e al sinistro scricchiolio dei rami più alti. Attraversa un ponte vicino allo zoccolificio in disuso, un grosso monolite con decine di finestre rotte, ognuna simile a una bocca nera, irta di pezzi di vetro, al cui interno in passato una schiera di uomini e donne operosi lavorava il legno e il cuoio con martelli e chiodini per fabbricare non solo le galosce per cui la valle è famosa, ma anche cinture, suole, borse e corde.

All'inizio, quando si è trasferito in campagna, il buio – quello vero, non l'inquinamento luminoso di Londra – e il silenzio lo hanno inquietato. Camminare di notte lungo l'argine del fiume o sull'alzaia lo faceva sentire vulnerabile, ma col tempo i suoi sensi si sono ricalibrati. Ora lascia che siano le orecchie e i piedi a guidarlo. L'istinto ha preso il sopravvento e i misteriosi rumori del sottobosco si sono trasformati da potenziali minacce in fonti di meraviglia. In diverse occasioni ha visto i gufi prendere il volo e una volta o due è riuscito a individuare la fonte del loro richiamo, puntando il fascio della torcia su una palla di piume appollaiata su un ramo come un oggetto di scena. Una notte un tasso gli è passato davanti, a meno di un metro di distanza, una sagoma bianca e nera che correva raso terra, la schiena arrotondata, i lunghi artigli che hanno cominciato a ticchettare quando è arrivata sui binari della ferrovia.

Adesso Mace si gode queste ore tarde. Questa passeggiata al buio. Malgrado sia breve, è un sollievo per lui lasciare la città, allontanarsi dagli scoscesi marciapiedi bagnati di pioggia e dal caotico labirinto di strade e passaggi e addentrarsi nel mondo oscuro del fiume, del canale, dei boschi e delle carcasse delle industrie defunte: la fabbrica, le filande fiancheggiate da stagni limacciosi, le alte ciminiere di pietra che svettano tra gli alberi, tondi obelischi ormai senza fumo, sono le vestigia di un'epoca di speranza e lavoro regolare.

I primi tempi ha esplorato la città a piedi, di notte, per smaltire l'eccesso di energia che gli derivava dall'astinenza. Si è addentrato in ogni strada laterale, vicolo e passaggio, proprio come in passato aveva battuto il centro di Londra, inebriato dalla moltitudine di opportunità peccaminose che la capitale offriva a un giovane single sceso dalle province del nord. Aveva sperperato i suoi primi stipendi in cocktail, pillole e bustine di polvere bianca, in locali notturni e saune aperte fino a tardi dove i corpi di altri uomini come lui si sfioravano tra dense nuvole di vapore profumate di chiodi di garofano ed eucalipto. Scorrerie che si concludevano con una corsa in taxi verso casa e un sonno irregolare e inquieto in una città che non conosceva il silenzio.

Frammenti di quelle notti gli tornano ora alla mente mentre scende i gradini di pietra che lo riportano sull'alzaia. Immagini di figure a torso nudo che si muovono in uno dei locali sotterranei di Vauxhall; l'odore chimico dell'amile e la forma di un corpo che scivola sul suo come gocce di pioggia sul vetro di una finestra, sparendo in basso mentre lui si piega all'indietro e afferra piccole stalattiti bianche che pendono dai mattoni del soffitto a volta di un vecchio ponte ferroviario, gocce calcificate sospese su questa strana scena, che ha quale colonna sonora il ritmo sincopato dell'hard-techno. Pelle contro pelle, dita che stringono braccia, mani che massaggiano colli.

Non rimpiange però ciò che seguiva a quelle transazioni spesso prive di parole: i momenti di down, i postumi delle sbornie, le ore passate a fissare lo schermo di un computer desiderando che la morte lo portasse via. Per non parlare dell'immensa voragine di solitudine che si apriva dentro di lui ogni volta che si svegliava da solo; appagato nel fisico, seppure in via temporanea e superficiale, ma sempre solo.

Cammina lungo il canale, passa davanti alle barche ormeggiate, immerso nei pensieri e respirando l'aria notturna che porta con sé una brezza pungente.

Forse sono state le sue carenze come scrittore a condurlo qui. Dopo essere uscito da una mediocre università alla periferia di Londra, aveva trovato soltanto un misero posto come correttore di bozze al «Sun». Lavoro a turni, notturno. Quattro ore qui, otto ore là, qualche tirata di dodici ore in periodo di elezioni locali.

Il giornale rappresentava tutto ciò che odiava, ma disprezzava ancor più la povertà, e l'estate precedente aveva fatto lavori che lo avevano abbrutito: telefonare a piccole imprese per convincerle ad acquistare spazi pubblicitari su opuscoli aziendali; correggere manuali di formazione del personale per una ditta che vendeva abbigliamento sportivo; scrivere i testi per le confezioni di una fabbrica di surgelati; un'interminabile e soffocante settimana a vendere orologi porta a porta tra Barnes e Mortlake. Ha distribuito volantini per ristoranti. Ha lavorato nei bar. La paga offerta dal tabloid era più che buona e ammorbidiva il colpo di dover correggere articoli che andavano contro le sue convinzioni etiche, politiche e filosofiche.

All'epoca era una persona su cui poter contare. Si metteva a disposizione su tutti i fronti.

Giunto alla sua barca e malgrado la stanchezza per la lunga giornata, Mace decide di non fermarsi. Di rado va da quella parte, ma stanotte prosegue nel buio e passa sotto uno di quei ponti bassi che Ted Hughes in una poesia appuntata a una paratia della barca descrive come il luogo in cui venne disturbato da *una trota lunga quasi quanto il mio braccio*, caduta dal cielo insieme a *un acquazzone di mezzanotte*. Ora invece si sente solo il rumore dei suoi passi sull'acciottolato consumato da un secolo e mezzo di suole.

Cammina a lungo, prima di voltarsi per guardare quanta strada ha fatto. In lontananza, forse tre chilometri, scorge un debole bagliore arancione sopra quella che sa essere la città, ormai invisibile in fondo alla stretta gola tra i pendii boscosi. Più avanti, alcuni punti luminosi segnalano le case del borgo abbarbicato sul pendio e poi la tundra inglese, le lande desolate dell'entroterra: l'ondulata distesa della brughiera, le sue felci, i suoi pantani.

Si volta verso la città e il tempo sembra fermarsi, mentre il ritmo del respiro coincide con quello dei passi. Ha la sensazione di planare senza peso sulla superficie del mondo, finché raggiunge le chiatte dei suoi vicini che ondeggiano dolcemente, spinte contro la riva, con i tetti ingombri di biciclette, vasi da fiori e cataste di legno tenute insieme da corde. I gatti si aggirano tra i cespugli in cerca di roditori.

Alcune barche sono ornate da pitture mentre altre portano le cicatrici degli anni trascorsi a solcare i sessanta chilometri del canale. Due o tre delle barche meglio tenute sono vere e proprie opere d'arte, sgargianti e fantasiose come le vecchie giostre dipinte a mano da generazioni di ambulanti.

Roddy Mace apre la sua porta e scende i ripidi gradini. Dopo aver acceso la luce, infila una manciata di ramoscelli nella stufa, aggiunge qualche esca per il fuoco e pagine di un vecchio giornale appallottolate – il «Valley Echo», ovvio – prima di accendere un fiammifero. Si serve dello sportello della stufa per ventilare le fiamme finché i ramoscelli non prendono, aggiunge un paio di ciocchi di betulla stagionata e un po' di carbone da un secchio. Riempie il bollitore d'acqua e lo mette sul fuoco.

Quando parte il fischio, Mace già dorme, con il viso illuminato dal caldo sfarfallio che emana dai silenziosi riverberi del fornello.

## 4.

Tony Garner brontola quando la sveglia del telefono suona alle cinque del mattino.

Si gira su un fianco e la spegne per tornare a dormire, ma il cane, che è nel letto con lui, si agita, si stiracchia, e gli sale sopra, gli soffia il fiato in faccia. Quando lui cerca di respingerlo, Earl gli lecca la fronte, gli occhi, la bocca.

La stanza è silenziosa.

Alla fine Garner si alza. Si veste subito e in una ventina di minuti è fuori casa, con due spinelli arrotolati in tasca e un terzo in mano, che si ferma ad accendere nella strada deserta. Il cane, consapevole che questa uscita mattutina promette di rompere la sua solita routine, è già eccitato.

Con la coda dell'occhio, Tony vede un movimento. È una volpe color fuoco che si è fermata mentre attraversava la strada per guardarlo, la testa e le orecchie erette a formare tre triangoli appuntiti nel grigio del nuovo giorno. Earl, che l'ha vista, tira il guinzaglio, spingendo in avanti il muso massiccio e le spalle potenti, e Garner pensa che potrebbe anche lasciarlo andare. Sarebbe in fondo una partita equa, dato che la volpe si è accorta di loro ed è pronta a scappare, ma consentire che si inseguano per la città sarebbe inutile e persino contro natura. Inoltre, con una volpe morta non ci si può far niente, salvo forse sbiancarle il cranio lasciandolo a mollo in un secchio per una settimana sul balcone o conservare la folta coda per uno dei suoi cappelli, mettendo però in conto le reazioni rabbiose della gente. Gliene hanno già strappata una dalla testa in passato.

Ha dormito poco o niente. Il pensiero di Josephine Jenks è stato con lui tutta la notte. Le immagini della donna accasciata nel vicolo, il sangue che gorgogliava nello squarcio sul viso e la vena del collo che pulsava debolmente lo hanno tenuto sveglio per ore e quando alla fine è crollato, l'ha ritrovata in sogno, solo che stavolta lei ha aperto gli occhi e gli ha puntato contro un dito, scoppiando in una risata, e lui si è reso conto che in realtà stava indicando dietro le sue spalle, dove forti riflettori bianchi hanno di colpo illuminato la strada ora invasa dalla polizia e una troupe cinematografica capitanata da un regista con un megafono. Tutti ridevano e anche loro lo indicavano, ripetendo il suo nome, i suoi tanti nomi – Tony Fattone, Tony Tremarella, Tony Cappello, Tony Trota – e ridevano.

È stato allora che l'alito fetido del suo cane lo ha svegliato nella stanza ancora buia.

Forse è morta, pensa. Forse è morta dissanguata durante la notte e ora è solo un guscio grigio e rinsecchito, un guscio vuoto, steso su un tavolo di acciaio inossidabile in ospedale.

L'aria è gelida, per cui si protegge la parte inferiore del viso con la sciarpa e si spinge il berretto di lana verde abete fino alle orecchie. Faceva troppo freddo oggi per il berretto alla Sherlock Holmes.

La città dà il meglio di sé quando è deserta. In queste ore del giorno le strade sono sue e anche i boschi lo sono e pure le colline, tutto è suo adesso. La roba in vendita nelle vetrine dei negozi. Le auto parcheggiate, i cartelli stradali, le biciclette incatenate qua e là, perfino la spazzatura. Tutto; è tutto suo. Procede veloce, scegliendo un percorso tortuoso per evitare il passaggio in cui ha scoperto la donna. Sono tre chilometri buoni fino a Coneygarth, il suo terreno di caccia preferito.

Ma forse la donna sta bene.

Forse era solo un taglietto.

Un incidente.

(Non era solo un taglietto).

(Non è stato un incidente).

Dagli alberi dietro le case alte e strette che costeggiano la collina, gli arriva il coro dell'alba e, per pensare ad altro, Tony Garner prova a elencare gli uccelli che ha visto nella valle.

Merli. Rondoni.

Regoli. Picchi muratore.

Picchi. Ballerine bianche.

O forse è morta e i poliziotti stanno già ricostruendo il percorso a ritroso, dal tavolo di acciaio inossidabile dell'obitorio all'arrivo al pronto soccorso su una barella, alla corsa in ambulanza su e giù per la valle, a sirene spiegate e coi lampeggiatori blu che bucano il blu più scuro della notte, per tornare infine in città e alle prime ore del giorno, al suo corpo accasciato in quel vicolo buio e umido, con una gamba ripiegata sotto il bacino e il sangue che scorre al contrario, rifluendo all'interno dello squarcio che le apre la faccia...

Nibbi reali. Merli acquaioli

Aironi. Rondini.

... e scoprire lui, Tony Garner il Fattone, in piedi di fronte a lei, con il coltello in mano.

Fringuelli dalla testa nera. Martin pescatori. Taccole.

Decine di taccole.

Forse hanno già ricostruito il percorso e ora sono lì, a esaminare il luogo da vicino. Sempre che non stiano tenendo d'occhio lui invece.

(Non lo stanno tenendo d'occhio).

(O forse sì).

Hanno telecamere. Microfoni. Novità tecnologiche di ogni tipo.

Hanno già un fascicolo su di lui. Per via della cagata e del cigno e altri incidenti, come la volta in cui lo hanno arrestato per taccheggio e quella in cui lo hanno denunciato per possesso di stupefacenti e forse un paio di altri problemi di cui non ha memoria perché all'epoca era ubriaco e adesso è ancora presto. Fa un ultimo tiro, spegne la canna e pensa...

Gufi.

Gufi. Allocchi. Barbagianni. Gufi di palude.

È illegale non chiamare un'ambulanza quando ti imbatti in una persona stesa a terra, affettata come un salame?

O rimuovere un'arma, anche se per caso? Be', forse non proprio per caso, ma di certo non era premeditato e, dopo averla raccolta, non poteva mica rimetterla dove l'aveva trovata, no? È pronto a scommettere che una legge su questo ci sia. Ci sono leggi su tutto ormai. Non si pensa che a colpire la gente come lui, a 'sto mondo.

(Sei fregato, bello).

Conta otto cancelli lungo il vialetto sul retro delle villette a schiera e solleva senza far rumore il chiavistello del nono per infilarsi nel giardino di Tom Scorper.

Bess, la bastarda di Scorper, è al suo posto, legata come d'accordo. Si alza al loro arrivo e Earl tira sul guinzaglio per salutarla. Garner li guarda annusarsi, riconoscersi. I nasi accostati ai culi.

Earl mugola di frenesia; ricordi radicati nel profondo gli fanno associare la bastarda alla caccia, alla carne stretta nella bocca e il muso sporco di sangue.

Garner porge a Bess un biscotto, la slega avvolgendosi il guinzaglio intorno alla mano. I termini dell'accordo sono sempre gli stessi: Scorper riceverà la metà di quel che lui otterrà dal macellaio – anche se ovviamente non gli dà mai così tanto – e Bess potrà sgranchirsi le zampe mentre il suo padrone se ne sta stravaccato sul divano a discutere con la fidanzata su a chi dei due tocca andare a comprare da bere. Non stavolta però. Non a quest'ora del giorno. Scorper non è nei paraggi.

È ancora buio e malgrado la città dorma e non si levi una foglia, Garner evita il vecchio ponte dei cavalli da soma e attraversa il fiume più a monte, oltre le ultime case, dove una vecchia conduttura del gas con la vernice verde scrostata e rovinata dalle intemperie scavalca l'acqua. I pali di sicurezza installati per impedire di servirsene come un ponte sono stati piegati e smussati.

Questo percorso comporta quindici o venti minuti di cammino in più, ma si arriva a Coneygarth passando per zone boscose in cui è improbabile incontrare qualcuno, a parte, forse, chi porta a spasso il cane di prima mattina.

Garner ha attraversato il gasdotto un centinaio di volte senza mai cadere, nonostante i suoi problemi di equilibrio. Eppure lo fa ancora con una certa trepidazione, non perché il fiume sia profondo e pericoloso, ma perché l'acqua è bassa, il letto disseminato di rocce, e il condotto è reso scivoloso dall'usura e dalla rugiada.

I cani, non più al guinzaglio, lo seguono saggiando con cautela il metallo.

Guidato dal rumore dell'acqua, Tony Garner entra nella verde cattedrale ai margini della valle. Le foglie hanno già cominciato a raggrinzire e cadere. Tra una o due settimane il decadimento autunnale infiammerà la vegetazione. Presto l'intero bosco assumerà l'aspetto di una vetrata colorata accesa dall'epurazione rinnovatrice della natura.

Nel chiarore indistinto del mattino imminente scorge un edificio solitario sull'altra sponda del fiume. Una struttura tozza, bianco sporco, costruita su un'area pianeggiante al di sopra della zona di esondazione. Sebbene non vi siano insegne, Garner sa che per tutti è il Barghest, una locanda che in origine ospitava un club di lavoratori e il cui interno è rimasto immutato dagli anni Settanta.

La gente lo conosce come il pub più sperduto della valle, un luogo per i bevitori più determinati e in possesso di una torcia elettrica e buone gambe, dove uomini volonterosi stanno agli spillatori durante gli orari di apertura, orari che dipendono in tutto e per tutto dall'umore e dal grado di ebbrezza del momento.

Tony Garner non ci ha mai messo piede, ma ogni tanto ha dato un'occhiata all'interno dalle finestre e ha preso anche in considerazione di rubare i fusti di birra impilati all'esterno, a scoraggiarlo è la prospettiva di doverli far rotolare per mezz'ora nel fango, tra i grovigli di radici e le rocce.

All'interno ha visto una boiserie e tavoli rivestiti di rame, sedie spaiate e vecchi calendari. Nonostante la penombra del locale ha colto fotografie incorniciate, appese storte e mai raddrizzate, immagini della brughiera circostante e poi una sala interna, malmessa ma accogliente, adibita ai giochi, riffe con in palio vassoi di carne e karaoke folk.

Garner prosegue e riaccende il mozzicone della canna, assaporando il gusto acre e terroso dell'erba, il fumo che gli riempie i polmoni e la testa. Lo sente scorrere nelle vene come un calore che gli è familiare. Fumare lo tranquillizza di solito. Lo ha sempre aiutato a mettere ordine nei suoi pensieri incasinati e a concentrarsi sull'obiettivo immediato – è anche convinto che l'erba gli plachi il tremito – ma stamattina gli sembra che l'effetto sia opposto, che il battito cardiaco acceleri, trasmettendo al corpo un messaggio di ansia crescente. Torna a percepire nello stomaco la tensione del giorno prima e spera di non incontrare nessuno.

Ha l'impressione di sentire l'odore del sangue. Avanza in questo luogo selvaggio, addentrandosi insieme ai cani in una selva inestricabile di rovi che sembrano matasse di filo spinato. È circondato da tronchi, alcuni dritti come fusi, altri nodosi e deformi.

Cerca con gli occhi alberi familiari che lo aiutino a orientarsi nella boscaglia: l'ontano caduto, il boschetto di faggi così fitto che i rami si intrecciano tra loro. Una betulla bianca che luccica come un palo cromato fendendo l'aria immobile.

Cammina sul muschio fradicio e sulle rocce scivolose, sente i muscoli delle cosce e dei polpacci contrarsi e i polmoni bruciare, finché non raggiunge il cuore del bosco.

Nel fogliame risuona ora il canto degli uccelli e la luce del mattino, che da azzurra era diventata grigio ardesia, ha infine assunto l'arancione smorzato di un'alba autunnale.

Garner si ferma, si accovaccia, si accende una seconda canna.

Soltanto allora il pensiero si ripresenta.

(Stavolta rischi grosso).

(Stavolta finisce che ti inchiodano).

Cerca di scacciarlo dalla testa e, tra un tiro di canna e una grattata dietro le orecchie ai cani, mormora parole di conforto e di incoraggiamento, senza sapere se si rivolge a loro o a se stesso.

Il fumo gli avvolge il viso in un nuvola, un velo che vortica davanti agli occhi per poi disperdersi. Sente il cuore battere forte nel petto. Il sudore della rapida ascesa si va già raffreddando sulla schiena, incollando la maglietta alla pelle.

(Sei fregato).

Tony Garner spegne lo spinello fumato a metà, toglie la cenere e se lo infila in tasca.

Si appoggia a un albero e ordina ai cani di sedersi. I due animali scrutano l'anima di questa mattina d'autunno inglese coi loro occhi grandi e di un nero brillante e insondabile.

Josephine Jenks è sulla prima pagina del «Valley Echo». Il suo volto sorridente compare nelle edicole e nelle vetrine, il suo nome campeggia sotto la testata del giornale. *DONNA DEL POSTO SQUARCIATA DA UN MISTERIOSO AGGRESSORE*, annuncia il titolo e malgrado esibisca un sensazionalismo per loro insolito, dice il vero, pensa Roddy Mace.

Sopra Josephine Jenks, nell'angolo in alto, c'è una piccola foto di Jenny Thank-You, la cui risoluzione è talmente bassa da sembrare un ritratto cubista pixelato. *La cantante candidata al Brit Award offre sostegno alla vittima* dice la didascalia. Ogni settimana Roddy Mace solleva il problema della scarsa qualità delle foto sul giornale, e ogni settimana Malcolm Askew promette di risolverlo, per poi ripetere lo stesso errore.

È alla scrivania da soli cinque minuti quando squilla il telefono.

Salve, vorrei parlare con Roddy Mace, per favore.

Sono io.

Salve. Mi chiamo Jeremy Fitz.

Buonasera.

Ciao collega. Chiamo dal «Sun».

Mace esita. Ricorda il nome. Fitz era un corrispondente freelance per la zona sud-est di Londra quando Mace lavorava al «Sun». È entrato in redazione dopo che lui se n'è andato. Le loro strade non si sono mai incrociate.

Ok, dice.

Hai un minuto, collega?

Collega. L'eccesso di confidenza che quella parola implica irrita Mace. Collega è il cerotto applicato all'imbarazzo nelle interazioni sociali tra maschi. È il segno di riconoscimento degli uomini etero. Uomini virili. Una stronzata, insomma.

Mace resta in silenzio.

Ci sei? dice Fitz. Mi senti?

Sì. Ma non ho molto tempo in questo momento.

Ascolta, sono capocronista di nera adesso. Può darsi che tu abbia letto qualche mio pezzo, sempre che il «Sun» arrivi su quelle colline.

Parla con l'accento tipico di chi è cresciuto lungo le rive del Tamigi e del suo estuario. Il colpo di glottide, lo chiamano così. Molta gente che lavorava al tabloid parlava in quel modo.

Fitz ride. Una risata vuota e incerta.

Scherzavo, aggiunge. Sono anch'io del nord. Ci ho passato un po' di tempo, per meglio dire. Mi sono fatto le ossa al «Walsall Express & Star».

Al Walsall? Non è proprio...

Ho appena letto il tuo articolo su quella pollastra aggredita.

Pollastra, pensa Mace. C'è ancora gente che usa certe parole.

Josephine Jenks, replica.

Mi chiedevo se avessi qualche informazione in più.

Hai letto il pezzo, no?

Gli ho dato una scorsa sul telefono stamattina, mentre andavo al lavoro. Che sai di lei?

Sono contento che ti abbia colpito.

È stata accoltellata, vero? In modo grave?

Perché ti interessa?

Mi chiedevo se girano voci in città. Sospetti su qualcuno? Un marito? Un fidanzato?

Perché mi fai tutte queste domande?

Perché è il mio lavoro, collega.

Mace si distende sullo schienale, pensa: se dici "collega" ancora una volta, scendo a Londra e ti ammazzo a mani nude. E poi sì che avremo una storia da raccontare. Fa invece un respiro profondo.

Sono soltanto l'unico giornalista di una testata locale in sofferenza, dice. È meglio se chiedi alla polizia, *collega*.

Ma Fitz non demorde.

Voglio solo inquadrare il contesto. Parlare un po', da letterato a letterato. Se non ricordo male, in passato anche tu hai fatto il lavoro sporco come noialtri topi di fogna.

Per un breve periodo soltanto, precisa Mace. Molto breve.

Capisco. Ho letto però i tuoi pezzi su quella storia nelle Dales. Li abbiamo letti in tanti. Era roba tosta, ma tosta parecchio. Cadaveri, ragazzini, maiali. Pezzi grossi coinvolti, consiglieri locali e un popolare presentatore televisivo, diciamo pure un eroe nazionale.

Per il tuo giornale, forse.

Forse. Resta il marciume. Una corruzione che andava dal basso fino ai vertici. Da un porcile a un cavaliere del regno. Cristo che storia. Scoop così ti capitano una volta nella vita. Ci avrai goduto a sguazzare in quella roba.

No. Non esattamente.

Ho sentito che hai firmato un contratto con un editore però.

Sto scrivendo un libro, sì.

È buono?

Cosa?

Il contratto. È buono?

Non lo so, dice Mace. È tutto relativo.

Seguirà un adattamento televisivo, immagino. O magari un film. Non dirmi che non ci hai già pensato.

Ci ha pensato.

No, dice.

Be', ascolta, Rod. Sarei contento di pubblicare degli estratti del tuo libro, quando te la sentirai. Potremmo dargli un bello spazio. Una doppia pagina per una settimana, magari. E tu sai come funziona. Io faccio un favore a te e tu uno a me.

Non è ancora finito.

Certi scrittori ammazzerebbero la madre per uno spazio del genere.

Penso che quella storia si venda da sé.

Nessuna storia si vende da sé, ribatte Jeremy Fitz. Siamo noi, tessitori e artefici della magia semantica, a dare vita alle storie. Le scolpiamo e le modelliamo per i nostri lettori.

Io preferisco raccontare i fatti e lasciare che i lettori si facciano una loro opinione, dice Mace.

Sente Fitz sghignazzare all'altro capo del filo.

Comunque sia. Di' al tuo ufficio stampa di farsi sentire quando sarà il momento e risolveremo la questione. Nel frattempo, che ne diresti di alzare qualche soldo extra lavorando per uno dei giornali più letti del Regno Unito?

Quale?

Lo sai quale. Il tuo articolo andava abbastanza bene, collega. Hai centrato il nocciolo, ma anche trascurato gli aspetti più succosi. Quelli che fanno vendere.

Ci sto ancora lavorando.

Mi prendi in giro? Mi rendo conto che è ancora presto, ma sappi che alcuni di noi stanno al chiodo dalle sei del mattino. Fatti un caffè, per l'amor di Dio.

Mace deve resistere all'impulso di spaccare il telefono sulla scrivania. Immagina di sbatterlo fino a rompere lo schermo, la plastica che si frantuma e la voce di Jeremy Fitz ridotta a un gracidio digitale.

Ascolta, dice Fitz. Non sono un idiota e nemmeno tu. Siamo entrambi impegnati e non abbiamo tempo da perdere.

Visto che all'altro capo della linea è calato il silenzio, Jeremy Fitz continua.

Andiamo, presumo tu abbia fatto i compiti e ti sia reso conto che è una storia coi fiocchi anche questa: casalinga disinibita e prostituta nel tempo libero viene squarciata in una località sperduta e abitata da hippy e bifolchi. So chi è. So tutto di lei. La cara Josephine ha un seguito e il suo fan club non l'avrà certo dimenticata solo perché ogni tanto cambia nome e colore di capelli, e sembra aver rinunciato alla sua breve carriera sul grande schermo. In alcuni ambienti è una leggenda.

Se lo dici tu.

Te lo dico eccome, e dovresti dirlo anche tu. La vecchia Jo si merita almeno una pagina.

Non è così vecchia.

Fidati, ha vissuto. E sono pronto a scommettere che chiunque sia stato ha un legame con il suo passato. Ma tu non hai nemmeno sfiorato questo aspetto. L'approccio del tuo articolo è troppo leggero.

Si attiene ai fatti, replica Mace. È un giornale locale, questo. Non facciamo congetture.

Nemmeno io, collega. Nemmeno io.

Le hai appena fatte.

Non per iscritto.

Registro la storia, dice Mace. È questo il ruolo di un giornale locale. Registrare la storia.

Fitz scoppia a ridere.

La storia? Amico mio, la storia non è che una bugia dalle gambe lunghe. E la verità la dice chi grida più forte. Vedi, il pezzo che hai mandato in stampa dice in sostanza che un'attrice amatoriale si è tagliata con un pezzo di carta durante una riunione del circolo femminile. Non interessa a nessuno.

Mace sente un disperato bisogno di bere. E di una sigaretta.

Sente un disperato bisogno di un drink, di una sigaretta e di altro ancora. Conta fino a tre. Fino a cinque.

Come ho detto, mi sono attenuto ai fatti. Il giornalismo è questo: riportare i fatti.

I nostri lettori vogliono di più.

I vostri lettori si bevono quello che gli offrite, dice Mace. Ci ho lavorato in quel giornale, ricordi? E me ne sono andato. Non capisco perché ti interessi tanto un fatto di cronaca locale, comunque sia.

Dunque non pensi che la sua variopinta carriera abbia un legame con questo incidente intempestivo? La vedi con occhi troppo provinciali per capitalizzare quello che hai in mano, è questo il tuo problema. Rod, questa donna è perfetta per noi e ci sono duemila sterline pronte per te più un generoso conto spese, se scavi nel torbido per noi. Dacci qualcosa su cui lavorare. Ne ho già parlato con il mio capo. Prendila come una consulenza, se preferisci.

Non sono interessato, dice Mace.

Sappiamo entrambi che il tuo giornale è nella cacca. Conosco i numeri. Metà dei giornali locali di questo paese navigano in brutte acque e l'anticipo per quel tuo libro non durerà per sempre. Parliamo di quanto? Un giorno o due di lavoro? Dài i soldi in beneficenza, se ti rimorde la coscienza. E tieni conto che ti faremo altre offerte di collaborazione. Molte altre.

Mentre ascolta, Mace immagina l'esalazione frizzante di una bottiglia di birra fresca appena aperta. Ricorda il sapore del primo sorso, la sensazione delle bollicine in fondo alla gola, il rutto seguito da un secondo sorso, l'effetto quasi istantaneo. Pensa al tintinnio dei cubetti di ghiaccio in un tumbler. A una vodka costosa. A una vodka economica. Al bruciore dell'alcol. Al suo sapore forte. Puro.

Non sono interessato, dice.

Una nostra troupe viene su oggi per vederla.

Una troupe?

Sì. Perché a differenza del vostro giornalaccio con quel sito da due soldi, il «Sun» è multimediale. Un filmato in streaming vale più della carta stampata. Gif, tendenze e hashtag, bello. Avremo un cameraman in ospedale in men che non si dica. In un attimo ricreeremo un'atmosfera alla Jack lo Squartatore. Ma ascolta. Se hai un contatto personale che può aprirci delle porte – un amico di famiglia, poniamo – e organizzare un faccia a faccia con Jo, diciamo per oggi o domani, cinquemila sterline pioveranno sul tuo conto prima che tu abbia fatto colazione. Non menarmela con moine da santarellina però. So come siete lassù. Conosco Norwich.

Norwich è a chilometri da qui.

È sempre campagna.

Norwich è una grande città.

Cinquemila sterline, insiste Fitz. Cinquemila per essere il nostro uomo sul campo. Deve essere lo stipendio medio di un anno da quelle parti, o sbaglio?

Con cinquemila sterline tiri avanti sei mesi. Sei mesi a mangiare nient'altro che riso e fagioli, ma pur sempre sei mesi. Cinquemila sterline rappresentano la possibilità di abbandonare una nave che sta affondando per dedicarsi al libro. Cinquemila sterline sono anche l'anticipo che dovrebbe restituire nel caso in cui non lo finisca.

Mace sospira.

Non conosco la famiglia.

Ehi, dice Fitz, ammorbidendo il tono per fingere empatia. Sto solo facendo il mio lavoro.

Una donna è stata ferita. In modo grave.

Lo so. Una donna che occupa ancora un posto speciale nel cuore di qualche uomo. Le sue gesta cinematografiche sono apprezzate e abbiamo una pagina, la 3, ancora in bianco, pronta per lei. Vorremmo riempirla come si deve. Ripeto, duemila sterline per qualche indiscrezione, cinquemila per un'intervista.

O un whisky, pensa Mace. Un whisky e Coca-Cola. E non mi piace nemmeno il whisky.

Non farò il lavoro sporco per te.

Senti, dice Fitz con voce tesa adesso. Che ti piaccia o no, la storia di Josephine Jenks sarà sul nostro sito in giornata e sul cartaceo di domani. E l'impatto dipenderà da quello che riusciamo a trovare. Gli ingredienti ci sono tutti. Il sesso, una MILF arrapata, coltelli e sangue, e il tutto in un paesello sperduto popolato da sempliciotti dal cuore tenero come te. Ti sto offrendo l'opportunità di fare un lavoro serio per un giornale serio una volta tanto. Onestamente, che roba è il «Valley Echo»? Carta igienica. Potrebbe essere il modo per tornare in pista...

Proprio non vuoi capire, vero? Non voglio tornare in pista. Tornare in pista è l'ultimo dei miei pensieri.

... farti un nome, invece di dire a tutti che stai scrivendo un libro quando anche il tuo editore sa che non lo finirai mai.

Vaffanculo.

Mace riattacca.

Vaffanculo, ripete al telefono.

## 5.

Tony Garner ha appena portato la bastarda oltre il recinto e sta attaccando il moschettone del guinzaglio al collare dell'animale, quando un'auto risale il sentiero, inclinandosi da un lato all'altro a seconda delle buche e schiacciando la ghiaia con le gomme. Si ferma accanto a lui. Sente il rumore del freno a mano, poi la portiera che si apre. Alza lo sguardo. Merda, uno sbirro.

È Bob Blackstone. Il più stronzo di tutti. Un uomo con lo spessore di un maiale, in senso sia letterale che figurato.

Bene bene, guarda chi si vede.

Cazzo, dice Tony.

Bella giornata, eh?

Ancora eccitato dalla caccia, Earl tenta di avventarsi su Bob Blackstone tirando il guinzaglio. Abbaia, rivelando l'interno rosa e nero della sua bocca. Il poliziotto fa un passo indietro.

Tony tira il guinzaglio.

Seduto.

Il terrier obbedisce a malincuore e appoggia le zampe posteriori a terra accanto alla bastarda che, dopo aver speso le sue energie, ha già assunto una posizione di sentinella silenziosa.

Per cosa?

Blackstone indica il cartello. ATTENZIONE. ACCESSO VIETATO. E poi un altro. OGNI VIOLAZIONE VERRÀ PERSEGUITA.

Li hai visti?

Tony Garner non risponde.

Sai leggere, vero?

Garner si strofina il naso. Sente il peso della borsa sulle spalle. Il rigonfiamento sotto il giaccone e i corpi caldi al suo interno. Osserva il sangue sui baffi dei cani.

Li ho portati a sgranchirsi le zampe.

È un po' presto, no?

Non lo so, non ho l'orologio.

Siete stati fuori tutta la notte, vero?

Garner si morde il labbro inferiore e si acciglia.

No.

Ne hai combinata un'altra delle tue, scommetto.

No, replica Garner, alzando la voce.

Earl grugnisce a Blackstone, un gorgoglio basso che sale dal profondo della gola.

Sei carico?

Sono cosa?

Sei carico?

Che vuol dire?

La sua radio emette un crepitio improvviso che fa sobbalzare Tony Garner. Il poliziotto porta la mano al colletto e preme un pulsante. Il rumore cessa.

Se ti prendo per le caviglie e scuoto un paio di volte quella tua testa di cazzo, che tipo di droga pensi troverò? dice Blackstone abbassando la voce.

Non ho nessuna droga, mente Garner, sollevato di avere soltanto una canna in tasca, visto che il mozzicone della seconda che si è fumato nella mattinata lo ha gettato in terra poco fa.

Puzzi di erba, dice il poliziotto.

Ero nel bosco. C'è erba dappertutto lì.

Perché ha il naso sporco di sangue? dice Blackstone, indicando la bastarda.

Ancora una volta Garner rimane in silenzio.

Cos'hai nella borsa, figliolo?

Niente, risponde Tony, con i muscoli della faccia sempre più flosci. Un paio di conigli. Non è illegale o sbaglio?

Tony non ne è sicuro, ma non lo è neanche Bob Blackstone, che ha cacciato in quegli stessi boschi quando erano ancora utilizzati come discarica. Una volta è tornato a casa con un bastone lungo un metro, aveva impalato abbastanza scoiattoli da sfamare il suo cane per un mese. Ha anche catturato la sua bella quota di galli cedroni e fagiani per il forno di sua madre. Il problema non sono i conigli, comunque sia.

Blackstone si schiarisce la gola e sputa davanti ai piedi di Garner un grumo di catarro verde pallido, che sembra quasi un'ostrica nel sole del mattino.

È illegale violare una proprietà privata però.

Garner osserva il catarro ai suoi piedi, che il terrier sta annusando, poi si concentra sulla cintura del poliziotto, a cui sono appese le manette e la bombola del gas lacrimogeno. Non vuole incrociare il suo sguardo. Torna a osservare il terreno, che scava con la punta dello stivale.

Ma io ci vado sempre, borbotta.

A che ora sei uscito di casa?

Garner sposta il peso da una gamba all'altra.

A che ora?

Stamattina.

Dài, Tony, non fare il finto tonto. A che ora sei uscito?

Verso le cinque. O forse le sei.

Le cinque o le sei?

Garner alza le spalle.

Hai tagliato per la città?

Garner si pulisce il naso sulla manica e si aggiusta il cappello. Guarda il boschetto di alberi ombrosi alle spalle di Blackstone, vorrebbe essere ancora lì.

Perché?

Non leggi i giornali, Tony?

Scuote la testa.

No.

L'altro ieri notte una persona è stata aggredita con un coltello.

Garner si concentra sul suo battito di ciglia. Si concentra sul respiro.

Si china per grattare i cani dietro le orecchie. Prima Earl, poi Bess. Il tutto per evitare di incrociare lo sguardo del poliziotto.

È una cosa seria, Tony. Pensiamo che si tratti di tentato omicidio.

A quel punto Garner sente qualcosa montare dentro di sé. Sente le parole agitarsi nello stomaco. Prendono forma dentro di lui e gli salgono alla gola per poi uscire dalla bocca; le sente prima ancora di pronunciarle. E quando parla davvero, lo fa con una voce che non riesce a controllare, un tremolio acuto che scaturisce dal profondo.

Non sono stato io ad aggredire quella donna.

Bob Blackstone lo osserva. Inclina la testa da un lato e annuisce lentamente, gli angoli della bocca abbassati e l'aria pensierosa.

Non ho mai detto che fosse una donna.

Lo stomaco di Garner si contrae. Si inumidisce le labbra.

Non sono stato io però, insiste, con la voce sempre più fuori controllo.

Ma tu sapevi che era una donna.

Poteva essere un uomo, replica Garner, quasi urlando adesso. Una delle due. Non sono stato io però.

Va bene, figliolo, dice Blackstone, che ha già avuto a che fare con gli accessi di Tony Garner. Calmati, per la miseria. Non ho mai detto che sei stato tu. Il problema è che te ne stai sempre in agguato nei boschi, a qualsiasi ora del giorno e della notte, e questo non gioca a tuo favore.

No.

Bob Blackstone prosegue.

Qualcuno della zona ha squarciato la faccia a quella povera donna e secondo i medici, bastavano due millimetri in più perché ci rimettesse le penne e noi avremmo adesso per le mani un caso di omicidio. Non sono ancora sicuri di poterle salvare l'occhio.

Il poliziotto lascia che quel dettaglio faccia il suo effetto.

Ora, se avessi visto o sentito qualcosa, ce lo diresti, vero, Tony?

Vedendo che da Garner non arriva alcuna replica, il poliziotto insiste.

Qualcuno in città sa e prima o poi scopriremo anche noi qualcosa. Tu sei sempre in giro, Tony, e credimi, non ti conviene essere coinvolto in questa storia. Nascondere informazioni alla polizia è un reato, come tu ben sai, mentre per parte mia io so che tu sei il classico cretino cui certe cose arrivano alle orecchie per sbaglio.

Garner lo fissa con occhi vuoti.

Con cosa l'hanno squarciata?

Il poliziotto scuote la testa, incredulo.

Un coltello, ovviamente. Che altro?

Garner si pulisce di nuovo il naso.

Ci sono andati pesante.

Torna a grattare i cani dietro le orecchie.

Che tipo di coltello?

Uno bello grosso e affilato. Perché, sai qualcosa?

Non so niente io.

Essere un idiota ha almeno un vantaggio, dice il poliziotto. Nessuno può capire quando ci fai o ci sei.

Non sono un idiota.

Comunque, se senti qualcosa.

Tony Garner alza le spalle.

Se senti *qualcosa*, ripete il poliziotto, con più forza stavolta.

Sì, dice Tony, con un tono supplichevole e inquieto.

Vengo a farti visita, ti avverto.

Garner osserva accigliato i suoi piedi. Il catarro.

Posso venire in qualsiasi ora del giorno o della notte, quindi tieni pronto il bollitore.

Tony si incupisce ancora di più, poi emette un lento sospiro. Non dice una parola.

Ci siamo intesi, conclude Blackstone. Ora dammi uno dei conigli che hai addosso e pure la canna, e vattene a casa.

I ritagli di giornale che documentano il caso riempiono due raccoglitori. Il caso che lo ha piegato e rovinato, che ha ridotto la sua forza interiore a un lumicino, un reietto agli occhi dei suoi colleghi.

Brindle ha raccolto e ordinato qualsiasi cosa avesse una relazione con l'ultimo incarico che gli hanno affidato, su nelle Dales. Ogni prima pagina di giornale, ogni articolo che ha trovato su internet e stampato, ogni editoriale, commento e post apparsi sui blog, ogni rigo in cui lui – l'asse attorno al quale ruotavano i fallimenti dell'indagine – venga menzionato è stato ritagliato con cura e archiviato. Datato e disposto in ordine cronologico.

Una storia complessa, fatta di omicidi, abusi e rapimenti, con tanto di torture e ricatti.

Ogni articolo che usciva sembrava assegnargli un nuovo epiteto: detective sventurato, investigatore fallito, giustiziere incapace. E in tutti i racconti dei tabloid ricorrevano sempre le stesse frasi: *Il pasticciaccio di Brindle. Il corpo di élite della Cella Frigorifera messo in discussione. L'ispettore degradato.*

Da quando lo hanno sospeso non è più tornato su quelle carte; lo psicologo ha insistito perché le lasciasse riposare, perciò le ha infilate in sacchetti di plastica per poi metterle in quell'anfratto angusto che è la sua soffitta. Un giorno le ha messe lassù spingendole il più lontano possibile nell'oscurità polverosa, ignorando per una volta la sua ossessione per l'ordine, ma poi ha risalito la scala, stavolta con una torcia, per nasconderle con più metodo tra le scatole che contengono i suoi libri di criminologia e gli appunti di diritto.

Con il passare del tempo è tornato lassù però e più di una volta, come un assassino a piede libero che torna sul luogo del delitto.

Anche oggi, per dire. Si arrampica in quel solitario spazio immerso in una luce blu e incassato sotto lo spiovente del tetto di una tranquilla strada di periferia.

Oltre ai raccoglitori con i ritagli ci sono anche i voluminosi fascicoli del caso. Appunti che riempiono due casse di plastica, sigillate con nastro adesivo. Centinaia, se non migliaia, di pagine, rapporti di sorveglianza, registrazioni telefoniche, richieste di informazioni, deposizioni, dichiarazioni di testimoni, verbali di riunioni interne della Cella Frigorifera, elenchi di reperti.

Ci sono anche buste di ricevute. Mappe della regione. Distinte. Matrici di biglietti. Chiavette USB contenenti foto, registrazioni di conversazioni telefoniche e immagini di telecamere di sorveglianza che nessuno dovrebbe guardare mai.

Sono tutti duplicati degli originali archiviati nella Cella Frigorifera.

Brindle sa che è come grattare la crosta di una ferita, ma vuole sfogliare le carte dei raccoglitori. Il bisogno di capire dove ha sbagliato è un'ossessione.

Tira giù le scatole. Le piazza sul tavolo della cucina. Strappa il nastro adesivo.

Presta molta attenzione alle relazioni e alle deposizioni, esaminando con metodo ogni foglio mentre lo passa da una pila all'altra sotto il freddo bagliore bianco della luce al neon, l'unica accesa nella sua strada a quest'ora. Una tazza di Earl Grey fuma accanto al suo polso destro, mentre solo il ticchettio regolare e meccanico dell'orologio disturba il silenzio.

Scruta e cerca.

Scava e fruga.

Cerca buchi. Cerca collegamenti.

E ancora una volta i dettagli dei suoi difetti gli saltano agli occhi, nero su bianco: la sua arroganza, la sua fretta, il suo rifiuto della ragione e della moderazione; gli stessi fondamenti su cui aveva costruito la sua brillante carriera. Era noto e stranoto per la pignoleria. Era un passo avanti nell'esplorazione dei nuovi metodi investigativi nell'era tecnologica. Dell'indagine come scienza, del poliziotto come scienziato.

Aveva reso obsoleti gli agenti con il manganello.

Prende un altro ritaglio. Questo in particolare non riguarda il caso. È su Roddy Mace. Viene dal Bookseller, la rivista del mondo librario, e annuncia che il giornalista ha firmato un contratto per raccontare la storia di cronaca nera più importante del decennio, una storia che parla di poliziotti corrotti, del conduttore televisivo preferito dalla nazione, di cadaveri scomparsi e sordide cospirazioni.

Roddy Mace, spiega l'articolo, ha seguito il caso da vicino, insieme all'ispettore James Brindle, che nel frattempo è caduto in disgrazia e attualmente è in malattia.

*Caduto in disgrazia.*

Brindle sente le tempie pulsare per la tensione e la mascella scricchiolare quando la muove. La cucina è illuminata da una luce troppo forte e il vetro scuro della finestra gli rimanda il riflesso di un uomo tormentato, chino su una pila di ricordi inquieti. Una litania di fallimenti.

Rilegge l'articolo, scuote la testa.

Il giovane scrittore alcolizzato, forse il giornalista più inetto in cui si è imbattuto, è l'unico a essere uscito quasi pulito dal caso. E anche con un assegno per un libro che di certo non finirà mai. Incredibile, pensa Brindle.

Digita il nome di Mace nel motore di ricerca del portatile. Gli appare il suo profilo sul sito del «Valley Echo», un altro giornale locale con sede in una piccola città dei Pennini famosa per essere una roccaforte di ogni sorta di anticonformisti. Un luogo postindustriale preso d'assalto da hippy, lesbiche, sinistrorsi e cosiddetti pensatori alternativi.

Clicca su un link che lo porta all'ultimo articolo del giornalista e apprende così che una «donna del posto, molto amata dalla gente» è stata «misteriosamente» ferita al volto. Il suo nome è Josephine Jenks.

Jim Brindle cerca su Google il nome della vittima. La prima foto che gli appare la ritrae nuda. La successiva è sulla homepage del «Sun». Legge dettagli sulle sue ferite. Legge del suo passato come attrice di film per adulti. Della sua piccola ma fedele cerchia di ammiratori. Del suo fan club. Ci sono molti commenti in fondo all'articolo, la maggior parte scritti da individui sessisti e semianalfabeti.

Guarda di nuovo il profilo di Roddy Mace. Osserva la sua foto. Il giornalista indossa una camicia bianca e non sembra ubriaco. Ha un'aria quasi professionale.

A un tratto Brindle si alza, raccoglie le carte disposte sul tavolo e le getta nel lavandino. Ne aggiunge altre alla pila e si guarda attorno in cerca di fiammiferi o un accendino, ma si rende conto di non averne. Accende allora un fornello, accosta una striscia di carta alla fiamma e con quella dà fuoco ai documenti ammucchiati nel lavandino.

Osserva la carta sfarfallare per un attimo, la fiamma all'inizio incerta prende e cresce fino a sbocciare in un bouquet infuocato, e quando le pagine cominciano a raggrinzirsi e annerirsi, Brindle ne getta ancora nel lavandino ravvivando la fiamma, sulla quale infine rovescia gli altri fogli della scatola, ma sono troppi, per cui ne spinge un po' nel tritarifiuti, avvia il motore e lascia scorrere l'acqua fredda, allontanandosi mentre quella masticazione meccanica procede rumorosa, in mezzo ai frammenti di poltiglia sputacchiati qua e là, al gorgoglio delle fiamme che riverbera sulle superfici cromate della sua cucina immacolata, al fumo nero e denso che comincia a oscurare il soffitto fino a far scattare l'allarme antincendio. Malgrado l'insistenza di quel bip elettronico, Brindle rimane immobile davanti al magma carbonizzato e fumante, ad ascoltare il suono del tritarifiuti ormai vuoto che ringhia come una bestia feroce e affamata.

Il giornalista del «Sun» non lo ha preso in giro.

Gli duole ammettere che quel sacco di merda non mentiva. Sono passate soltanto poche ore dalla sua conversazione con Jeremy Fitz e il filmato su Josephine Jenks è già visibile sul loro sito.

È seduta sul suo letto d'ospedale, stringe al petto un grande mazzo di fiori. Metà del viso è fasciato e malgrado gli sforzi dell'infermiera, dalla benda appena cambiata filtra una sottile linea di sangue e pus.

Il video è tremolante e dura poco più di trenta secondi. Si riesce a cogliere una voce maschile con inflessioni meridionali, che dà istruzioni. Anche se il dolore è visibile nel suo occhio marrone bagnato dalle lacrime, Josephine Jenks si impone di sorridere e mostra un pollice alzato in segno di vittoria. Pronuncia qualche parola di ringraziamento per i lettori del Sun, per un sostegno che Mace sa bene essere pressoché inesistente in questa fase della vicenda.

Il testo che accompagna il filmato è inserito sotto il banner che proclama: *LA REGINA DEL PORNO RASSICURA I SUOI FAN*. Vi si legge: *Top UK news: Josephine Jenks, leggenda a luci rosse famosa per il suo seno, racconta in esclusiva al «Sun» l'aggressione subita.*

Jeremy Fitz ha firmato il servizio, che promette l'imminente pubblicazione di un *Reportage esclusivo e un'intervista con la coraggiosa Jo*.

Mace guarda di nuovo il filmato, stavolta sul telefono in modo da ridurre a una sorta di rumore bianco i commenti di Josephine Jenks e la voce dello sconosciuto. Lo guarda mentre esce dalla redazione e si dirige all'edicola, dove compra un pacchetto di sigarette e un accendino. Lo guarda un'altra volta mentre strappa l'involucro di cellophane e si accende la sua prima sigaretta da quando si è trasferito in città.

Inala il fumo, assapora il catrame.

Tossisce, sentendo qualcosa di viscoso staccarsi dalla gola. Il filmato finisce.

Fermo in strada, con la prima zaffata di nicotina che gli arriva alla testa e il gusto fibroso del tabacco sulla lingua, Roddy Mace scorre il testo che accompagna il filmato.

È la contorta sintesi di una breve intervista che, leggendo tra le righe, mescola dichiarazioni in cui una Josephine Jenks indebolita spiega di non ricordare quanto le è accaduto, ma è comunque grata per l'interessamento della gente, e considerazioni di Jeremy Fitz sulla scarsa sicurezza delle strade inglesi e le città del vicino West Yorkshire quali Rochdale, Bradford e Halifax, che hanno visto un recente afflusso di immigrati da Paesi come l'Iraq, la Siria «e altri stati musulmani». Segue il link che apre una galleria di foto di Josephine in momenti diversi della sua vita: una la ritrae molto più giovane e in topless, con un seno abbondante e naturale; un'altra sembra scattata durante una festa in maschera e la mostra coi capelli biondi, la testa rovesciata mentre ride a crepapelle, gli occhi chiusi e bordati da uno spesso strato di mascara che le conferisce un'aria sfacciata; e infine un'immagine sgranata che la coglie in flagrante, ma con le parti intime dell'uomo sfocate, un espediente che serve soltanto a evidenziarne forma e dimensione.

Mace fuma la sigaretta fino al filtro, la spegne, ne accende un'altra e torna in ufficio.

Tornato alla sua scrivania visualizza il documento sullo schermo e chiede a Mal Askew e Abrar Sharma di raggiungerlo.

L'avete visto?

Sì, dice il direttore. L'ho appena letto.

Vola alto, è il commento ironico di Sharma. Rende davvero un bel servizio all'idillio rurale dello Yorkshire.

Dove hanno scovato tutta quella roba? chiede Askew. E come sono riusciti a entrare nella sua stanza d'ospedale con tanta velocità?

Soldi, dice Mace. Ho già ricevuto una telefonata da loro.

Da chi?

Un certo Fitz, un cazzone paternalista che voleva scrivessi un pezzo.

E tu cosa hai risposto?

L'ho escluso.

Bene, dice Askew, che si rivolge a Sharma e aggiunge: Te l'avevo detto che potevamo contare su di lui.

E questo è solo l'inizio, vedrete, replica il caporedattore, indicando lo schermo. La stanno manipolando, è evidente. Il prossimo passo saranno i talk show e il circo mediatico. Sguazzano nel sordido. La stanno usando per fare propaganda. È penoso.

Bene, avremo la nostra esclusiva locale, dice Askew. Josephine Jenks ha vinto la lotteria alla fine, che le piaccia o no.

Questo è cinismo, dice Mace.

Non proprio, ribatte Askew. L'aggressione c'è già stata. Se lei vuole guadagnarci dopo una dura vita passata ad aprire le gambe, sono fatti suoi. A questa gente non interessa se è una vittima, interessa solo riaccendere la nostalgia per il suo passato, che è anche il loro. I gloriosi giorni delle fanciulle con le tette al vento a pagina 3 del «Sun». E se riescono a politicizzare l'intera faccenda, tanto meglio. Ho la mia parte di colpa come chiunque altro.

Che vuoi dire? fa Sharma sorpreso.

Sarei dovuto andare in ospedale e servirmi dell'aggancio che ho. Jo ha vissuto in questa valle come ci ho vissuto io.

Cosa ti ha trattenuto? chiede Mace.

Askew scuote la testa.

Tu e lei...?

Questa storia è morta e sepolta ormai, Roddy, taglia corto Askew.

Ma...

Lascia stare. Le storie vanno e vengono, e questa ce la siamo giocata. Pensiamo alla prossima.

Varrà comunque la pena di seguire almeno le indagini, insiste Mace. Potrei fare una chiacchierata con lei più tardi, quando sarà tornata a casa, che dici? Non c'è nessuna fretta ora.

Buona idea, concorda Sharma. Sappiamo dove trovarla e tu hai un legame personale. Ci starà a sentire se tu e Roddy andrete a trovarla.

È inutile, dice Askew. Ha già firmato un contratto di esclusiva. Garantito. D'ora in poi la vorranno tutta per loro. Lei è solo questo ormai, una fonte di contenuti. Un modo per arrivare alla storia dietro la storia. Sfrutteranno 'sto macello al massimo. Ce l'hanno in pugno, in sostanza. E che a far da scenario sia una città che alcuni ritengono più spregiudicata di Sodoma rende il tutto più succoso.

Se però riuscissimo a scoprire chi è stato, rientreremmo in gioco, osserva Mace.

Askew alza le spalle.

È andata ormai. Lascia perdere, ti dico.

# 6.

Raymond Pope prende il bong e l'accendino da Tony, accende la fiamma e l'accosta all'erba, quindi inala a lungo e a fondo.

L'acqua nella pipa gorgoglia. Raymond aspira quanto più fumo possibile e lo trattiene nei polmoni mentre si sdraia contro lo schienale del divano accanto a Garner che se ne sta a torso nudo, con gli occhi rossi e il berretto da Sherlock Holmes.

Pope caccia fuori il fumo con un colpo di tosse. È nato con un accenno di labbro leporino a cui un mediocre intervento chirurgico ha posto scarso rimedio, gli ha soltanto accorciato il labbro superiore e accentuato il suo ghigno da topo.

Posa il bong sul tavolo, facendo spazio in mezzo a lattine di Coca-Cola vuote, tre ossi per cani di pelle non conciata che Earl ha rosicchiato riducendo in poltiglia le estremità, bustine di tabacco, un filo da pesca aggrovigliato, una tazza piena di more marce e ricoperte da una soffice muffa bianca e blu, il supplemento televisivo del «Sun», una rivista porno, un coltellino, una scatoletta di carne semiaperta con il coperchio sollevato che forma un nastro di metallo, un cappellaccio di paglia con il segno di una bruciatura sulla tesa, uno smartphone con lo schermo incrinato, una batteria che perde acido, una pipa realizzata con una vecchia patata, altri accendini vuoti, vassoi pieni di mozziconi e cenere, un sacchetto di erba e tre piatti sporchi di salsa incrostata.

Sono tuoi quelli?

Raymond indica i sette conigli che pendono come panni bagnati da un vecchio stenditoio.

Certo che sono miei. Di chi altri potrebbero essere?

Pope si china in avanti e afferra il sacchetto d'erba, ne prende un pizzico tra il pollice e l'indice e lo mette nella pipa. L'accende e si fa un altro tiro prima di passare la pipa a Tony.

Tony scuote la testa e guarda altrove.

Cos'hai? chiede Raymond da dietro una cortina di fumo.

Niente.

Raymond Pope è più giovane di Tony. Molto più giovane. Ne farà quattordici il prossimo compleanno. Piccolo e nodoso, è un abile taccheggiatore che non mette piede a scuola da settimane. Quando non è in giro per negozi con una lista di oggetti da portare ad amici e parenti – a volte si spinge fino a Halifax o Burnley o anche Rochdale – si presenta a casa di Tony per fumare e giocare con la Playstation che ha rubato apposta per occasioni come queste. Di solito quando piove, il che vuol dire quasi ogni giorno.

Tony si alza e va in cucina dove Earl sta dormendo nella sua cesta. Il cane mugola, sogna di essere ancora nel sottobosco e gratta l'aria con le zampe mentre rivive la giornata di caccia.

Tony si china e accarezza il cane che rilassa le zampe e apre pigramente un occhio per osservare il padrone riempire d'acqua un bicchiere e scolarsene metà in un colpo solo. Poi ricade nel suo sonno canino.

Fatti il tuo tiro allora, segaiolo.

Raymond copre con la mano il boccaglio e solleva il bong. Tony fa ancora segno di no. Prende due conigli dallo stenditoio e li porta in cucina. Li getta sul piano di lavoro.

A proposito, dice Pope, raggiungendolo in cucina. Hai saputo della madre di Craig Jenks?

Tony mette un coniglio sul tagliere.

Chi è Craig Jenks?

Lo sai chi è. Craig, Occhio-fesso.

No, non lo so.

Sì, invece. Craigy. Ci hai quasi fatto a botte una volta.

Davvero?

Non te le ricordi? Lo chiamavano Aringa per vie delle labbra, finché non ha menato qualcuno e hanno smesso di chiamarlo Aringa. Così ora lo chiamano Occhio-fesso.

Tony scuote la testa. Apre un cassetto.

Aringa non mi dice niente e neppure Occhio-fesso. Ho la memoria scassata, Popi.

Hai tutta la testa scassata, replica Raymond. È meglio se ti fai un tiro.

Raymond accosta il bong alle labbra dell'amico e lo accende. Tony tira una boccata ed espira dal naso due pennacchi di fumo che ricordano i caldi sbuffi di fiato di un toro in una fredda mattina di dicembre. Si porta una mano alla testa e si gratta il cuoio capelluto sotto il berretto.

E comunque perché Occhio-fesso?

Perché ha un occhio che se ne va per i fatti suoi.

Mi sfugge il senso.

Be', a ogni modo sua madre è stata accoltellata dal fidanzato l'altra sera.

Tony si blocca per un momento, la mano che ha rimesso nel cassetto sospesa sullo spelucchino. Guarda la coltelleria. Come se non sapesse cosa prendere.

Si schiarisce la gola.

Chi è sua madre?

Che ti importa se non sai nemmeno chi è Craig?

Forse la conosco.

Tony caccia fuori il fumo che ha in corpo e a quel punto prende il piccolo coltello dalla lama affilata.

Passami la mola.

Indica con la testa un attrezzo sul piano di lavoro.

Questa?

Sì.

Raymond Pope gli passa la mola.

Le ho ciulato un dildo una volta.

Cazzo dici.

Credici. Ho guardato nei suoi cassetti un giorno in cui Occhio-fesso aveva organizzato una festa. Nessuno ha voluto comprarlo però, così l'ho regalato a mia madre per Natale.

Tony Garner scuote la testa.

Sei tutto scemo, sei.

Punta il coltello contro il ragazzo.

Ti avverto, non t'azzardare a fregarmi niente.

Non hai niente per cui valga la pena rischiare, fidati. Ho già guardato.

Tony serra la presa sul coltello e lo fa scorrere sulla mola, veloce, prima da un lato e poi dall'altro, ripetendo l'operazione finché la lama non si assottiglia e scintilla, dopodiché restituisce la mola a Pope.

Lasciami finire la storia, riprende Pope mentre strofina sulla coscia la rotella del suo accendino di plastica facendo partire uno spruzzo di scintille. Si sposta da un piede all'altro, animandosi a forza di parlare.

E comunque l'hanno conciata come si deve. Era un lago di sangue.

Dove l'hanno colpita?

Raymond Pope spicca un salto e si aggrappa al telaio della porta.

Dritto in faccia.

Raymond si lascia cadere e va in soggiorno per raccogliere frammenti di tabacco sparsi sul tavolo tra un oggetto e l'altro. Comincia a rollarsi una sigaretta e torna in cucina.

Pare che il tizio le abbia cavato un occhio o qualcosa così.

Garner si volta verso di lui. È ancora a torso nudo e con il coltello in mano.

Come fai a sapere tutte 'ste cose?

Era sul giornale stamattina. L'hanno detto anche alla tele ieri sera. È famosa adesso. Josephine, si chiama così.

Pope accende il moncone di sigaretta che stringe tra le labbra.

Chi è stato? chiede Garner. Il papà di Craig?

No, non il padre, se ne è andato da parecchio. Lavora sulle piattaforme petrolifere, credo. Dicono che sia uno dei fidanzati della madre di Occhio-fesso.

Loro chi?

Non lo so. Tutti loro.

E l'arma?

Raymond tira una boccata di sigaretta, forma una O con le labbra e soffia dalla bocca tre anelli di fumo, facendo schioccare la mascella.

Guarda il telegiornale, replica Raymond. Ti sto solo dicendo quello che ho sentito.

Garner torna a concentrarsi sul tagliere. Mette il secondo coniglio accanto al primo e ispeziona la lama del coltello.

Cosa stai combinando con quei conigli?

Tu che dici, scemo? Li scuoio.

A che scopo?

Per venderli.

Venderli?

Sì.

Perché la gente dovrebbe comprare un coniglio pelato?

Per mangiarlo, ovviamente.

Si possono mangiare?

Certo che si può.

Perché?

Tony fissa Raymond per un attimo.

Li hai mangiati anche tu.

No, mai.

Eccome se li hai mangiati.

E quando lo avrei fatto?

Quando ti è venuta fame. Te ne ho dato un piatto.

Raymond scuote la testa, accigliato.

Prende il bong e inizia a ricaricarlo.

E quanti soldi ci fai?

Qualche sterlina.

Qualche sterlina per un coniglio che se ne va in giro all'aria aperta e non appartiene a nessuno?

Garner annuisce.

A chi li vendi?

Non te lo dico.

Perché no?

Non posso.

Dai, Tremarella. Non lo dirò a nessuno. Promesso.

Sul dildo di tua madre?

Dimmelo e basta.

Siccome Tony scuote la testa, Raymond inala dalla pipa e la tiene poi ferma per l'amico affinché possa fare un tiro anche lui. Soffiano fuori il fumo nel medesimo istante. Hanno entrambi gli occhi secchi e iniettati di sangue.

C'è roba molto migliore al mondo su cui mettere le mani, Tremarella, dice Pope. E anche più facile da prendere. Guadagno più io in una mattina girando per i negozi del centro che tu in una settimana appostato tra gli alberi come un guardone insieme a quei dannati cani. Sono proprio curioso di vedere come li spelli, Tony. Voglio conoscere i tuoi segreti di campagnolo.

Lusingato, Garner si rimbocca le maniche, rivolta il coniglio sulla schiena e gli allarga le gambe, rigide come bastoni per il rigor mortis. Raymond armeggia ancora con il bong.

Guarda bene allora, se vuoi imparare.

L'altro si acciglia senza replicare.

Il trucco è iniziare dal buco del culo.

Raymond farfuglia e tossisce, cacciando fuori un altro getto di fumo denso che assume una tonalità verdastra alla luce della finestra della cucina.

Scherzi.

Per niente.

È disgustoso.

Torny Garner alza le spalle.

È così che si fa.

Prende lo spelucchino e con decisione infila di traverso la lama nell'ano del coniglio. La ruota lentamente, poi risale l'addome, facendo attenzione ad aprire la pelliccia senza danneggiare la carne sottostante. Quindi la stacca come se togliesse la copertina a un libro, prima di girare il corpo sul piano di lavoro e puntare la lama verso il basso, questa volta per i tendini, i legamenti e la cartilagine.

Tieni, dice Raymond. Fatti un'altra botta.

Garner gira la testa e con il coltello ancora in pugno e l'altra mano all'interno del coniglio squarciato, fa un tiro profondo non appena Raymond toglie il dito dal buco.

Fammelo lavorare un po' a me, quel coniglio, chiede Raymond.

Tony espira lentamente. Gli calano le palpebre.

No, ci penso io.

Eddai, per favore.

No, combineresti un casino.

Ruota la lama all'interno del coniglio, facendo emergere la massa bulbosa e bluastra delle viscere avviluppate in una specie di gomitolo, sembrano un polipo insaccato in una borsetta, senza il minimo spreco di spazio.

È bello, vero? dice con voce distante. La natura fa le cose per bene.

Pratica un'ultima incisione e il coniglio si apre in due.

L'odore li assale, con Raymond che si lascia sfuggire un gorgoglio festoso.

Cristo. Che tanfo.

Tony studia il coltello per un momento, quindi prende l'animale per le orecchie e lo solleva, lentamente, facendo uscire dalla carcassa le viscere, che ora penzolano sul lavandino, tenute insieme da bianchi viticci di grasso e strisce di muscoli.

Tony resta immobile, deglutisce, fa un respiro profondo. Il sudore gli bagna la fronte. Se l'asciuga con il braccio.

Ma guardati, dice Raymond. Penserai mica di vomitare?

Tony fa un altro respiro. Osserva le viscere, che a un tratto gli appaiono meno belle. Vede una creatura martoriata che un tempo era viva, mentre ora non è che un complicato intreccio di ossa e carne, una cosa inerte e puzzolente, destinata a essere consumata da qualcuno chissà dove.

Il rosso della carne ha un aspetto fin troppo reale, il sangue sulle sue mani sembra indelebile e non è al sangue e alla carne del coniglio che Tony sta pensando, ma alla donna nel passaggio. Pensa al sibilo del suo respiro attraverso la ferita. Sente il cuore battere sempre più forte, premere contro le costole come un animale intrappolato che cerca di uscire dalla prigione del suo petto. Potrebbe anche scoppiare. Lascia cadere l'animale sventrato nel lavandino e guarda il coltello che ha in mano, nel palmo insanguinato, e ha come l'impressione che quell'oggetto si trovi a una distanza insondabile, come se fosse al termine di un tunnel lungo e stretto, ridotto a un puntino luminoso, una stella distante.

Raymond gli sta parlando. Ride. Gli fa una domanda e gli dà una gomitata sul fianco, ma la sua voce è ormai soltanto un'eco metallica e ovattata, una specie di vibrazione che Tony percepisce nella stanza. Si gira lentamente verso il ragazzo, che sta ancora pronunciando parole incoerenti, parole ora scemate fino a diventare un ronzio grave e insidioso. Gli sembra un topo. Una creatura metà topo e metà ragazzo, che scuote il bong spruzzando acqua putrida sul vecchio linoleum del pavimento cosparso di bolle.

Senza preavviso Tony si china e vomita in silenzio nel lavandino e sopra la carcassa.

Oh cazzo, esclama Raymond, deliziato. Oh cazzo.

Tony vomita ancora, in maniera più sonora stavolta, e mentre espelle uno spruzzo brunastro nel lavandino, gli sembra che le pareti si muovano intorno a lui. Sente il coltello cadere in terra e la voce di Raymond andare e venire, a tratti più veloce e poi più lenta, inframmezzata da brandelli di risa. È su una giostra inarrestabile che gira all'infinito.

Si aggrappa al bordo del piano di lavoro. Sente il sudore sulla fronte, sulla schiena, sul petto. Si impone di fare respiri profondi e cerca di trovare qualcosa di solido dentro di sé che lo ancori al presente, per fermare questo movimento rotatorio. Vede il coniglio con la pelle in parte rovesciata e imbrattata dai resti semidigeriti, una ciotola di ciambelline di cereali, un würstel e due tazze di caffè solubile, la sua colazione di questa mattina.

Poco a poco la voce di Raymond, carica di eccitazione, torna a farsi percepibile ai suoi padiglioni auricolari.

Che ti succede, bello?

Tony tossisce, poi si pulisce la bocca. Fradicio di sudore, apre il rubinetto per rinfrescarsi il viso. L'acqua inzuppa il coniglio e diventa rosa prima di avvolgersi in una spirale e scomparire nello scarico.

Cos'hai, Tony? chiede ancora Raymond.

Tony porta un po' d'acqua alla bocca usando come un cucchiaio la mano sporca di sangue. Il coniglio è raggomitolato nel lavandino, le interiora ammassate sul pelo appiattito e bagnato, costellato di scaglie di cereali e carne spappolata.

Si raddrizza.

Sai tenere un segreto?

# 7.

L'autunno arriva all'improvviso, come se avesse fretta, una frenesia di colori infuocati che sembra spazzare la vallata da un giorno all'altro. Le foglie cadono, i rami diventano fragili, il cielo è una distesa slavata di nuvole che covano cattive intenzioni. La nebbia vortica sul fiume e sul canale e si distende sui vecchi, bassi muri di pietra; una nebbia pesante, densa di torpore e letargia. La valle pare serrarsi e restringersi. I pendii che portano alla brughiera sembrano più ripidi, la rugiada del mattino ristagna per l'intera giornata e sotto il peso persistente di quelle goccioline le rigogliose erbe estive si piegano e appassiscono e ciò che prima era verde ora appare spento, cadaverico.

Si leva una brezza. La brezza diventa vento, un vento che fischia malevolo.

Gli uccelli sono impegnati a raccogliere bacche e a costruire nidi. I cervi che hanno pascolato nei campi coltivati sul finire dell'estate si sono ritirati nella macchia dei boschi in fondo alle valli, mentre grosse balle di fieno a forma di dado vengono ammassate sotto teli di plastica nera nei granai più remoti. In città, come nelle frazioni più in alto e nelle proprietà agricole, i camini sprigionano nuvole di fumo da lucenti pepite nero antracite che bruciano lentamente. E tra boschi e boschetti, prati e sentieri, vespe e mosche banchettano con gli ultimi frutti dell'estate di san Martino: mele brunite la cui forma sferica è ormai in poltiglia, more raggrinzite sui rovi, mirtilli ridotti a minuscole palline d'argento. Le ortiche che infestano la valle stanno già marcendo e i ragni tessono tele intricate tra i cancelli e i pilastri, tra le finestre e gli infissi, tra il passato e il presente.

Roddy Mace viene svegliato da uno stormo d'oche in volo. Sente i loro richiami insistenti da principio lontani farsi più forti e il battito delle ali scendere in picchiata sulla sua barca e poi le zampe che sollevano spruzzi d'acqua atterrando sul fiume più a valle.

Si sforza di ricordare che giorno è. Cosa deve fare. Dove deve andare. Per un breve momento, la memoria lo abbandona.

Sabato. Grazie a Dio è sabato.

Scosta la tenda e il suo sguardo cade sulla superficie di acqua marrone, osserva una lieve acquerugiola trasformarsi in uno scroscio isterico che si placa in non più di un minuto. Da qualche parte, oltre gli alberi, un cane solitario abbaia con un'ostinazione gutturale.

Nella chiatta fa freddo. Mace si gira su se stesso per alzarsi dal letto e col piumino avvolto sulle spalle si dirige verso la stufa. Il cesto della legna è vuoto. I fasci di ramoscelli e la pila di tronchi sono fuori, impilati sul tetto.

Dietro il vetro della finestra vede un gruppo di anatre nuotare in cerchio sul canale. Tre maschi stanno tentando di stringere in un angolo una femmina. Lei sfugge virando prima in una direzione per poi schizzare via in un'altra, finché uno degli inseguitori la bracca e lei cerca di prendere il volo, agitando con frenesia le ali e le zampe. Un secondo maschio passa all'attacco, ma è il terzo a imporre un brutale accoppiamento dopo aver fatto sloggiare il rivale. Le grida della femmina diventano disperate. Concitate.

Mace apre il piccolo frigorifero. Ci sono soltanto una fetta di brie ammuffito e una tazza con dentro quel che in un primo momento, con la mente ancora annebbiata dal sonno, gli sembra una pesca sciroppata, ma che è in effetti un uovo – l'ultimo della scatola – messo lì una sera sul tardi, dal poco che riesce a ricordare.

Chiude il frigo. È deciso, mangerà fuori.

La Cafetière è affollata da una clientela eterogenea, operai che fanno colazione a base di roba fritta, parecchi escursionisti e un gruppo di ciclisti tutti con la stessa tenuta che fanno il pieno di carboidrati.

Roddy Mace ordina al banco e va a sistemarsi con la sua tazza di caffè su uno sgabello accanto alla vetrina. La pioggia si abbatte a ondate sulla strada. Vi è un ritmo nel modo in cui spazza via foglie e rifiuti, pulisce l'asfalto e riempie gli scoli di fanghiglia.

Sorseggia il caffè, ascoltando lo scricchiolio dei coltelli smussati sui piatti di finta porcellana e il gorgoglio schiumoso del montalatte. Hanno una nuova macchina in questo locale. Quando ha visto il cartello sulla porta all'ingresso, che annunciava con orgoglio l'acquisto di una NUOVA MACCHINA DEL CAFFÈ, Mace non ha saputo trattenere una smorfia. Ma deve riconoscere un miglioramento rispetto al liquido nero e amarognolo che servivano prima.

La pioggia si calma per qualche istante prima di cessare del tutto, lasciando apparire un barlume di sole che fa risplendere le consunte pietre della città come peltro lucidato. Ma poi riprende a piovere, il peltro si scurisce e la pietra assume una tonalità marrone e opaca. La pioggia torna a scrosciare e intanto Mace aspetta ancora il suo ordine.

Prende una copia del «Sun» da uno scaffale che trabocca di riviste, mappe delle varie passeggiate nella zona e pubblicità delle attrazioni turistiche dello Yorkshire – Malham Cove, la canonica delle sorelle Brontë, la linea ferroviaria Settle-Carlisle.

Sfoglia il giornale. Josephine Jenks è a pagina 7. *L'INTREPIDA PANTERA PRONTA A TORNARE A CASA DOPO L'AGGRESSIONE.* La foto mostra una Josephine molto più giovane, in topless, uno scatto che finora Mace non aveva visto.

*«Torno presto, ragazzi» promette la giocosa Jo* si legge nella didascalia.

Mace osserva la colazione vegetariana che gli viene messa davanti: salsiccia vegana, fagioli, frittella di patate, funghi, uova, pomodori. Due fette di pane bianco ricoperte da un abbondante strato di margarina. Sale. Pepe. Taglia a metà la salsiccia con la forchetta.

Poi legge l'articolo.

Josephine Jenks, leggenda dei film amatoriali per adulti, verrà dimessa dall'ospedale nel fine settimana dopo essere sopravvissuta a un'orribile aggressione. La prosperosa Josephine – JJ, per i tanti fan che l'adorano – stava rientrando a casa dopo aver passato la serata fuori quando è stata accoltellata.

L'hanno trovata svenuta e insangui-

nata nel vicolo in cui ha subito questa aggressione violenta e insensata che per poco non l'ha privata di un occhio, dopodiché è stata portata al pronto soccorso dove è stata medicata con quaranta punti di sutura. «Il dottore dice che non sono rimasta cieca per due millimetri» ha raccontato JJ in esclusiva al nostro inviato speciale dal suo letto d'ospedale. «Sono fortunata a essere viva e ci tengo a ringraziare il "Sun" e tutti i lettori che hanno espresso la loro solidarietà. L'unica cosa positiva di questa terribile esperienza è che mi ha fatto capire quanti fan abbia ancora».
La quarantanovenne madre di quattro figli, ex modella ed escort, ha raggiunto la notorietà grazie alle sue apparizioni in film underground come *Bang Gang*, *A volte rivengono* e *Donne senza gonne*.
Ora che i medici l'hanno dichiarata fuori pericolo, Josephine Jenks guarda al futuro. «Non mi lascerò abbattere da questa brutta avventura» dice. «Voglio riposarmi e rimettermi in forze insieme alla mia famiglia, dopodiché penso di raccontare la mia storia. Scriverò un libro. Sarà un appassionante mix di coloriti aneddoti, lezioni di vita e consigli spirituali» aggiunge. «Ne potrebbe nascere anche un film, chissà. Sarebbe un sogno che diventa realtà».
La polizia del West Yorkshire ha interrogato uomini della zona, ma si appella a eventuali testimoni affinché diano un contributo alla cattura del misterioso aggressore.

Mace rilegge il pezzo mentre fa colazione.

Infliggere ferite al viso richiede un certo controllo, pensa. In questo caso, potrebbe essere un dettaglio importante. Bloccare la lama in tempo per incidere soltanto implica un'abilità, forse acquisita con la pratica.

Josephine Jenks potrebbe essere a casa per il fine settimana. Forse ci è già tornata. Risente nella testa Malcolm Askew dire che quella storia è morta e sepolta per loro, di lasciar perdere, nondimeno è convinto che valga la pena occuparsene per la compassione che può suscitare tra amici e vicini.

*Donne senza gonne*, pensa.

Scuote la testa. Si chiede come reagiranno i figli di Josephine Jenks a questa copertura mediatica.

Non riesce a finire il piatto. I fagioli bianchi gli hanno dato un bruciore di stomaco, un problema ricorrente dovuto a un sistema digestivo indebolito dai ripetuti attacchi di vomito e colazioni a base di ibuprofene ai tempi in cui beveva. La salsiccia è fatta con qualcosa di duro e non identificabile. Quanto all'uovo fritto, sembra un'imitazione di plastica nella vetrina di un negozio di scherzi.

Dopo aver posato coltello e forchetta e spinto da parte il piatto, rimette il giornale al suo posto e va al bancone per ordinare un secondo caffè. Fuori continua a piovere e il locale è pieno. Le giacche bagnate pendono dai pioli, gli ombrelli gocciolano in un secchio di plastica in un angolo. La sala odora di naftalina, olio di girasole, sudore.

Mace torna a sedersi sullo sgabello accanto alla vetrina e ascolta il brusio degli avventori, dando le spalle al locale. Tra un tintinnio di posate e una sorsata di tè sente alcune voci femminili pronunciare un nome. Josephine Jenks.

Controlla il riflesso nella vetrina e scorge due donne sedute proprio dietro di lui. Una copia del «Valley Echo» è aperta sul loro tavolo. Perfino da quella posizione riconosce il volto di Josephine che accompagna il suo articolo. La copia del «Sun» che pochi istanti fa stava leggendo lui è posata lì accanto.

Doveva succedere prima o poi, dice una delle donne.

Sì.

Se l'è cercata. Le piacciono le attenzioni.

A quale donna non piacciono?

Il tipo giusto di attenzioni, forse. Ma lei si è fatta metà degli uomini di questa valle e chissà quanti altri in giro. E ora sfrutta la situazione.

Mace prende il telefono e finge di controllarlo. Cerca la funzione audio e preme il pulsante di registrazione.

Torna a osserva il riflesso nel vetro. Vede due donne sulla cinquantina. Ceto medio basso. Donne della valle con un accento locale.

Guarda in che stato è, continua la prima donna.

E come si veste.

Esporre la merce a 'sto modo. Senza vergogna. Sai che ha dei figli?

Sì, lo so. Il più grande è nella stessa classe di Carl. Sta mettendo in pessima luce la città, e su un giornale nazionale per di più. Greenfields era un bel posto prima che venisse a viverci gente come lei.

Ricordo quando hanno costruito le prime case, eravamo bambine. Giocavo nei cantieri. Era bello.

I figli verranno a sapere cosa combinava. Immagina l'effetto che avrà su di loro, così piccoli.

Già.

Perché mica parliamo soltanto di film.

Che vuoi dire?

Ho sentito che fa massaggi e servizietti vari. Deve essere un momentaccio per lei. Dubito che qualcuno muoia dalla voglia di vedere le sue smagliature e le sue tette cadenti.

Massaggi. È chiaro di che tipo.

Con il lieto fine.

Non c'è nessun accidenti di lieto fine quando Austin mi chiede di massaggiargli le spalle, te l'assicuro. Gli ho detto che lo faccio soltanto in occasioni speciali.

Non ci credo.

Dovresti invece.

Tipo che occasioni? Il suo compleanno?

I matrimoni reali, gli ho detto. O gli sbarchi sulla luna.

L'altra donna scoppia a ridere, dopodiché restano entrambe in silenzio per un po' prima di tornare a parlare. Mace si assicura che il suo telefono stia ancora registrando.

Ho sentito che le hanno dato ventimila sterline per un'intervista.

Scherzi.

No. E andrà in televisione. Gli uomini cui piace guardare una donna che ha fatto la sua parte non mancano, te lo dico.

Forse c'è ancora speranza per noi.

Per qualche istante le due donne si dedicano al tè. Tornano a zittirsi per leggere l'articolo.

Guarda qui: dice che pensa di scrivere adesso.

Secondo lei sarà «un appassionante mix di coloriti aneddoti, lezioni di vita e consigli spirituali». Ma pensa te.

Consigli spirituali su come togliere le macchie dalle lenzuola, scommetto.

Le daranno un pacco di soldi anche per il libro.

Mace ascolta ancora la conversazione concitata delle due donne, un turbinio intermittente di indignazione.

Che schifo. Sono quasi trent'anni che sgobbo ma alla fine è la gente come lei a sbancare. Dio, se penso a quel che potrei fare con ventimila sterline. E un po' di notorietà non mi dispiacerebbe. Anzi.

A nessuno piace essere pugnalato in faccia.

No, certo che no. Ma le ferite guariscono. Per cui due domande te le fai, no?

La donna che ha appena parlato batte le dita sul giornale.

Una cicatrice come questa darebbe a quello scemo di mio marito una scusa per fare le valigie e andarsene, e sai che ti dico, non lo fermerei. Che vada pure. Sarebbe come vincere alla lotteria due volte in un giorno. E comunque. Con tutti quei soldi me ne comprerei uno nuovo, di uomo. Anche due magari. Due stranieri che non parlano una parola di inglese. Non sono razzista. Per niente. Anzi, tutto il contrario. Mi andrebbe bene uno dell'Europa dell'Est, sai. Uno che sappia usare le sue manone e non apra mai bocca. Partiremmo alla volta di un posto al sole e *hasta la vista*, dannata pioggia dello Yorkshire.

La donna sospira.

L'altra svuota la tazza e la rimette sul piattino. Chiude il giornale.

Mace si alza e si infila il cappotto. Fuori piove ancora.

Per una volta Brindle non resta in macchina a fissare i tre edifici che compongono la Cella Frigorifera. Né cerca un angolo in ombra da cui osservare le telecamere che osservano anche lui. Non guarda i colleghi entrare e uscire, dividersi tra scene del crimine e obitori, banconi di pub e bordelli, parcheggi per caravan e sale colloqui di carceri, ospedali, istituti per l'assistenza all'infanzia e zone industriali e terreni incolti.

Per una volta non resta in macchina, parcheggia invece e dopo esser sceso e aver chiuso a chiave si dirige deciso alla zona reception dove l'addetta all'accoglienza – Claire, laureata, ventotto anni, sposata – leva lo sguardo dalla tastiera e maschera la sorpresa con un sorriso.

Salve, ispettore Brindle.

È in ufficio?
Chi?
Il capo. Tate. È in ufficio?
Le chiamo la segretaria.
È Tate che voglio vedere.
Claire non perde il sorriso. Prende il telefono.
Mi faccia chiamare prima.
Ho fretta, dice Brindle. Non può farmi entrare?
Temo le serva il badge.
Non ce l'ho con me. È in macchina.
Temo le serva
È in macchina
Mi dispiace, ispettore, ma dovrà andare a prenderlo. È la procedura.
Non può farmi entrare? insiste Brindle, gli pulsano le tempie.
La sta aspettando? Pensavo che lei fosse...
Ok, non importa.

Brindle si gira e scavalca il tornello puntando gli ascensori. E quando si volta indietro vede che l'addetta all'accoglienza si è alzata e non sorride più, è già al telefono con qualcuno – la sicurezza, probabilmente – per cui Brindle decide di non aspettare l'ascensore e prende le scale. La porta sbatte alle sue spalle e lui sale i gradini due alla volta, con i muscoli delle cosce tesi per lo sforzo e una sensazione di assenza di peso e distacco dal momento presente.

Sale una, due, tre rampe e arrivato alla quarta spalanca la porta e si imbatte nel sovrintendente capo Alan Tate.

Ciao Jim, dice Tate, tendendo la mano come se lo aspettasse. L'altra mano è infilata nella tasca dei pantaloni. Che bella sorpresa, dice.

Brindle è un po' a corto di fiato, le tempie pulsano ancora al ritmo del battito cardiaco accelerato e il dolore dietro a un occhio annuncia l'insorgere di un'emicrania.

Quando parla, la sua voce gli sembra ovattata, come se qualcun altro avesse preso la parola al suo posto.

Sono pronto, dice.

L'ombra di un sorriso si affaccia sulle labbra di Tate.

Sei pronto?

Sì, dice Brindle. Sono pronto a tornare.

Tate rinfila nella tasca la mano che Brindle non ha stretto e ostenta un'aria rilassata senza però fare altri gesti di benvenuto. Non indossa la divisa ma l'auricolare e l'atteggiamento sono segnali evidenti.

Brindle non si muove, ha il fiatone, non parla.

Come va in palestra?

Bene.

E quel film sui nazisti? dice Tate. Un po' lungo, vero?

Come sai che...

È la Cella Frigorifera. Qui si sa tutto.

Brindle si blocca. Alza le spalle. Interessante.

Sono contento che tu stia usando l'abbonamento alla palestra che ti abbiamo offerto, dice Tate. Ma è un peccato che abbia smesso di andare dallo psicologo.

Non ne ho bisogno. Quel che c'era da dire ce lo siamo detto.

Io credo che tu sia ancora lontano dalla meta. Piccoli passi, Jim. È così che bisogna procedere. Per piccoli passi.

Sto bene, dice Brindle. In forma. E di umore positivo.

Sente una goccia di sudore colare su un sopracciglio. Gli si sono appannati gli occhiali.

Siccome Tate non replica, Brindle ritiene opportuno aggiungere: Sono pronto a tornare al lavoro. Credo di poter esservi utile.

Ci sarai utile, dice Tate. Quando starai bene.

Ma io sto bene. Mi sento bene. Non potrei star meglio di così.

Non spetta a te stabilirlo.

Penso di sì invece. Mi conosco.

Tate scuote la testa.

I documenti che hai bruciato. I film che guardi. Le ore che passi nel parcheggio. Non sono buoni segnali, Jim. E le tue abitudini. Le tue abitudini molto particolari. Le cose che ti tieni dentro e che a volte ti opprimono. Non sono scomparse, vero? Prenditi del tempo. Tutto il tempo di cui hai bisogno.

Ho *bisogno*...

Brindle percepisce la frustrazione nella sua voce. Fa una pausa e respira. Si toglie gli occhiali.

Ho bisogno di lavorare.
Hai bisogno di riposare.
Tate si avvicina. Gli tocca la spalla.
Vieni, ti accompagno. Andiamo a prenderci un caffè.
La replica di Brindle è un sibilo sordo, tinto di odio.
Non voglio nessun cazzo di caffè.

## *Parte seconda*

# 1.

Roddy Mace schiaccia il mozzicone della sigaretta e si mette a fissare lo schermo, legge ciò che ha scritto finora, cercando di reprimere l'impulso di gridare o bere alcol o entrambe le cose.

La letargia del pomeriggio ha lasciato il posto all'evanescenza della sera e mentre il fuoco della stufa si spegne, la barca diventa fredda e angusta. Il giornalista si sente invadere dal bisogno di essere altrove, in un posto qualsiasi tranne che a bordo di questa chiatta cigolante adagiata su acque fangose, dove non sta facendo progressi con un libro la cui data di consegna si avvicina a grandi passi. Controlla il conteggio delle parole della giornata: 247 di cui nessuna decente.

Vede il fallimento accamparsi sul suo futuro, una specie di mostro nero che gli agita contro una zampa artigliata. Vede se stesso invecchiato e sovrappeso, chino sul bancone di un pub, a parlare a una sala vuota di un libro che un tempo intendeva scrivere.

È distratto da Jo Jenks. Distratto dalla frustrante mancanza di informazioni.

Mace si mette le scarpe da ginnastica, il cappotto, il cappello, i guanti e la sciarpa, infila alcuni ceppi ancora umidi nella stufa, spegne il computer ed esce. L'alzaia è buia, ma la luna si riflette nelle pozzanghere, le trasforma nelle luci di una ribalta indicandogli il cammino.

Va al supermercato, compra le sigarette e una volta fuori, ne accende una, rifiutandosi di provare rimorsi o rimpianti. Un gruppo di giovani – bevitori a tempo pieno venuti da fuori, da Burnley o forse da Bradford – gli passa accanto, emanando nauseanti zaffate di dopobarba. Sono tutti in jeans, camicia e scarpe eleganti, esibiscono le loro braccia bianche e pompate dalla palestra nonostante il freddo e la pelle d'oca. Hanno i capelli tagliati a spazzola oppure arruffati e schiacciati dall'umidità. Procedono con passo molleggiato, le membra sciolte, spavaldi e impavidi. Uno salta sulla schiena di un altro mentre il gruppo si ferma davanti alla friggitoria, attirato dall'odore di pastella e sale e aceto che gli evoca fumanti involti di carboidrati da assorbire insieme alla birra prima di iniziare un altro giro di pub.

Mace tira dritto, fumando sotto la pioggia. La voglia di bere è forte. Più forte che mai.

Immagina una chiara ghiacciata. Il tepore di una birra scura.

I morsi del gin. Le punture della vodka.

Gli schiaffi del whisky.

Mace continua a camminare. Passa davanti agli uffici del «Valley Echo». Attraversa la piazza, poi il ponte. Prosegue per il mercato all'aperto e il parcheggio.

Si allontana dal centro. Si lascia alle spalle le strade fiancheggiate da case a schiera e piccoli edifici. L'asfalto lascia il posto prima a un sentiero, il sentiero al fango, il fango al bosco.

Camminare è il solo modo per tenere a bada la voglia di bere. Accelera il passo, affronta la salita con determinazione.

Il fiume in piena suona la sua musica tumultuosa mentre si getta a cascata dai bacini di raccolta ai dislivelli rocciosi. Ci sono il rumore dell'acqua e gli alberi e quell'oscurità profonda che esiste solo lontano dalle strade illuminate. Il buio vero, la notte della natura.

Mace pensa a Jo Jenks e a come niente torni in questa storia. L'ultima volta che ha avuto una sensazione simile gli è toccato scoperchiare un nido di vipere le cui diramazioni si spingevano nel cuore del sistema. Ma aveva ragione. Pensa all'elenco dei possibili sospetti che si è appuntato sul taccuino – Fidanzato/i? Figlio? Un fan o uno stalker?

Un maniaco sessuale? – e a un tratto gli appare evidente che soltanto una persona può aiutarlo a scrivere il libro e fare luce sul caso.

James Brindle.

Per quanto difficile e testardo, strano e fastidioso, James Brindle è la sua unica possibilità.

Mentre si addentra nel buio del bosco, nota un albero diverso dagli altri. Arretrato rispetto al sentiero, è caduto in senso orizzontale e sprofondato di sbieco nel terreno. Sta iniziando a marcire eppure sembra brillare, il tronco è animato da riflessi argentati che guizzano come un banco di pesci. È spettrale. Mace avanza verso l'albero, pensando si tratti di un'illusione ottica. Soltanto a uno sguardo ravvicinato si rende conto che l'effetto è creato dalla luna che illumina centinaia, se non migliaia di monete inserite di taglio nel legno tenero, tante di quelle monete da sembrare gli aculei squamosi di una creatura rettile ibrida, nata dalla terra. Ne tocca alcune, si accovaccia per esaminarle.

Al di là del tronco e tra gli alberi, sulla sponda opposta del fiume, individua il bagliore lontano di alcune luci accese nel tozzo edificio di pietra imbiancata del Barghest, la bettola ai margini della città.

Roddy Mace torna sul sentiero per dirigersi al ponte che attraversa l'acqua vicino al punto in cui quella costruzione si nasconde sotto l'oscillare degli alberi. È attratto dalla luce come il nichel da una calamita.

Malgrado arrivi a stento a quarantacinque chili, Raymond Pope è troppo pesante per le vecchie e sbiadite piastrelle Artex che rivestono il soffitto del magazzino della Spar.

Mentre striscia in quell'angusto spazio, convinto di muoversi con la leggerezza di un gatto predatore, sente uno scricchiolio e uno schiocco, dopodiché, come il coyote del cartone animato che continua a correre oltre l'orlo del precipizio, cade a faccia in giù nella breccia che si è aperta nel soffitto e rovina su una grossa pila di scatole contenenti biscotti e bustine di tè, per poi rotolare sul bancale di lattine sottostante, lanciando un grido di dolore forse causato dalla rottura di una costola.

Scatta l'allarme antifurto.

Senza fiato e con una mano premuta sul fianco, Pope cerca di risalire da dove è caduto ma le scatole di biscotti si accartocciano ancora di più quando ci si arrampica sopra, e lui è troppo basso per arrivare da solo al groviglio di lastre rotte e cavi penzolanti che si è aperto nel soffitto.

Si dirige allora alla porta di servizio. Armeggia con la maniglia. È bloccata. Prova con un calcio e poi con un secondo e un terzo, ma la porta non cede e lo sforzo non fa che accentuare il dolore al fianco.

Non gli resta che passare per il negozio, ma anche quella porta è chiusa. L'ululato della sirena gli buca le orecchie.

Si guarda intorno alla ricerca di qualcosa, qualsiasi cosa – un estintore, un carrello – da usare come ariete contro una delle due vie di uscita, ma vede soltanto pane raffermo e pacchetti di cracker e casse di bibite e tubetti di dentifricio. Perlopiù roba che non giustifica un furto tra l'altro. Apre una confezione mista di croccanti, tira fuori una bustina di salatini, la apre e se ne infila una manciata in bocca.

La merce interessante – le bottiglie di alcolici e le sigarette – è conservata tutta dietro il bancone, protetta da una grata metallica chiusa a chiave.

Mentre apre un pacchetto di biscotti, sente un motore. E poi delle voci. Smette di masticare e non fa un movimento.

Sente il fragore della saracinesca che si alza e dopo pochi secondi l'allarme smette di suonare.

Raymond Pope si accuccia mentre le voci diventano sempre più distinte. Una voce è nervosa, l'altra calma. Poi il crepitio di una radio della polizia, un'esplosione di suoni dall'altro lato della porta. Le voci sono molto vicine adesso.

Distingue dei passi e una chiave che viene girata nella serratura e poi qualcuno dire: Polizia, sappiamo che sei lì dentro, quindi non fare cazzate.

Pope lo riconosce. È quel cazzone di Bob Blackstone.

Se hai una pistola, gettala prima che ti spezzi entrambe le braccia.

Pope si alza. Divora i biscotti mentre aspetta che la porta si apra.

Non entra subito nel pub.

Passeggia all'esterno invece, accompagnato dal rumore del fiume che inonda il letto di argilla e di pietra, ingrossato dai rovesci dei giorni scorsi, una cascata d'acqua che spruzza schiuma nelle tenebre.

Anche da dove si trova sente l'aroma dolce e inebriante di cui è impregnata la costruzione, un odore frutto di birre e alcolici versati per decenni e che promette oblio e distruzione della persona.

Concentra lo sguardo sulle finestre illuminate della schiera di vecchie case che si distende sulla sponda opposta del fiume, lungo la strada che porta in città.

Decide di concedersi un'altra sigaretta e se finito di fumare ne avrà ancora voglia, entrerà nel pub e ordinerà un drink.

Il Barghest sarà un test.

Un test, sì.

Un test della sua forza di volontà.

Cammina al buio, servendosi della luce che proviene dalle finestre del cottage come una sorta di ancora.

E se poi si deciderà di entrare e farsi una birra – una soltanto, dopo un intero anno di astinenza – sarà anche quello un test, il cui risultato determinerà se è in grado di reggere l'alcol o se dovrà astenersi per il resto dei suoi giorni.

È un approccio quasi scientifico, un processo per esclusione: bere o non bere. Il tipo di pensiero concreto e pragmatico che Jim Brindle approverebbe.

Fuma la sigaretta e getta il mozzicone nel fiume in piena, entra nel pub e ordina una pinta di Doom Bar, ne svuota la prima metà in una sorsata, la seconda in due, quindi posa il bicchiere vuoto sul bancone e ne ordina un'altra.

Il calore raggiunge lo stomaco e si diffonde nel resto del corpo. Sente il viso avvampare e una leggerezza quasi immediata. La tensione si allenta, a un tratto le preoccupazioni dei giorni scorsi sembrano lontane e banali, perfino ridicole.

Impressionante, dice il barman che indossa una maglietta sbiadita dei Teardrop Explodes ed esibisce la disinvoltura di chi ha votato l'esistenza a un moderato ma costante stato di ebbrezza.

Grazie. Dammene un'altra, per favore.

Sei socio?

No, perché? C'è bisogno che lo sia?

Il barman alza le spalle prima di prendere il bicchiere vuoto.

Dipende, dice.

Gli versa un'altra birra.

Roddy Mace la porta a un tavolo. È probabilmente il pub più piccolo in cui sia mai stato e sembra rimasto identico a com'era alla fine degli anni Settanta.

Ci sono altri tre clienti. Un uomo anziano e una coppia di mezza età. I tre stanno conversando in fondo al locale. Smettono di parlare per salutare Mace con un cenno del capo, quindi la donna riprende a spiegare il percorso che lei e suo marito hanno appena seguito nella brughiera di Haworth.

Mace si siede e si guarda attorno, il locale prosegue in una sala interna più grande. Sulla parete è appesa la licenza di vendita di alcolici. È circondata da diverse caricature del personale e dei clienti di tempi ormai andati, ci sono poi disegni di altra natura, ritagli di riviste e fotocopie che raffigurano animali e uccelli, oltre a varie creature mitiche e strane bestie prese in prestito dal folklore o nate da una fertile immaginazione, alcune sono specifiche dello Yorkshire o dell'Inghilterra del nord, ognuna col suo nome scritto con una calligrafia sbiadita in cui si riconosce la stessa mano: boggart, folletti, troll, elfi, fuochi fatui, goblin, draghi alati. E al centro c'è l'immagine di un mostruoso cane nero con zanne minacciose, affilate come pugnali, e unghie ricurve simili agli artigli di un rapace.

Mace si alza per osservarlo da vicino.

È il grande Barghest da cui prende nome questa deliziosa bettola, dice il barman quando lo vede leggere la scritta.

Da dove viene?

Dall'oscurità, risponde il barman con un occhiolino e un sorriso. O meglio ancora dalla mente imbevuta di birra di un povero vagabondo che dev'essersi spaventato a morte vagando per i boschi due o tre secoli fa.

Sembra un nome dell'Europa orientale, osserva Mace.

L'origine è più vicina, in realtà. Weardale, probabilmente. O Northumberland. *Ghest* è una storpiatura di *ghost*, fantasma. Barghest starebbe per fantasma della città, dicono.

Dunque questo posto è infestato da un fantasma?

Il barman fa un sorrisetto.

Certo che lo è. Tutti i migliori pub inglesi lo sono.

Mace torna a sedersi.

Il barman prende un telecomando e lo punta su un impianto stereo sistemato a meno di un metro da lui. Non succede niente. Dopo un paio di tentativi getta via il telecomando e schiaccia un pulsante dello stereo. Un'esplosione di musica psichedelica fa balzare sulle sedie Mace e gli altri tre avventori.

Scusate, gente, dice il barman, abbassando il volume.

Mace scorge una decina di raffigurazioni ed effigi dell'Uomo Verde poste su uno scaffale dietro il bancone, sotto le bottiglie infilate nei dosatori. Sono realizzate con vari materiali e in dimensioni, forme e stili diversi. Ci sono teste in ceramica, gesso, legno, piccole sculture in pietra, portachiavi, un canovaccio, candele verdi, una maschera di plastica, un'altra fatta di rami intrecciati e fotografie strappate da riviste.

Il barista, vedendo che Mace sta guardando, si scosta di lato.

Una bella collezione.

Il barman annuisce, poi si spilla una pinta.

Niente in questo locale è in tono col resto. Tavoli, sedie e perfino la moquette e i tappetini sono spaiati e tutti scoloriti o più o meno danneggiati. Mace si rilassa sulla sedia e mentre si sente invadere dalla birra, si domanda perché abbia avuto così tanta paura di ricominciare a bere, negli ultimi mesi. Controlla il telefono e scopre con sollievo che non c'è campo. Non è connesso. Il barman si porta il bicchiere alle labbra e sembra fissare qualcosa in fondo al locale, ma quando Mace butta con discrezione l'occhio in quel punto, si rende conto che l'uomo non sta guardando nulla in particolare, è immerso in una sorta di trance ipnotica favorita dalla musica, nella fattispecie da John Martyn che ha appena preso il posto dei Black Sabbath.

Mentre ordina un'altra birra, Mace vede i due coniugi indossare giacche e zaini imbottiti per uscire nella notte, dopo aver salutato il vecchio, il barman e lo stesso Mace.

Avevi una bella sete, gli dice il vecchio. È un'ottima birra, la Doom Bar.

Vero, concorda Mace. Posso offrirgliene una?

Non era mia intenzione bere a sbafo, ma raramente rifiuto un'offerta. Dico bene, Jack?

Strappato ai suoi sogni a occhi aperti, il barman resta per un attimo disorientato, dopodiché annuisce e prende un bicchiere.

Mace paga le birre e ne allunga una al vecchio. Il bar è talmente piccolo che può tornare al suo tavolo senza dare la sensazione che stia snobbando l'altro avventore.

Chino sugli spillatori, il barman torna ad armeggiare con il telecomando. Lo sbatte sul bancone e un pezzo di free jazz sgorga dalle casse.

Il vecchio beve un sorso della sua Doom Bar e fa schioccare le labbra.

Vieni da lontano?

No, dice Mace. Dalla città.

L'altro annuisce.

Dalla stazione?

Dal canale.

Il vecchio osserva Mace per qualche istante.

E ti fermi lì?

Sì.

Vacanze?

Mace scuote la testa.

Un barcaiolo, dunque.

Suppongo di sì.

Accertato di avere a che fare con una persona più o meno del posto, il volto del vecchio si illumina.

E com'è, vivere sull'acqua?

Non male. Devo ancora farci l'abitudine. Ci vivo da solo un anno. Non mi dispiace in linea di massima, a parte la pioggia.

Stare un po' a mollo non ha mai fatto male a nessuno. Anche Jack ha vissuto su una barca. Dico bene, Jack?

Jack leva lo sguardo dal giornale che nel frattempo aveva cominciato a leggere e annuisce.

Sì, dice. Dopo il mio secondo divorzio. Necessità economiche, aggiunge prima di tornare a concentrarsi sul giornale.

Da quanto sei qui? chiede il vecchio sorseggiando la birra.

All'incirca un anno, dice Mace. Anche se a me sembra da più tempo.

Dicono che è una boccia per i pesci rossi, 'sto posto, continua il vecchio. La città, intendo.

Mi torna, commenta Mace.

Fai bene a startene sulla tua barca, te lo dico io.

Mace beve un sorso di birra.

Non è mia, in realtà.

Il vecchio si china verso il suo tavolo e abbassa un poco la voce.

Hai mai avuto la febbre?

La domanda risveglia l'interesse del barman.

La febbre? dice Mace.

Sì. Non si è ancora manifestata?

Non sono sicuro di cosa intenda.

La chiamano febbre della valle.

O febbre verde, interviene Jack.

Il vecchio annuisce.

Esiste soltanto qui, è tipica di queste parti. Più che una febbre è una sensazione che si impossessa di chi vive in fondo alla valle, dove è più buio. Ti si attacca addosso, in pratica.

Mace guarda prima il vecchio e poi il barman.

Walter non ti sta prendendo in giro, figliolo, dice quest'ultimo. Io stesso me la sono beccata. Più di una volta. Mi sono dovuto trasferire in cima alla collina per liberarmene.

Perché? chiede Mace. Che ti succede sennò?

I suoi compagni rimangono in silenzio per qualche istante, assorti. Il vecchio svuota il bicchiere e fa schioccare di nuovo le labbra. Solo allora Mace nota il cane addormentato sotto il tavolo, il muso poggiato sulle zampe, a loro volta poggiate sui piedi del vecchio, Walter.

Sì, proprio niente male la Doom Bar.

Un'altra? dice Mace.

Il vecchio annuisce.

Figliolo, se questo è il tuo modo di presentarti andrai molto d'accordo con la gente del posto.

Il barman porta una birra a entrambi e si accomoda su una sedia.

Spiegagli, Walt, dice. Non puoi mica lasciarlo in sospeso.

Il vecchio manda giù un'abbondante sorsata di birra fresca.

Allora, dice, assaporando il momento. Dicono che questa valle sia come una tomba aperta. Per il modo in cui si restringe, come se volesse chiudersi su di te, con i pendii che ti incombono addosso lasciandoti un misero lembo di cielo avaro di sole in questi tempi sempre più bui. Per non parlare delle fosse tipo questa, che la intersecano. Un rigoglio soffocante in estate, spoglie d'inverno. Sono quelle pareti a precipizio, da una parte e dall'altra, a fregarti. Quei nudi fianchi argillosi che si anneriscono a ogni nuovo diluvio. Di notte, a volte, si staccano dei pezzi e lo schianto della frana riecheggia nella valle come un ruggito e al mattino vedi squarci tra la terra e i massi coperti di muschio che sembrano smorfie inquietanti. Immagino le abbia sentite, quelle frane.

Proprio così, annuisce il barman. È come una mano che ti prende alla gola, la febbre.

Aspetta, mica ho finito, dice Walter.

Tracanna una sorsata e abbassa la voce per assorbire meglio la birra. Mace si vede costretto a chinarsi verso di lui.

Il cielo è il coperchio di una bara mezza chiusa, continua. Mai mezza aperta; sempre lì lì per chiudersi. Ci avrai fatto caso alla velocità con cui le nuvole si muovono e si addensano e al cielo che si fa teso come prima di un temporale estivo, solo che non è estate e non c'è nessun temporale in arrivo, almeno non di quelli con tuoni e fulmini. Il momento peggiore è quando l'autunno scivola nell'inverno, anzi più o meno in questo periodo, quando metti gli orologi indietro di un'ora e non ti resta altro che la prospettiva di notti più lunghe e giorni più corti, quando niente cresce e tutto marcisce. È il momento in cui sembra che il mondo intero si riduca a questa valle e quel coperchio che chiamano cielo si chiude su di te e non puoi far altro che grattare il legno della bara come un uomo sepolto vivo. È quello il momento in cui la gente comincia a fare le bizze.

Jack, il barman, annuisce di nuovo affondando il naso nella sua pinta.

Le bizze? ripete Mace.

Sì, dice Walter. Ci sono precedenti storici. Comportamenti irrazionali. Deliri maniacali. Gesti inspiegabili. In biblioteca troverai un sacco di libri sull'argomento. La febbre della valle.

I tre uomini bevono ancora un sorso e Mace si sente preso nel vortice della birra. La sala sembra muoversi per un attimo quando lui si volta. La voce del vecchio gli arriva ovattata e confusa adesso. Ha un gran bisogno di fumarsi una sigaretta.

Walter lo guarda.

Ci sei passato anche tu, gli dice. Sai di cosa parlo, lo vedo.

Jack annuisce, con solennità questa volta.

Ma non sei qui da abbastanza tempo per sapere quanto sia forte questa febbre, perché è qualcosa che si consolida con gli anni. I nuovi arrivati impiegano cinque anni, a volte anche dieci, per sentirne gli effetti, e anche allora non è comunque parte del loro DNA, a differenza delle famiglie che hanno le loro radici in questa terra. Vedi, un giorno qualcuno ha pensato che fosse una buona idea costruire una città quaggiù, di incastrarla in questa gola, nel punto più stretto della valle. Un ammasso di case conficcate in un gargarozzo. Una città è venuta su tra il muschio e le pietre. E tra i segreti. Paesaggio e clima hanno plasmato chi ci vive, è questo che intendo. Le riconosci le famiglie del posto. Parlo di quelle che sono qui da generazioni, non di quelle venute da fuori con i loro cofanetti di Enya, il caviale di melanzane e i figli che hanno chiamato Zebedee. Non che abbia niente contro queste gente...

Neanch'io, dice Jack.

Neanche lui, riprende Walter. Chi siamo noi per giudicare? E comunque sono innocui e colorati. Sempre meglio loro di quei tristoni che sono per l'Inghilterra agli inglesi. Che vadano a fanculo. Venite, venite pure, dico io. Immigrati? Apriamo le porte e lasciamoli entrare. Più siamo meglio stiamo. Questa è un'isola di bastardi, lo è sempre stata e sempre lo sarà.

Un mondo di bastardi, dice il barman, tirando su col naso. È un mondo di infelici.

Il vecchio leva un dito e annuisce con deferenza.

Ecco, la lezione non richiesta di storia, per quanto breve, termina qui, dice Walter.

Mace beve un sorso di birra e mentre vede che il suo bicchiere è quasi vuoto, viene colto da un improvviso bisogno di urinare.

Il barman va a spillare altre tre pinte di Doom Bar. Le piazza sul tavolo.

Non fare quella faccia, figliolo, dice Walter, sollevando la sua birra. Non hai niente di cui preoccuparti. Fa' solo attenzione ai coglioni che non se ne vanno mai di qui.

Jack alza il suo bicchiere.

Alla tua, dice.

Roddy Mace afferra la sua pinta, si protende sul tavolo e brinda con i due compagni. Bevono in silenzio per qualche istante, poi Jack prende il telecomando e lo punta alle sue spalle. Parte un pezzo di rock progressivo. Jack alza il volume. Il cane addormentato sotto il tavolo solleva la testa e si guarda intorno. Sbadiglia.

King Crimson, dice il barman.

Riempie lo schermo di carne. Dopo la gentilezza con cui è stato espulso dalla Cella Frigorifera e aver saputo senza mezzi termini da Alan Tate che non sarebbe stato il benvenuto finché non fosse riuscito a ritrovare la sua «forma ottimale», Brindle è andato dritto a casa dove ha trascorso un'ora a vagare da una stanza all'altra, spostando oggetti, controllando interruttori, aprendo e chiudendo rubinetti, prendendo il telefono per chiamare ogni volta lo stesso numero – quello di Roddy Mace – e cercando di combattere l'attacco di panico che incombeva come una tempesta. Ha preso un'altra pillola, raddoppiando la dose giornaliera, si è poi preparato del tè e ora si ritrova con gli occhi puntati su uno schermo dove corpi maschili e femminili si contorcono in varie configurazioni sessuali. Carne contro carne, in uno sfregamento continuo.

Passa da un film gratuito all'altro sul suo iPad. Esplora gallerie di immagini, vede uomini e donne di ogni parte del mondo – America, Germania, Svezia, Russia e Repubblica Ceca – e, a un certo punto, anche dello Yorkshire, quando ha l'impressione di riconoscere una piazzola di sosta situata a non più di cinque chilometri da casa sua. Uomini con donne, uomini con uomini, donne con donne.

Brindle cerca invano di analizzare quel che prova, ma identifica soltanto una forza più grande di lui, qualcosa di potente a cui non può sottrarsi, e mentre i corpi si agitano e si aggrovigliano e gemono e danno espressione vocale a un piacere estremo, lui mette a fuoco l'oggetto del suo desiderio: non tanto la catarsi di uno sfogo fisico, bensì qualcosa di più semplice. Qualcosa che è senza tempo. Qualcosa di ancora più bello, forse, del freddo e meccanico scambio di fluidi che sta osservando nello schermo. Entrare in contatto con un essere umano. È questo che desidera.

Spegne l'iPad, prende il telefono e scorre di nuovo i contatti. Sceglie *Roddy Mace* e si mette a fissare quel nome, fissa il numero, fissa lo schermo.

James Brindle preme il pulsante di chiamata e ascolta il telefono squillare. Esita un attimo, mille pensieri gli frullano in testa, e poi riaggancia.

A Bob Blackstone non manca che una manciata di minuti per terminare un turno di dieci ore quando l'allarme della Spar scatta in centrale. Diverse aziende locali hanno pagato per avere il loro sistema di sicurezza interno collegato alla rete della polizia, e non è sorpreso di scoprire che si tratta di nuovo del minimarket. Ha già subito cinque furti negli ultimi tre anni.

Sente anche la sirena della Spar suonare a due strade di distanza e non gli serve di certo un'auto per portare in centrale quella faccia da roditore di Raymond Pope dopo averlo trascinato fuori dal magazzino per i capelli, con le briciole di biscotti che gli cascano dalla bocca e le tasche della giacca piene di bibite in lattina. È una passeggiata inferiore ai sessanta secondi, durante la quale ha imposto all'adolescente di camminare con i polsi ammanettati dietro la schiena mentre continuava a tenerlo per la zazzera nel caso provasse a scappare. Se dovesse accadere – e con Raymond Pope è accaduto più di una volta – Blackstone non avrebbe modo di riacciuffarlo. Quel ragazzo sguscia via come un'anguilla, e lui non ha alcuna voglia di investire tre o quattro ore di straordinario non pagate a girare in macchina nei pressi dei tanti nascondigli sparsi tra il bosco e le rocce da cui Pope salterebbe comunque fuori dopo un giorno o due.

Dover redigere un nuovo verbale è già troppo per lui.

Blackstone non apre bocca con Raymond Pope e il ragazzo fa altrettanto mentre lui lo spinge perché tenga il suo passo malgrado abbia gambe molto più corte. Il ragazzo incespica più volte e quando perde una scarpa, Blackstone la raccoglie ma senza consentirgli di rimettersela.

Nonostante sia un recidivo, la piaga dei negozianti della valle e non solo, Raymond Pope non è un cattivo ragazzo né incline a lamentarsi del trattamento iniquo che è costretto a subire, ha sempre accettato il suo destino giudiziario con un misto di maturità e una perversa forma di orgoglio.

E nonostante il fastidio di doversi occupare ancora di questo stronzetto, Blackstone non sente il bisogno di fare prediche o lavate di capo a un ragazzo nato con il labbro leporino in una famiglia disgraziata. Di solito è ben felice di dare una ripassata a chiunque contribuisca all'aumento del tasso di criminalità nella zona, rivendicando la resistenza all'arresto non appena il fermato si lamenta e standо attento a farlo lontano dalle telecamere di sorveglianza, ma con Pope non gli sembra giusto. C'è una sorta di tacita intesa tra loro e colpirlo sarebbe come maltrattare un gatto selvatico affamato.

Sa però cosa lo attende e questo gli genera un risentimento: la solita serie di telefonate notturne per stanare, e ovviamente anche svegliare, uno degli assistenti sociali che si sono occupati del ragazzo. Nessuno dei suoi familiari si farà vivo.

È agli assistenti sociali che tocca il duro lavoro, vedersela col padre di Raymond, il famigerato Billy Pope, quando l'avranno rintracciato, e presenziare alle udienze del tribunale dei minori e agli incontri di verifica per discutere se sia il caso di insistere coi servizi sociali o si debbano prendere altre misure. Il giovane Raymond tiene occupati diversi dipendenti pubblici e continuerà a farlo per molti anni. È un percorso cui Blackstone ha assistito in più occasioni nel corso dei decenni. Ha visto molti ragazzi prendere una brutta piega, passare dalle sanzioni amministrative all'ergastolo.

Fra tre o quattro anni Raymond Pope non avrà più bisogno della presenza di un adulto responsabile e spetterà alla giustizia intervenire là dove i servizi sociali hanno fallito, perché è chiaro che il ragazzo salirà di grado – o toccherà il fondo – del sistema penitenziario.

Blackstone sa che a quel punto Pope non sarà più così docile né rispettoso. Sa che presto cambierà. I piccoli criminali come lui finiscono sempre con l'indurirsi, quando la giocosità dei piccoli furti adolescenziali lascia il posto a una determinazione ferrea e a un odio feroce per la società, i cui semi sono già stati chiaramente piantati nella testa del giovane Pope, a giudicare dalla sua mancanza di rimorso. Sono anni che Blackstone sente bofonchiare tra i denti da certi giovinastri parole come "fanculo gli sbirri".

È il ragazzo a vederla per primo: una donna che sbuca urlando da un vicolo laterale di fronte a loro, il suo volto con gli occhi sbarrati trasformato in una maschera di terrore e angoscia dalla luce che arriva dalla porta della centrale, a pochi metri di distanza. Corre con un braccio sollevato davanti a sé e il sangue che dalla mano le cola sul polso, verso il gomito.

Fermati, dice Bob Blackstone.

Investita dalla luce, la donna si volta verso il buio dove scorge soltanto un ragazzino con occhi malvagi e una scarpa sola. Lo osserva per una frazione di secondo cercando di far combaciare la voce adulta che ha appena sentito con quella del ragazzino.

Quanto sangue, dice Raymond Pope eccitato, mentre il poliziotto lo spinge da parte e prova ad avvicinarsi. Ma appena lo vede emergere dall'ombra, la donna si gira e con un gemito di disperazione intrappolato in gola si precipita in cerca di riparo verso la centrale che è proprio sotto il comando di Blackstone.

Il poliziotto trascina Raymond all'interno della centrale e lo schiaffa su una sedia – Vedi di non muoverti, tu – e raggiunge la donna, che sta schiacciando il campanello della reception. Ha lasciato dietro di sé una scia di sangue così scuro che sembra quasi nero.

Bisogna fare qualcosa, dice Pope, raddrizzandosi.

Seduto, gli ordina Blackstone. Allontanati da quella sedia, e ti spezzo le gambe.

Siccome alla reception non si vede nessuno, Blackstone cerca di attirare con un fischio l'attenzione del sergente di turno, Alice Wagstaff, che un attimo dopo esce dalla sala interna con una tazza di tè in mano.

Cristo, dice.

È conciata per bene, signora, dice Pope, per poi rivolgere la stessa osservazione al sergente di turno: È conciata per bene.

La donna è piegata in due adesso e si aggrappa con una mano al bancone, l'altra è sempre sollevata e gronda sangue. È grigia in viso.

Le serve una ricucita, dice Pope.

Alice Wagstaff rovescia il tè sul bancone e sparisce di nuovo nei meandri della centrale.

Mi faccia vedere, dice Blackstone con voce gentile.

La donna risponde con un piagnucolio sommesso. Lui le si avvicina, le mette una mano sulla spalla e l'altra sulla schiena e l'accompagna a una sedia.

Mi faccia vedere.

È apparso dal nulla, dice la donna.

Chi è stato? Chi è apparso?

Dal nulla.

È lo squarciatore, interviene Pope, rimasto in piedi per godersi meglio lo spettacolo.

Chi? ripete Blackstone.

Lei scuote la testa.

Il poliziotto cerca di prenderle il braccio, ma lei si ritrae.

Starò attento, la rassicura. L'ambulanza arriverà presto. Ma devo vedere quanto è profondo. Si sieda, venga.

Dal nulla, dice la donna per la terza volta.

Torna Alice Wagstaff e passa un asciugamano a Bob Blackstone, che prende la vittima dell'aggressione per il gomito accompagnandola a una sedia. Le ruota il braccio in un senso e nell'altro, e la ferita nella mano si allarga. È un brutto squarcio. Dal punto dove il taglio è più profondo, il sangue sgorga al ritmo del battito cardiaco.

È messa proprio male, dice Raymond.

Blackstone indica con la testa il ragazzo.

Sbattilo in cella, Alice.

No, cazzo, grida Raymond Pope, saltando sulla sedia di plastica. Non voglio perdermi questo momento.

Alice Wagstaff cerca di afferrarlo ma sebbene sia ancora ammanettato e senza una scarpa, scende dalla sedia con un balzo e schiva la presa.

Blackstone torna a esaminare la ferita, vede che qualcosa di estremamente affilato ha tranciato di netto pelle e carne, scoprendo piccole sacche di grasso bianco intorno ai muscoli e ai legamenti. È un solco che divide in due la mano e l'avambraccio, chirurgico nella sua precisione. Il poliziotto avvolge e stringe l'asciugamano intorno all'arto della donna ormai rosso pressoché ovunque.

La donna singhiozza.

In lontananza, dal fondovalle, si sente arrivare il suono di una sirena.

Lo ha visto in faccia? chiede Blackstone.

Un cappuccio...

La voce della donna è esile. Spenta. Blackstone lancia un'occhiata ad Alice Wagstaff e poi torna a guardare la donna.

Un cappuccio?

Nessuna risposta.

Riesce a muovere le dita? chiede Alice Wagstaff, che ha rinunciato a occuparsi di Pope.

La sirena dell'ambulanza si avvicina.

La donna sembra afflosciarsi. Il respiro è debole. Le labbra sottili ed esangui.

Sta per svenire, dice Wagstaff.

Le cade il mento, osserva Pope.

Zitto, urla Blackstone, ruotando su se stesso. Trascina il ragazzo verso la fila di sedie, lo spinge a terra e lo ammetta a una barra di metallo.

È un abuso, questo, protesta Pope.

La donna si abbandona sullo schienale della sedia ed espira. Le sue palpebre sbattono, gli occhi tremano e infine si arrovesciano nelle orbite. La testa si piega all'indietro. L'ambulanza è ormai a pochi isolati.

Bob. Sta collassando.

Porca troia, dice Pope. È morta.

Non è morta, scimunito, ribatte Blackstone. È solo svenuta.

L'hanno affettata come si deve, comunque sia. Come quell'altra.

Blackstone guarda Wagstaff e alza un sopracciglio mentre l'ambulanza si ferma davanti alla Centrale.

Proprio come quell'altra, insiste Raymond Pope.

Il bubbolio di un gufo solitario rompe il silenzio della notte; l'uccello osserva la città appollaiato su una betulla bianca, a una quindicina di metri dal suolo.

Tony Garner sente il suo richiamo e quello più lontano di un altro gufo che gli risponde, la distanza attutisce il suono mentre lui procede a passo svelto tra le colonne d'ombra proiettate dagli alberi, il cappuccio tirato sopra il berretto a sua volta calcato sulla testa. Prima ha sentito anche sirene ma ora ci sono soltanto i gufi.

Se non avesse fretta si fermerebbe per localizzarli con la grossa torcia da meccanico che porta con sé nelle missioni notturne e di cui apprezza la solida compattezza che ne fanno al contempo un'arma e una bacchetta magica. Il fascio bianco avrebbe cercato gli occhi pensosi e il petto arruffato di quelle magnifiche creature. Ma non stanotte.

Stanotte ha con sé soltanto la debole torcia da testa, la cui fascia è stretta intorno alla fronte bagnata di sudore, anche se la temperatura è scesa in maniera sensibile nell'ultimo paio di giorni e il cielo senza nuvole è una pietraia di stelle. Stanotte si è dato una missione diversa dal solito.

Avanza veloce e silenzioso tra gli alberi, prende viottoli e vicoli, spostando la borsa da una spalla all'altra, la faccia rischiarata ogni volta che fa un corposo tiro dalla canna che stringe tra le labbra.

Ha seguito un percorso tortuoso, è entrato in città per vie laterali, cercando l'ombra delle vecchie mura erette sui ripidi pendii ai margini del centro abitato.

Taglia per il parcheggio e imbocca lo stretto passaggio in fondo allo spiazzo. Si ferma per un attimo in quella fenditura di pietra tra i negozi e le case e assapora il silenzio della notte prima di riprendere a camminare. Si ferma di nuovo, stavolta nel punto in cui il vicolo si affaccia sulla strada, dove ha trovato Josephine Jenks accasciata a terra. I nastri della polizia non ci sono più ma è proprio qui che l'ha vista gorgogliare aria e sangue dalla carne squarciata in quelli che gli erano sembrati i suoi ultimi respiri, è qui che ha trovato il coltello e la borsa e...

La strada è deserta. Garner estrae un piede di porco dallo zaino e si dirige verso il tombino. Inserisce l'attrezzo sotto la grata, la solleva – è più pesante di quanto pensasse; ha sentito parlare di un rigattiere a Mixenden che li paga bene e compra anche chiusini, il piombo dei tetti delle chiese e i fili di rame – la posa quindi sul marciapiede con la massima delicatezza. Accende la torcia sulla fronte e si sdraia a pancia in giù accanto all'apertura, sporgendosi nell'oscurità. Prende dalla tasca un grosso magnete industriale a U al quale ha legato un pezzo di spago. Lo immerge lentamente nel miscuglio di acqua e materia oscura, con il cerchio bianco della torcia puntato sul fondale grumoso.

L'odore è quello dei temporali estivi. L'odore nauseante della decomposizione.

Solleva il magnete, poi lo lascia cadere. Lo solleva, lo lascia cadere.

Scandaglia l'acqua con il fascio della torcia, sollevando e lasciando cadere il magnete. Lo fa penzolare, lo riprende e lo getta di nuovo finché non sente un contatto nella fanghiglia che ristagna nei sotterranei della città. Un tintinnio debolissimo, metallo che tocca altro metallo. Tira in fretta la corda e recupera il magnete ed ecco il coltello.

Sì, dice ad alta voce, prima di balzare in piedi e rimettere a posto la grata. Infilato il coltello in tasca, Tony Garner non contiene più la tensione, si volta e comincia a correre per la strada e per la città con il fascio della torcia che rimbalza all'impazzata su muri e finestre e alberi ed edifici; corre finché i polmoni non gli bruciano e le prime note del tenue coro dell'alba pongono fine alla notte.

Il telefono vibra ed emette poi un bip, irradiando un fascio di luce nell'angolo dello scaffale dove Roddy Mace l'ha lasciato.

Il silenzio e l'oscurità gli suggeriscono che è ancora notte fonda o che è morto; perché è di certo così che deve essere la morte.

Apre gli occhi.

E ricorda. Il Barghest. I drink. La birra.

Il rimpianto gli morde il petto come un cane rabbioso.

Ricorda le pinte, molte pinte. Seguite da qualcos'altro. Vodka, forse. O whisky. Magari entrambi. E molte sigarette. Moltissime sigarette.

È successo di nuovo. La ricaduta, innegabile e del tutto volontaria.

È possibile che abbia anche cantato. E dev'essere caduto a un certo punto, perché i pantaloni, buttati sul pavimento, sono coperti di strisce di fango e strappati al ginocchio. Gli stivali, anch'essi lerci di fango, hanno lasciato segni sul terreno.

Ha un cerchio alla testa e il mal di stomaco, la gola gli brucia e gli duole un polso.

Rimane immobile per un po' prima di alzarsi dal letto e prendere il telefono e rimettersi subito sotto il piumone. Nella barca fa un freddo cane. Mace maledice il freddo. Gli è entrato nelle ossa.

È un messaggio del suo capo, Malcolm Askew. Non ha mai ricevuto un messaggio da Malcolm Askew. Mai. Come gli ha spiegato più volte lui stesso, non «ama» gli SMS, ritiene guastino la lingua inglese e danneggino la stampa, contribuendo a creare una generazione di imbecilli. Quando la luminosità dello schermo gli assale gli occhi, Mace si rende conto di essere ancora ubriaco.

*Altra agressione stanotte in città*
*Donna in ospedale. Squarciata*
*La polizia brancola nel buio*
*Alzati asap e aggiornami in mattinata*

Mace si porta le ginocchia al petto raggomitolandosi sotto il piumone.

Altri ricordi gli tornano alla mente. Ricorda Walter e Jack, due uomini asciutti, e la loro teoria sulla febbre della valle.

Sembra che la temperatura non smetta di scendere. È un castigo. Malgrado le braci ancora accese nella stufa, appena fa capolino da sotto le coperte, Mace vede il suo respiro sbuffare nell'aria e i disegni della brina ghiacciata sui vetri delle finestre.

E pensare che quando dice alla gente – ai pochi amici dell'università perlopiù, perché da allora non ha più stretto amicizie durature – che ora vive in una casa galleggiante, tutti pensano che sia romantico.

Guarda il canale. La luna è oscurata dalle nuvole e non c'è nient'altro che un grande nero là fuori. Sente il vento frusciare tra gli alberi. Il tonfo dei gorghi contro lo scafo. Non ci sono anatre. E nemmeno oche. Sono le 4:34 del mattino.

Come fa Askew a sapere certe cose a quest'ora?

Avvolto nel piumone, Mace si alza sulle gambe incerte, con la testa che pulsa e la vista non ancora propriamente a fuoco.

Riempie il bollitore d'acqua e mette l'acqua a scaldare, getta dei ciocchi nella stufa e torna a letto.

Rilegge il messaggio. *Squarciata*.

Sopraffatto da una sensazione sgradevole che sembra accentuare il mal di testa, trasformando quel sordo pulsare in un martellamento angoscioso, prova ad alzarsi di nuovo. Ogni centimetro del suo corpo lo esorta a tornare a dormire, ma deve andare in ospedale.

Un improvviso conato di vomito lo scaglia fuori dal letto facendogli sbattere un ginocchio, quindi si trascina al water dove ha nuovi e rumorosi conati. Sembra posseduto da un demonio.

Dalla sua gola non esce però niente se non una specie di guaito. Afferra la tazza e ci riprova. Tossisce. Prova ancora a rimettere, deciso a espellere qualcosa – qualsiasi cosa – per poter provare un minimo di sollievo. Niente da fare.

Ha bisogno di acqua. Ha bisogno di un tè, un caffè, una lattina di Coca-Cola. Di acqua. E di un trapianto di cranio.

Cosa lo aspetta in ospedale? Una barella da pronto soccorso o un carrello per il trasporto delle salme?

In ogni caso deve andare lassù e ciò richiede una sequenza logica e lineare di azioni: ingerire dei liquidi, vestirsi, mangiare (forse), muoversi, mettersi in viaggio.

Niente fa pensare che sarà in grado di raccogliere informazioni una volta sul posto. Ma deve tentare.

Mace scruta il fondo del water, chiedendosi quando l'abbia pulito l'ultima volta.

Si alza, si china e piega la testa per bere l'acqua gelata dal rubinetto. Si prepara un caffè e indossa i vestiti della sera prima, ma scopre che sono troppo umidi, oltre che strappati e sporchi di fango. Li getta in un angolo, si mette qualcosa di pulito e beve il caffè controllando intanto che nella borsa ci siano penna, taccuino e dittafono. E nastri di riserva. Batterie. Il portafoglio. Una bottiglia d'acqua. Soldi. Mentine per l'alito. Può invece fare a meno dell'ultima sigaretta, perché oggi è il giorno in cui rinuncerà di nuovo a ogni specie di tossina – la perenne falsa promessa dell'ubriacone – ma infila comunque in tasca il pacchetto accartocciato e l'accendino. Immerge poi la mano nel sacchetto di plastica pieno di mele, regalo di Rosie Kemp che le ha raccolte nel suo frutteto; quei piccoli frutti croccanti sono l'unico genere alimentare che ha in abbondanza. Ne addenta uno.

C'è un pullman alle 5:15. Il primo della giornata. Un viaggio infernale, attraversare la valle fino all'ospedale.

Potrebbe chiamare un taxi, ma dovrebbe comunque andare ad aspettarlo sulla strada.

Mace beve altro caffè, dà altri morsi alla mele, sente la bile bruciare da qualche parte in fondo all'addome. Nessuno dovrebbe prendere la prima corsa della giornata, pensa, immaginando già il più solitario dei viaggi, il pullman scendere lento per strade ancora addormentate mentre i muri della valle si aprono.

Non può accadere niente di buono a quell'ora del mattino.

Tony Garner getta nastro adesivo e forbici, indossa il berretto alla Sherlock Holmes, lega i paraorecchie sotto il mento e tira su il cappuccio. Vorrebbe solo starsene sul letto dove Earl è raggomitolato in un nido di vestiti sporchi, ma si prepara a uscire di casa per la seconda volta stanotte. Chiama il terrier che lo segue assonnato. Fuori piove, come al solito. Ha legato al polpaccio il coltello che ha infierito su Josephine Jenks, il coltello che ha raccolto nel vicolo e buttato nel tombino, lo stesso coltello che ha recuperato grazie al suo ingegno. Tutti pensano che sia tonto, ma è l'unico a sapere dove si trova l'arma, il che non è gran cosa, ma è pur sempre più di quanto sappiano gli sbirri e i giornali e la tele. Sono loro i veri idioti. Cammina deciso, fumando la cannetta che si è rollato prima di uscire. La pioggia non è un problema, non gli ha mai dato noia. Senza la pioggia la valle non sarebbe così verde e rigogliosa in estate; non si può avere l'una senza l'altra. Persone in teoria più intelligenti mica ci arrivano, non fanno che lamentarsi della pioggia. Una lagna continua.

Nel giro di pochi minuti si inerpica per i pendii fangosi, tra il muschio e i tronchi d'albero marci. Scivola di continuo e usa le punte dei piedi come artigli affondandole nel terreno e mentre il vento smuove la corteccia dei tronchi e scuote i rami, Earl tira il guinzaglio. Tony Garner non ha portato una torcia questa volta. Un fascio di luce che si agita nel bosco attirerebbe l'attenzione. Nel cuore della notte Tony è soltanto una sagoma scura tra le tante che si muovono e, da lontano, l'unico particolare visibile è la punta incandescente della canna, da cui tira un'ultima boccata. Da qualche parte più in alto le grida tormentate delle volpi in calore fendono il bosco. Raggiunta la piccola radura dove piazza le trappole, si dirige verso una grande roccia sotto cui si è riparato spesso. Si accovaccia non lontano, accanto a un albero le cui radici nodose si aggrovigliano tutt'intorno come trecce di legno prima di scomparire sotto la terra e ancorarsi nell'oceano del tempo. Garner estrae il coltello e spinge la sua estremità appuntita nel suolo fino a seppellire anche il manico, dopodiché lo copre con una pietra squadrata grande quanto un pallone da calcio. È stata scolpita tre o quattro secoli fa dallo scalpello di un uomo che l'ha poi usata come chiave di volta per un muro crollato da tempo, ma le cui fondamenta sono ancora visibili, gobbe del suolo coperte di muschio la cui forma fa pensare alla spina dorsale di un serpente diabolico rintanato nelle profondità della terra e del tempo.

Blackstone si è dimenticato il ragazzo.

Sa di aver già violato ogni sorta di protocollo tenendo un minore in stato di fermo all'insaputa dei genitori e senza un assistente sociale o un altro adulto che lo sostenga. Ogni accusa è pertanto destinata a cadere. Per di più, come tanti piccoli delinquenti odierni, Raymond Pope conosce a menadito i suoi diritti e probabilmente saprà anche questo.

Il poliziotto corre alle celle e quando sbircia nello spioncino vede l'adolescente sdraiato sulla piattaforma rialzata di cemento. Ha una mano dietro la nuca e sparge pigri anelli di fumo nell'aria con una sigaretta che si è procurato chissà come.

Ehi, gli dice. Qui non si fuma.

Pope gira la testa.

E che ha intenzione di fare? Arrestarmi?

Dove hai preso quella sigaretta?

Dalla mia tasca. Me ne procuri un'altra e non dirò a nessuno che mi ha rinchiuso tenendo all'oscuro quei cazzoni dei servizi sociali.

Tira un'altra boccata di sigaretta mentre Blackstone apre la porta. Il poliziotto ha in mano una busta di plastica con dentro un paio di scarpe incredibilmente piccole.

Fumare non giova allo sviluppo.

Pope alza le spalle.

E allora? Essere piccoli conviene a volte.

Blackstone lo osserva. Vede un ragazzino che recita la parte del duro. Si comporta come pensa debba comportarsi un uomo. Ma resta una recita: non sa nemmeno fumare come si deve. L'atteggiamento e il gelido distacco sono i primi segnali di una lunga e brutale caduta nella disperazione.

Quando ti deciderai a crescere e a comportarti come si conviene, Raymond?

Il ragazzo ruota le gambe e si rizza a sedere. I suoi piedi non toccano nemmeno il pavimento.

Boh, magari quando diventerò un ciccione come lei.

Hai rovinato il soffitto della Spar. Come pensi che andrà a finire al tribunale dei minori?

Raymond Pope sbadiglia e si gratta il gomito.

Mi ridia le scarpe.

E tuo padre? Cosa dirà quando lo scoprirà?

Un'altra alzata di spalle.

Dovrebbe trovarlo, prima.

Tentato furto con scasso, è una cosa seria.

Impassibile, Pope getta il mozzicone di sigaretta nel water di acciaio senza tavoletta posto in un angolo della cella.

È stato più che un tentativo.

Un pacchetto di biscotti e qualche patatina, dice Blackstone. Non un granché come bottino, ti pare?

Pope si gratta di nuovo il gomito.

Come sta la donna? È morta?

No, Raymond, non è morta.

Il ragazzo prende un accendino dalla tasca e fa scorrere la rotellina sulla gamba seminando una scia di scintille.

Chi è?

Se andassi a scuola lo sapresti.

È un'insegnante?

Lavora alla mensa.

Raymond emette un fischio.

È messa male, aggiunge Blackstone. Ma a meno che tu non sappia qualcosa di quello che le è successo, è di te che voglio parlare. Il furto con scasso, che sia tentato o no, resta una cosa seria. Coi tuoi precedenti, rischi la detenzione.

La dete-cosa?

Detenzione, ripete Blackstone. Il carcere.

Qui?

No, non qui, idiota. Questa è una stazione di polizia. Sto parlando della grande gabbia dove mettono i sorci piccoli come te.

Solo perché ho cercato di rubare qualche sigaretta alla Spar?

Per tentato furto con scasso e danneggiamento.

Ho danneggiato solo quei dannati biscotti.

Dimentichi il controsoffitto. E la serratura.

Avrei potuto rompermi l'osso del collo.

Anche in quel caso dubito che avresti imparato la lezione.

Avrei fatto causa al negozio.

Blackstone guarda il ragazzo giocherellare con l'accendino, grattarsi il gomito e pulirsi il naso.

Alla fine estrae dalla busta un orribile paio di scarpe, mocassini neri di plastica. Le passa a Pope.

Il ragazzo lo guarda.

Che cazzo dovrei farci?

Infilarle.

Non sono mie.

Lo so che non sono le tue.

Perché me le dà allora?

Così puoi andare a casa.

Dove sono le mie scarpe da ginnastica?

Sono una prova.

Una prova?

Una prova, sì. Vuol dire che le trattengo io. La Spar è cosparsa di tue impronte. Saranno usate contro di te in tribunale.

Costano cento sacchi, costano.

Dovrai fregarne un altro paio allora.

L'adolescente prende le scarpe e si siede.

Potrebbe almeno darmi una cicca, dice. Andiamo. Lo vedo dalla tasca che ce l'ha.

Si infila le scarpe, con lentezza. Le allaccia. Si alza in piedi, solleva prima un piede, poi l'altro, osserva come gli stanno.

Non le voglio, 'ste scarpe.

Toglitele, se non ti piacciono, dice Blackstone.

Sono troppo piccole. E dure. E puzzano di piscio.

Sono fatte per te allora.

Raymond Pope scuote la testa.

Sanguinava di brutto, eh? dice, guardando storto le scarpe.

Sì.

L'hanno conciata bene.

Sì.

Come l'altra.

Sì, Blackstone. In modo simile.

Pope fa scintillare ancora l'accendino.

Coltello diverso, però.

Cosa?

Il ragazzo armeggia sempre con la rotella dell'accendino senza replicare.

Cos'è che hai detto? insiste il poliziotto.

Raymond abbassa la voce.

Ho detto che il coltello usato stavolta non era lo stesso con cui hanno squarciato l'altra donna. Non può essere lo stesso.

Quale altra donna?

La mamma di Occhio-fesso. Quella corazzata. Con le bocce grosse.

Blackstone è sbigottito.

E tu che ne sai, Raymond?

Be', è impossibile non notarle.

I coltelli, dicevo. Chi ti ha detto che armi hanno usato per queste aggressioni?

Il buon senso.

Il buon senso?

Sì.

Mi prendi per scemo.

Il ragazzo alza le spalle.

Forse. Posso andare ora?

Non ancora.

E che mi dice di quell'altra cicca?

Il poliziotto tira fuori un pacchetto di sigarette e ne prende una. La passa a Raymond.

In questo edificio è proibito fumare, lo sai.

Il ragazzo se l'accende e fa un tiro profondo.

Dovrà arrestarsi da solo, allora, dice, cacciando il fumo dalla bocca. Me l'ha data lei.

Possiamo parlare adesso?

Parlare di cosa?

Di come evitare che tu stia dentro per un anno. Non ti piacerebbe, Raymond, vivere con sedicenni e diciassettenni grossi il doppio di te. E parecchio incasinati.

Vedendo che Raymond non replica, il poliziotto insiste.

Hai mai sentito parlare dell'ala delle bestie?

Ho sentito parlare delle alette del Kentucky Fried Chicken.

È dove tengono certi animali, figliolo. I senza speranza. Gente che i pesciolini come te se li mangia in un boccone.

Raymond ostenta indifferenza, quindi Blackstone continua.

Ti avverto per tempo. Ti hanno già riservato un letto caldo in quel posticino. È molto lontano da città come Leeds o Wakefield o Wetherby, e quei grossi giovanotti si stanno sfregando le mani in vista del tuo arrivo.

So badare a me stesso, io.

Faranno di te una fanciulla.

Una cosa?

Usa l'immaginazione, Raymond. Non sei tanto ingenuo.

Il ragazzo sputa per terra.

Ora che hai avuto la tua cicca, cosa sai dei coltelli?

Sempre con gli occhi fissi sul pavimento, Raymond scuote la testa.

Potresti beccarti una semplice diffida, dice Bob Blackstone. Una delle tante da aggiungere alla tua collezione.

Non faccio soffiate.

Stiamo solo parlando. E semmai mi capitasse di ascoltare qualcosa di interessante durante la conversazione, anche solo una voce, il mio compito di poliziotto è di indagare. Come spetta a me decidere se andrai a casa tra dieci minuti o al tribunale dei minori.

Il ragazzo fa un respiro profondo e giocherella di nuovo con l'accendino, senza dire nulla.

Sarebbe un peccato perdersi il Natale, figliolo. Mi basta un'imbeccata, nient'altro. Dunque. Hai parlato di un coltello.

Silenzio.

Era tuo il coltello con cui hanno squarciato la faccia di Jo Jenks?

Mio un cazzo, protesta Raymond, con la voce incrinata dal panico. Non è mio quel cazzo di coltello.

E di chi allora?

Non lo so.

Andiamo. Hai detto che i coltelli sono diversi. Come fai a saperlo?

Raymond sbatte le palpebre. Si volta dall'altra parte. Tende il labbro inferiore. Inspira, espira, sputa.

Mi stia a sentire, dice alla fine. Non è suo il coltello, ma Tony pensa di averlo trovato.

Tony?

Sì, Tony Tremarella. Tony Cappello.

Raymond Pope tira una boccata di sigaretta e quando riprende a parlare la sua voce è un sussurro rauco avvolto da un nastro di fumo. Blackstone se lo immagina da vecchio. Lo vede come sarà tra cinquant'anni, viscido e rugoso. Curvo, rinsecchito e segnato dalla vita, un'altra patetica vittima della valle.

È lui che mi ha parlato del coltello con cui hanno squarciato Josephine Jenks.

E dove l'avrebbe trovato?

Accanto a lei. Nel vicolo.

È il tuo modo di dire che è stato lui?

No, per niente. Raymond lancia il secondo mozzicone nel water. Non dico questo. Non ci penso proprio. Dico solo che lui pensa di averla vista e che c'era un coltello e del sangue. E che ha sbroccato. Ha dato di matto di brutto. Dovrebbe parlarci.

Il coltello ce l'ha lui adesso?

Pope scuote la testa.

No.

Bob Blackstone si pianta davanti al ragazzo.

Bada, Raymond, se mi racconti stronzate...

No, è la verità.

Dov'è allora 'sto coltello?

Mi lascerà andare dopo?

Blackstone annuisce.

Tony dice di averlo gettato in un tombino.

Il poliziotto esce dalla cella. Chiude la porta, dà due giri di chiave.

Ehi, un attimo, grida Raymond, per poi correre allo spioncino che non lo supera in altezza soltanto per pochi centimetri. Ma non dov...

Bob Blackstone sbatte lo sportello dello spioncino, chiudendo anche quello.

Roddy Mace esce dalla barca e si incammina sull'alzaia con una sciarpa intorno al viso per proteggersi dal vento che soffia sullo stretto corso d'acqua. Una nebbia bassa, umida e soffocante, aleggia sul canale e miriadi di goccioline punteggiano i finestrini delle altre imbarcazioni ormeggiate; il calore e il respiro di chi le abita restano impressi lì, sui vetri gelidi del primo mattino.

Procede nella nebbia con una sigaretta in bocca, evitando le immancabili pozzanghere e il guano delle oche, attraversa il canale e svolta in direzione del porto turistico. Raggiunta la strada principale, sente lo scatto dei semafori che passano dal rosso all'ambra al verde, malgrado non ci sia anima viva in giro. Una luce fredda e azzurrina arriva dal moschicida elettrico della Kebab House sul lato opposto della strada, nella cui vetrina si intravedono i resti sminuzzati di un grosso blocco di carne allo spiedo a forma di coscia, una scena che ha qualcosa di un quadro di Francis Bacon.

Aspetta il pullman alla fermata, perso nella perniciosa angoscia dei postumi della sbornia. La nebbia smussa gli angoli e gli spigoli degli edifici di pietra ammassati in città.

Dà un'occhiata al display elettronico con gli orari delle corse, i cui numeri risultano di un rosso troppo acceso nel buio che precede l'alba. Pensa alla seconda donna aggredita non lontano da lì da qualcuno che probabilmente si aggira nella vicinanze.

Un sapore amaro, un misto di fumo stantio e bile, gli impregna la bocca.

*Squarciata*, è questa la parola usata da Malcolm Askew. Squarciata, non pugnalata. Non sono la stessa cosa. Pugnalare vuol dire affondare la lama, spingere, affondare, torcere. Pugnalare vuol dire menomare e uccidere. Squarciare ha un significato diverso. Vuol dire incidere, colpire, sferzare. Vuol dire lasciare un segno o mutilare o sfregiare. La differenza è nell'intento, pensa Mace, ed è una differenza cruciale. Squarciare evoca una superficie ferita; un fine estetico, forse.

Pugnalare presuppone una violenza assoluta, mentre squarciare una gratuità controllata e crudele. Stessa arma, intento diverso. Pugnalare significa porre fine, squarciare significa imprimere il proprio marchio su un'altra persona, lasciarle un ricordo destinato a ripresentarsi ogni giorno, ogni volta che si guarderà allo specchio. Ogni volta che sentirà dei passi per strada. Ogni volta che prenderà in mano coltello e forchetta.

È una differenza sostanziale. Entrambe le vittime sono state squarciate.

Mace cammina avanti e indietro perché i piedi non si intorpidiscano. La luce dei lampioni è avvolta da un'aureola di nebbia.

Si siede su una panchina. L'ipotesi che vorrebbe Josephine Jenks vittima di una lite tra ubriachi o valvola di sfogo a uso e consumo di un ex amante gli sembra sempre meno plausibile e avverte un leggero brivido di eccitazione all'idea che questa storia possa portare a qualcosa di inaspettato.

Vede il pullman avvicinarsi.

Allunga il braccio. Fa cenno all'autista.

Il pullman si ferma. Le porte si aprono con un sibilo.

Mace sale.

Il pullman si allontana nel buio.

Il massaggiatore versa l'olio sul collo di Brindle, sulle spalle, sulla schiena. Lo spalma con un movimento circolare prima di iniziare a lavorare sui muscoli annodati e duri come il legno. Cerca di ammorbidirli con le dita, poi con le nocche e quando Brindle gli chiede di metterci più forza, il massaggiatore affonda i gomiti nella zona intorno alle scapole e visto che Brindle non emette alcun suono, carica sulle braccia il peso del corpo e aumenta ancora la pressione per ammorbidire e appiattire i nodi stretti dei muscoli come farebbe un macellaio servendosi di un batticarne. Disteso sul lettino, con la faccia poggiata sul foro del poggiaviso, Brindle conta prima le piastrelle del pavimento, poi i suoi respiri e infine prova a non pensare a niente. Cerca di creare una sorta di vuoto mentale, uno schermo televisivo innevato, una tempesta statica di nulla, ma ottiene solo pochi secondi di tregua prima che i pensieri penetrino ancora nella sua testa.

Scusi, dice. Mi scusi. Può...

Il massaggiatore si ferma.

Tutto bene?

Sì, dice Brindle. Tutto bene, sì.

Sto spingendo troppo?

No. No.

Vuol fare una pausa?

Mi sono ricordato che dovrei essere in un posto.

Dovrebbe essere in un posto?

Brindle si tira su, lentamente. Ha un leggero capogiro e a un tratto si sente vulnerabile, seduto lì con soltanto un asciugamano bianco attorno alla vita, la faccia gonfia e schiacciata, sotto lo sguardo del massaggiatore, un giovane fresco di laurea in scienza e tecnica dello sport che ha già incontrato in palestra.

Brindle non lo guarda invece. Vuole solo correre fuori dalla stanza e urlare. Vuole correre fuori nell'aria fredda e non smettere di correre, attraversare il parcheggio e arrivare sulla strada principale per attraversare anche quella e proseguire nei campi tristi e piatti.

Sì. La prego di scusarmi.

È per via del massaggio? Sono stato troppo...?

Brindle solleva la sua testa pesante. A un tratto si sente privo di energia. Completamente esausto. Guarda il massaggiatore, sfoggia una barba che va molto di moda tra i giovani. Ha un che di incongruo, sembra incollata. Una specie di protesi. È troppo giovane per portarne una e Brindle si sente vecchio e stanco solo a guardarlo. Cerca di sorridere, ma la sua faccia è come di ghiaccio e ne viene fuori una smorfia. Un sorriso contratto e stupido.

Il massaggio era perfetto.

Vuole un bicchiere d'acqua? Dovrebbe bere un po'.

Brindle annuisce.

Sì, mi dia dell'acqua. Mi farà bene.

Proviamo a fissare un altro appuntamento? Per la prossima settimana, se vuole.

Brindle rifiuta con un gesto della mano.

Solo dell'acqua per ora.

Il massaggiatore indugia per qualche istante, incerto se debba sentirsi offeso o no, poi annuisce.

Che mi succede? si chiede Brindle. Un altro attacco di panico? O qualcosa di peggio?

La lascio rivestire allora, dice il massaggiatore.

Mentre Brindle si avvia alla reception con un bicchiere d'acqua in mano, gli altoparlanti diffondono il giornale radio.

*... la seconda aggressione della settimana. Anne Knox, addetta alla mensa scolastica, è stata accoltellata e portata in ospedale. Il direttore del giornale locale, il «Valley Echo», sostiene che l'aggressione presenta molte analogie con quella di Josephine Jenks di due giorni fa. La polizia ha lanciato un appello affinché eventuali testimoni...*

Il «Valley Echo», pensa Brindle. Il giornale di Roddy Mace.

Svuota il bicchiere, lo getta nel cestino e si dirige deciso all'auto. Inserisce il nome della città sul navigatore.

# 2.

È costretta a letto in una stanza laterale, con il braccio ricucito e fasciato dalla punta delle dita al polso, addossato al petto da un'imbragatura. È collegata a una flebo, ha gli occhi semichiusi. Si chiama Anne Knox.

Sono passate da poco le sei del mattino, ma l'ospedale è già in piena attività. Una nuova squadra ha sostituito quella che ha passato la notte a suturare ferite e somministrare sedativi al pronto soccorso, e nei corridoi è in corso il giro della colazione, con i carrelli pieni di uova troppo cotte, toast poco tostati, pacchetti di cereali, yogurt e tè leggero. Le porte sbattono, le suole cigolano e i vassoi tintinnano. I cuscini vengono sprimacciati. I corpi che giacciono tra le lenzuola si lamentano. Gli addetti alle pulizie passano il mocio sul pavimento, tra il personale, i pazienti e i barellieri, facendo scivolare i secchi sulle piastrelle di linoleum che brillano come una pista di ghiaccio appena levigata, diffondendo nell'aria un odore pungente di detersivo industriale che impregna anche il cibo. Il senso di disagio per la presenza ravvicinata di tanti corpi malati, feriti e indeboliti pervade i corridoi che riecheggiano di rumori.

Con un caffè in una mano e un mazzo di fiori nell'altra, Mace apre la porta della stanza di Anne Knox ed esita un attimo, non sa bene se entrare o no.

La donna ha i capelli corti e castani e un viso che è stato esposto alla pioggia e al vento, a tutto quello che la valle le ha scaraventato addosso negli anni. Un velo di capillari spezzati le copre una guancia.

Roddy Mace le dà una cinquantina d'anni, anche se ultimamente gli risulta sempre più difficile giudicare l'età delle persone – senz'altro un segno che anche lui sta invecchiando, pensa.

Ha un aspetto familiare. È quasi certo di averla già vista in giro per la città.

La signora Knox?

Lei apre gli occhi.

La voce di Mace, indebolita dai ripetuti sforzi per vomitare, si spezza. È roca, una specie di gracidio. Si schiarisce la gola e riprende a parlare.

Buongiorno, signora Knox.

Andrà tutto bene, dottore?

Non sono un medico, signora Knox. Mi chiamo Roddy Mace, lavoro per il «Valley Echo».

Mentre lei lo fissa con aria assente, lui indugia sulla soglia.

Sono un giornalista.

Lavori con Malcolm, giovanotto?

Sì, lavoro con Malcolm.

Ti riconosco.

Come si sente?

Stanca.

Non mi sorprende.

Cosa ci fai qui?

Volevo vedere come stava, signora Knox. Posso entrare?

La donna annuisce.

La stanza è inondata da una luce intensa. C'è un comodino mobile con sopra una brocca d'acqua. Un catetere endovenoso corre da una sacca fissata a un'asta al braccio della donna ferita. Una lavagnetta bianca è appesa ai piedi del letto. C'è poi una sedia e nient'altro.

È un luogo di transito che ospita temporaneamente letti a rotelle, una semplice tappa tra il pronto soccorso e gli altri reparti. Un luogo per cui passano di continuo corpi intrisi di sangue e urina e lacrime. Poche persone vi rimangono per più di due o tre ore.

Non ci siamo mai incontrati, vero? chiede Anne Knox.

No, signora. Non credo.

Io e Malcolm abbiamo frequentato la stessa scuola. Io la frequento ancora.

Mace la guarda confuso.

Lavoro alla mensa.

Ah, giusto. Mi trovavo a passare da queste parti e ho pensato di vedere come stava, deve essere stato un trauma terribile.

Finirò sul giornale? chiede lei spalancando gli occhi.

Be', è una possibilità, sì. Siamo soliti dare spazio a fatti di questo tipo. A meno che lei...

Verrò fotografata?

La domanda lo coglie di sorpresa. Per via del tono, della disponibilità che sembra trasparire.

Non saprei. Non ci ho ancora pensato, a dire il vero. Volevo solo sincerarmi delle sue condizioni, prima di tutto, e capire se era possibile scambiare due chiacchiere.

Devo avere un aspetto terribile.

Mace sorride.

Non deve preoccuparsi di questo. L'importante è che stia meglio.

Ricordandosi dei fiori, Mace li porge alla donna che però gli fa cenno di posarli sul comodino.

Ho solo bisogno di una truccatina e un cambio d'abito. E di qualcuno che dia da mangiare ai gatti.

Prego?

Dicevo, dammi solo il tempo di truccarmi e cambiarmi e poi sono tutta tua. Per le foto, s'intende. E sarebbe bello se qualcuno andasse a dare da mangiare ai gatti.

Quindi non le dispiace essere fotografata?

In questo stato, sì. Ma forse puoi ripassare più tardi.

Sì, cioè, bisognerebbe far venire un fotografo. Intanto magari potrebbe raccontarmi quel che le è successo, che ne dice?

Lo stamperai sul giornale?

Forse. Sì.

Anne Knox aggiusta la sua posizione nel letto per raddrizzarsi.

Come ho detto a quel poliziotto, è sbucato dal nulla.

Chi, signora?

Gli occhi della donna ferita vagano nervosi per la stanza. Si posano ovunque tranne che su Roddy Mace.

Lui.

Il tono è solenne. Mace la lascia continuare.

*Lui*, ripete.

Lui chi?

L'uomo con il coltello. Il... il bastardo.

Si ridà un contegno, dice: Scusa il linguaggio.

Roddy Mace prende la borsa.

Le dispiace se la registro?

Perché mi vuoi registrare?

Per conservare traccia della nostra conversazione.

Andrò anche in radio, è così?

Si dà qualche colpetto ai capelli scompigliati con la mano buona nel tentativo di sistemarli un po'.

Mi serve per avere tutto subito sotto mano, spiega Mace. È più facile che prendere appunti.

E verrà usata in tribunale, questa registrazione?

Mace prende la sedia e si accomoda accanto al letto.

No. Come le dicevo, sono soltanto un giornalista.

Ha parlato con l'altra allora?

Quale altra?

Quella che è stata aggredita l'altra sera. Jo Jenks.

No, dice Mace. Non ancora.

Anche lei era sui giornali. Sui nazionali però. E sul computer, l'ho vista.

L'ibuprofene e il paracetamolo che Mace ha ingerito sull'autobus – due compresse di ognuno – cominciano a fare effetto. Il mal di testa gli sta dando tregua ma ha anche qualche problema allo stomaco vuoto.

Lavoro solo per il «Valley Echo», temo. Mi chiedevo, signora Knox, se ha riconosciuto il suo aggressore.

La donna deglutisce e distoglie lo sguardo. Scuote la testa.

Vuole un po' d'acqua? chiede Mace.

Sì. Sì, caro, per favore.

Mace le versa un bicchiere. La donna ne beve appena un sorso prima di restituirlo al giornalista che lo rimette sul comodino.

Quanto sono gravi le sue ferite?

Non riesco a muovere le dita.

Mi dispiace.

Dicono che è un problema di nervi.

Mace torna a sedersi senza dire nulla. L'esperienza gli ha insegnato che alle persone non piace il silenzio. Messe di fronte al silenzio, spesso le persone sentono il bisogno di riempirlo ed è proprio nei momenti in cui una conversazione o un'intervista viene interrotta dall'imbarazzo che a volte emerge la verità. La gente tende a parlare, non può farne a meno. È una caratteristica umana. Non sempre lo vogliono, ma la maggior parte finisce per parlare. L'abilità del giornalista consiste nel guadagnarsi la fiducia di una persona nel più breve tempo possibile e indirizzare la conversazione nella direzione voluta, prima di fare un passo indietro e lasciare che il soggetto condivida, riveli o confessi ciò che darà forma al pezzo. È una questione di psicologia.

Anne Knox scuote la testa.

Non ricordo cosa è successo. Non ricordo niente. Mi dispiace.

Non deve scusarsi, la rassicura Mace. L'aggressione è avvenuta in città.

La risposta della donna arriva con un po' di esitazione.

Sì, certo. Dove sarebbe dovuta avvenire?

Mace lascia che il silenzio acquisti consistenza.

Stavo mangiando le patatine quando all'improvviso – sbam – mi è saltato addosso.

Da dove veniva?

Dal vicolo.

Che vicolo?

Ero andata a comprare una zuppa di pesce. Ci sono giorni in cui non si ha voglia di cucinare, sai com'è.

Sì, ho presente. Quale vicolo, signora Knox?

Puoi chiamarmi Anne e darmi del tu, se vuoi. Signora Knox va bene per i bambini a scuola. Non mi viene in mente il nome.

Non ce ne sono molti in città.

Non è dove hanno trovato l'altra però.

Josephine Jenks?

Sì, lei.

La durezza del tono non sfugge a Mace, che pensa a quanto sia importante l'osservazione nel suo lavoro. E a quanto sia rivelatore il non detto. Le persone mentono con gli occhi, gli ha detto una volta un giornalista con più anni alle spalle. Perciò ha dovuto imparare a decifrare i segni. A interpretare i silenzi.

Mi dica quello che si ricorda.

Anne Knox gli mostra la mano fasciata.

Ho alzato le braccia per proteggermi e lui mi ha colpito. È successo tutto molto velocemente.

Che aspetto aveva quest'uomo?

Ancora una volta Anne Knox distoglie lo sguardo. Osserva la brocca d'acqua, il pavimento, la porta.

Te l'ho detto. Non sono riuscita a vederlo in faccia.

Mi ha solo detto che non lo ha riconosciuto.

E tu mi hai detto che volevi solo vedere come stavo.

È vero. Mi chiedevo soltanto se era coperto. Il viso, intendo.

Coperto? No. Cioè sì, forse. È possibile.

Con cosa?

La donna continua a eludere il suo sguardo. I suoi occhi sono ora puntati su un battiscopa.

Un cappuccio, credo.

Che tipo di cappuccio?

O una sciarpa. La polizia mi ha già fatto tutte queste domande.

Mi dispiace. Deve essere esausta. Non ricorda nient'altro del suo aggressore? Un dettaglio particolare?

Mi hanno già portato la colazione a letto.

Bene, dice Mace, un po' interdetto.

Poco prima che arrivassi tu. Uova. Succo d'arancia fresco. Pane tostato a volontà. Mio marito non si è mai scomodato tanto per me. Scommetto che non ha dato da mangiare nemmeno ai gatti.

Dov'è suo marito?

Questa volta Anne Knox si gira per guardarlo. Il modo in cui lo fissa è inquietante.

Perché, pensi sia stato lui a farmi questo?

Certo che no. Non sono un poliziotto, signora Knox. Volevo solo sapere se era già venuto a trovarla. Ha bisogno di essere assistita.

La donna non replica. Piega invece la testa sul cuscino e guarda altrove.

Qualcuno lo ha avvertito? chiede Mace.

Anne Knox fa una smorfia. Una risatina forzata. Guarda Mace.

Non lo sveglierai.

Vedendo che il giornalista non capisce, aggiunge: È un alcolizzato, figliolo. O barcolla per casa o se ne va sbattendo la porta. Il medico ha detto che il suo fegato è spappolato, ma pensa che lui gli dia retta?

Niente figli?

Sbuffa.

Ne ho uno. Non chiedermi altro.

Si ammutolisce per qualche istante. Guarda Mace, poi i suoi occhi si abbassano di scatto sul bordo delle lenzuola che la tengono fasciata al letto.

Quindi, nessuno...

No, lo interrompe Anne Knox. Non è venuto nessuno. E non verrà nessuno.

C'è qualcosa che posso fare per lei?

Me la caverò.

Vuole che chiami qualcuno, magari?

Lei scuote la testa.

L'importante è che tu scriva l'articolo.

Le sembrerà forse una domanda strana, ma ha mai sentito parlare della febbre della valle?

No, dice Anne Knox.

O della febbre verde?

No.

Mace si alza.

Cala di nuovo il silenzio e poi, con un filo di voce, Anne Knox aggiunge:

Ricordo le scarpe.

Mace torna a sedersi.

Le scarpe?

Sì. Ho visto qualcosa scintillare. Una fibbia. E aveva un odore di dopobarba. Era forte, come se ne avesse messo tanto per coprire qualcos'altro.

Tipo cosa esattamente?

Non lo so.

Sarebbe molto utile se riuscisse a ricordare. Passerò ogni nuovo dettaglio alla polizia, ovvio.

Il dopobarba era forte ma odorava di carne. No, non di carne. Di stantio. Puzzava di stantio. E di fumo. Come se avesse fumato erba. Non so. Credo portasse una maglietta. Sembrava grosso.

Di che colore era la maglietta?

C'erano delle scritte. E la foto di una band, credo.

Si ricorda quale?

No.

Va bene, ripassiamo. Puzzava e aveva le scarpe con la fibbia. E indossava una maglietta e una felpa con cappuccio.

Anne Knox scuote la testa.

Non ne sono sicura. Forse non era cappuccio. Un cappello, forse. È tutto così confuso.

Che tipo di cappello?

La donna scuote ancora la testa.

Ricorda il colore delle scarpe?

Esita.

Bianche. Erano scarpe da ginnastica bianche.

Mace riflette per qualche istante.

Ha detto che lavora alla mensa.

Sì, perché? È importante?

Voglio solo essere preciso nel mio articolo.

Lavoro ancora lì, ma non per molto. Non sono più di grande utilità ormai.

Torna a vagare con lo sguardo.

Non che ne valga la pena, comunque sia. Mi hanno ridotto l'orario a due turni settimanali. Lavoro lì da sedici anni e mi chiedono di fare soltanto due pasti a settimana. Ti spremono come un limone e quando non servi più, ti danno il benservito come a uno straccio vecchio. È per la recessione. I tagli. È così che va in questo paese.

Mi dispiace.

Non dispiacerti. Io non lo sono. Per quel che mi riguarda, possono andare al diavolo. Mettilo nel tuo articolo, se vuoi. Tu non te lo ricorderai, ma non si stava male da queste parti un tempo. Il lavoro non mancava, se volevi lavorare. Ora non è più così.

Mace spegne il dittafono e si alza. Si gira per andarsene. Anne Knox si guarda la mano bendata e fa una smorfia.

Non volevo fare la lagna, giovanotto. Scusami. È che a volte sembra che il mondo intero abbia dimenticato che esisti.

Quando la porta d'ingresso si apre cigolando, l'odore della casa assale Mace: una zaffata di cipolle sbucciate e legno bruciato. Olio fritto e sudore. Fumo stantio. Un vago sentore di escrementi di origine non meglio identificata.

È una presenza quasi tangibile, un odore che cala su di lui come una coperta calda e sudicia.

Ancora voialtri?

Dopo aver aperto, Keith Knox lascia la porta a oscillare sui cardini e torna dentro.

I Knox abitano al termine di una fila di case a schiera nel quartiere operaio di Greenfields, un piccolo labirinto di edilizia popolare eretto all'inizio degli anni Sessanta su un fianco della vallata, un paio di chilometri fuori città. La struttura del quartiere, con le case accalcate su strade che ripiegano su se stesse anziché aprirsi al mondo esterno, ha un che di crudele, sembra uno scherzo di cattivo gusto e per giunta incongruo in mezzo alle brughiere e ai campi circostanti.

È un luogo trapiantato, alla deriva.

Oltre la casa dei Knox ai margini di Greenfields, incombe un'altra collina la cui massa annerita proietta sulle strade una serie perenne di ombre striscianti. Nessuno di coloro che decidono di rifarsi una vita in una cittadina considerata tra le più «artistiche» al mondo cerca casa a Greenfields. Poeti di passaggio, escursionisti e nuovi arrivati in genere si tengono lontani da questa periferia invasa dalla vegetazione e da un'eccedenza di esistenze che nulla hanno in comune con chi si è insediato un chilometro e mezzo più a valle: cavalli legati e sempre più magri; un'auto abbandonata da un decennio e con i cerchioni arrugginiti sprofondati nel terreno color rame; grossi elettrodomestici ammaccati e spogliati di ogni accessorio; un materasso ammuffito e i cerchi di terra nuda e color fuliggine dei falò accesi dagli adolescenti nelle loro feste notturne. Frammenti di vetro e bombolette di butano esplose.

Pochissimi residenti qui prendono lezioni di yoga o partecipano a laboratori della gioia. Qui le persone si piangono addosso.

Mace ha sentito molte storie su questo complesso residenziale, alcune sono già un mito moderno, parte delle leggende locali: sordidi racconti di prostitute e fattorie di marijuana, laboratori di metanfetamine allestiti nelle stanze dei bambini con la carta da parati sbiadita di My Little Pony; neonati frutto di rapporti incestuosi; tetre feste per scambisti; combattimenti tra cani; antiche faide familiari e ragazzini che sniffavano colla anche quando non era più di moda.

Anche Greenfields ha avuto le sue celebrità nel corso degli anni. Mace ha tracciato il profilo di alcune mentre seguiva i processi nella zona. C'è stato Paul Dicks, il soldato ferito in Iraq che ora sembra un membro degli ZZ Top o un survivalista che si prepara alla fine del mondo. E poi Bobby Wisdom, lo zingaro della famiglia Wisdom, famoso per gli incontri di boxe a mani nude. E Claire Elliot, che sta scontando una condanna a dieci anni per l'omicidio del figlio di due anni. E il calciatore Don Hines, cresciuto anche lui qui, sostiene di essersi fatto le ossa con le partite di gioventù contro i ragazzi delle fattorie.

Qui vivono anche il clan dei Pope, Josephine Jenks e la sua famiglia e l'ubriacone Keith Knox, marito di Anne ora in ospedale.

Signor Knox?

Nessuna risposta ma vista la porta socchiusa Mace fa capolino in casa. Scorge un soggiorno in cui lo schermo piatto di un televisore troppo grande per la stanza è sintonizzato su un canale di televendite.

Non sono un poliziotto. Lei è il signor Knox, vero?

Una voce si leva dai recessi della casa. Si sente odore di cannabis. Skunk.

Sa bene che sono io, perché me lo chiede?

Keith Knox esce dalla cucina e si presenta in corridoio portando con sé una ciotola di noodle cinesi con una forchetta infilata dentro. È grosso ma curvo. È in ciabatte e indossa una camicia sbottonata e dei pantaloni da ginnastica grigi. Il colorito del petto è tra i più bianchi che Mace abbia mai visto.

Ho un alibi. Per cui, a meno che non sia venuto a dirmi che è schiattata, perde il suo tempo.

Mace varca timidamente la soglia. Il fetore è ancora più forte adesso. Knox ha mani grandi e sgraziate e palpebre cadenti. La faccia è sgradevole e ricorda il muso di un cane bastonato. Le nocche di una mano sembrano gonfie e scorticate.

Alibi?

Per ieri notte, replica Knox che se ne va in soggiorno, all'apparenza per niente infastidito dal fatto che Mace sia entrato senza aspettare il permesso. Il giornalista ne approfitta per seguirlo.

Per quello che è successo alla nostra donna, aggiunge Knox.

Poi, con la bocca piena di noodle, specifica: Alibi di ferro.

Come le ho detto, non sono un poliziotto.

Keith Knox si ferma e si gira. Un noodle gli pende dalla bocca.

Chi cazzo sei allora?

Roddy Mace, del «Valley Echo».

Il giornale?

Sì, il giornale.

Mai letto.

Sto scrivendo un articolo su quel che è successo a sua moglie, prosegue Mace. E anche sulla prima aggressione dell'altra notte.

Knox succhia lo spaghetto. Come una lucertola, pensa Mace. Con quegli occhi semichiusi ha l'aria di una lucertola che cattura mosche compiaciuta.

La buona vecchia Jo, vuoi dire?

Sì. La conosce?

Tutti conoscono tutti qui. Vive a due isolati da noi. Hai intenzione di mettere il mio nome sul giornale?

Speravo potesse darmi qualche informazione. Nient'altro.

Pensi sia stato lo stesso tizio che ha aggredito Anne?

Non lo so.

Knox si lascia cadere sul divano. Prende il telecomando e cambia canale. Salta da notiziari a programmi di giardinaggio e ristrutturazioni domestiche, a canali dedicati soltanto alla cucina e ai viaggi, prima di fermarsi su un'emittente chiamata Babestation, dove una giovane donna – denti rifatti, protesi mammarie, labbro superiore gonfiato col botox – è seduta a una scrivania e agita un telefono verso la telecamera, con l'aria di essere annoiata a morte. I due uomini fissano lo schermo per un momento, mentre una incerta zoomata ingrandisce il volto della donna la cui bocca mima parole senza suono.

Knox rivolge allo schermo un sorriso libidinoso e anche Mace, che ha osservato lo sguardo del padrone di casa, si scopre ipnotizzato da quell'espressione imbronciata, da quel muovere di continuo il polso sbattendo le ciglia. Si chiede per un attimo se il telefono sventolato dalla ragazza, che indossa jeans tagliati al ginocchio, reggiseno e scarpe con alti tacchi di plastica trasparente, alla fine squillerà, e se questo spettacolo non sia forse una sorta di metafora esistenziale dell'Inghilterra moderna.

Torna a concentrarsi sull'uomo sul divano, impegnato a infilarsi in bocca forchettate di noodle.

Ha idea del perché qualcuno abbia voluto far del male a sua moglie e a Jo?

Nessuna risposta. Mace insiste.

Signor Knox?

Knox non stacca gli occhi dallo schermo.

Non ho visto nulla, non ho sentito nulla e non dirò nulla. Perché non so nulla.

Mace si gratta la testa. Gli occhi sono secchi e gli bruciano. Ha fame, ha sete, ha ancora i postumi della sbornia ed è stanco.

Pensavo di non trovarla, che fosse andato all'ospedale.

E perché? Sono mica un dottore.

Prende il telecomando e alza il volume.

Forse sua moglie ha bisogno di lei, dice Mace cercando di imporsi sul rumore del televisore.

Keith non stacca gli occhi dal televisore mentre succhia altri noodle. Roddy Mace pensa ai lombrichi che vede sparire nelle loro gallerie la sera, sotto il fascio della torcia, e agli uccelli che li tirano fuori da quelle stesse buche la mattina. Pensa ai lumaconi che si nutrono degli escrementi dei cani sull'alzaia e alle chiocciole che di notte lasciano tracce lucide sui suoi piatti.

Servo più qui, a tenere in piedi la baracca per lei.

Prima ha parlato di un alibi.

Certo, conferma Knox. E ora parlo della porta da cui uscirai chiudendola dietro di te, frocio.

Vuole che me ne vada?

Keith Knox si distoglie infine dallo schermo. Guarda Mace come se lo vedesse per la prima volta. Finisce di masticare quel che resta dei noodle, l'ultimo vermicello che ha risucchiato in bocca.

Deglutisce, fa schioccare le labbra, posa la ciotola e si accende una sigaretta, la punta contro Mace. La musica della Babestation riempie la stanza.

Se vedi Anne, dille da parte mia che, primo, mi deve una cena di pesce e, secondo, che non so a che gioco stia giocando.

Cosa glielo fa dire?

Cosa me lo fa dire?

Sì?

Me lo fa dire la lingua.

Non credo che sua moglie stia giocando, obietta Mace. È stata ferita in modo serio, ha bisogno di aiuto e per quanto ne so...

Tu non sai un cazzo, bello, lo interrompe Keith Knox.

So che qualcuno aggredisce le donne.

Appunto, non sai un cazzo.

Detto ciò, Keith Knox torna a guardare lo schermo e alza il volume fino a far tremare i vetri della stanza. Nel frattempo la donna nello schermo infila il telefono nei pantaloncini di jeans e inizia una serie di esercizi per il pavimento pelvico che, per quanto spropositati, sono comunque impressionanti sul piano atletico.

Brindle si sveglia con i crampi. Gli fa male il collo, gli fa male la schiena, gli fa male tutto. La pioggia scroscia sul tetto dell'auto. Raddrizza lo schienale, cerca poi gli occhiali e quando si accorge di non ricordare dove li ha messi va nel panico per qualche secondo. Cerca nelle tasche prima di fare mente locale. Devono essere nel vano portaoggetti. Sono lì. Li indossa dopo essersi sfregato gli occhi.

Il parabrezza è inondato d'acqua e si sta facendo giorno. Si gela. Brindle avvia il motore per far circolare un po' d'aria calda.

Si ricorda quindi di come è arrivato in questa cittadina della valle, del suo improvvisato viaggio in macchina e del tempo trascorso a vagare per ogni strada, a guardare le vetrine dei negozi chiusi e le finestre delle case a schiera, il bagliore dei camini accesi e il fumo denso che si spande dai comignoli, i fili per i panni tesi tra le strade come negli anni Cinquanta e la vita di queste stanze – famiglie rapite da schermi televisivi giganti che proiettavano una luce esangue sui loro volti, stanze ingombre di giocattoli e vestiti stesi ad asciugare, piatti vuoti abbandonati su tavoli a ribalta.

Ai margini della città, ha percorso le ripide strade fiancheggiate da case con gli interni adornati di tappezzerie paisley e sbiaditi adesivi arcobaleno, stendardi giamaicani, manifesti di concerti e striscioni con slogan dipinti a mano, ricordi di marce e manifestazioni contro la Brexit e i sommergibili Trident e l'intervento in Siria, o a favore di un secondo referendum scozzese per l'indipendenza. Ce n'erano anche alcuni più vecchi, risalenti all'invasione dell'Iraq.

Infine, quando le case hanno lasciato il posto agli alberi, è tornato sui suoi passi scendendo in città fin dove si ergono gli edifici più grandi, arroganti come baluardi opposti alla furia degli elementi, con le loro linde facciate in pietra e le finestre d'epoca restaurate, gli abbaini, i giardini a schiera e le graziose verande.

Sotto di lui c'è un fiume. Ha parcheggiato in un campo incolto dietro un piccolo complesso industriale, vede il lento scorrere di una striscia d'acqua marrone, gli alberi cresciuti in file serrate sulla sponda opposta, i rami quasi tutti privi di foglie e, sopra gli alberi, le sagome sbiadite delle colline lontane, i loro contorni appena percettibili nel primo chiarore del giorno. La pioggia punteggia il fiume, facendo schizzare l'acqua in superficie. Brindle aziona i tergicristalli, poi si volta per prendere la borsa dal sedile posteriore. Stappa la fiaschetta che, con suo grande sollievo, contiene abbastanza tè da riempirci due tazzine, è ancora caldo e se ne serve per ingoiare una pastiglia e accompagnare un sacchetto di frutta secca e ribes. Mastica piano, conta i movimenti della mascella, osserva l'ondeggiare delle spazzole sul parabrezza, ascolta il crepitio della pioggia sul tetto dell'auto.

Ci sono della buche scavate nella sponda opposta e da una di queste, mentre l'acquazzone comincia a scemare, emerge una forma marrone. All'inizio Brindle pensa a un topo, ma poi vede che si tratta di un'arvicola d'acqua. L'animale resta curvo per un momento, si pulisce i baffi, ha il pelo irto, gli occhi neri e lucidi come minuscole perle di giaietto. Inclina la testa e annusa l'aria, si tuffa in acqua e si allontana. Brindle non si muove, osserva il cielo schiarire poco a poco.

Poi un'ombra passa sopra di lui e una figura comincia a scendere atterrando con grazia sulla sponda, non lontano dalla tana dell'arvicola. È un grosso airone le cui piume grigie hanno un che di metallico con questa luce. Sembra ripiegarsi su se stesso per un attimo, il collo incurvato come un punto interrogativo, poi si flette e si allunga ed entra in acqua.

Brindle controlla il telefono. Ha solo una tacca di segnale e l'otto per cento di carica.

Nessun messaggio. Nessuna email.

Visto che il primo pullman passa tra mezz'ora Roddy Mace decide di raggiungere il giornale a piedi.

Mentre attraversa il complesso residenziale di Greenfields e svolta l'angolo per imboccare il ripido sentiero che porta in città, un'auto della polizia rallenta al suo fianco. Vede che l'uomo rinserrato dietro al volante è Bob Blackstone e gli fa un cenno. Il poco che ha visto e sentito di lui gli è bastato per non farselo piacere. È uno zotico, un grassone insaccato nella sua uniforme. Sospetta incarni l'archetipo ormai obsoleto del poliziotto di quartiere vecchia scuola, con un'idea di giustizia basata su standard morali rimasti agli anni Cinquanta e convinto che il mondo moderno sia troppo ricco di sfumature. Se Mal Askew gioca a fare il politicamente scorretto, Blackstone prende la cosa molto sul serio.

C'è un'altra persona accanto a lui, sul sedile del passeggero, il sergente Alice Wagstaff che lo accompagna nel giro di pattuglia. L'auto si ferma e il finestrino si abbassa. Blackstone si china protendendosi sul lato del passeggero per dare un'occhiata a Mace.

Buongiorno, dice il giornalista.

È andato a trovare Keith Knox, dico bene?

Dice bene.

A rovistare nel torbido per quel giornalaccio di Mal.

Blackstone lo dice più come fosse un'affermazione che una domanda, il che solleva Mace dall'obbligo di una risposta.

Bisogna riconoscere che Keith è un vero pilastro della nostra comunità. Ha cavato niente da lui?

Mace alza le spalle, evasivo.

E ha parlato anche con la sua signora?

Sì, prima sono andato a trovare lei.

Blackstone si rivolge adesso alla poliziotta al suo fianco: Il qui presente Rod è il Clark Kent locale.

Mace dà un'occhiata al di sopra delle strade che portano al complesso residenziale. Vede il bastione scuro delle nuvole che si addensano all'orizzonte. Sente i primi scrosci di pioggia.

Pensa che sia stato lui? chiede Blackstone.

Ad aggredire sua moglie?

Sì. E anche Jo.

Non ne ho idea, dice Mace. E lei che ne pensa? Crede sia lui il responsabile?

Le nostre indagini vanno in quella direzione. Stiamo alla finestra.

Fino alla prossima aggressione, vuol dire?

Non ce ne saranno altre, dice Blackstone. Me ne occuperò io. È possibile che sia coinvolto anche qualcun altro.

Chi?

Non sono affari suoi.

Mace scuote la testa. Pensa: questi pagliacci non hanno niente in mano.

Comunque sia, figliolo, riprende il poliziotto, schiarendosi la gola per reprimere la nota di frustrazione che gli incrina la voce. Se avete intenzione di pubblicare stronzate sul vostro giornale, io devo saperlo.

Non è del «Valley Echo» che deve preoccuparsi, ma dei tabloid. E comunque, non vorrei distrarla dalle vostre indagini.

Per la prima volta dall'inizio di questo scambio, interviene Alice Wagstaff.

Lei sa che è un reato nascondere informazioni che potrebbero aiutarci a individuare i responsabili.

Sputi il rospo, insiste Bob Blackstone. Come disse il parroco al chierichetto.

Roddy Mace scuote ancora la testa, poi si volta e si rimette in marcia. L'auto della polizia lo segue, lo supera e si ferma di nuovo. Blackstone scende dal veicolo e incrocia le braccia sul petto. È sicuramente una specie in via di estinzione, pensa Mace.

Forse non lo sa, ma la gente di questo quartiere ha un codice tutto suo. Chi abita a Greenfields, non parla con la polizia. Ma la vista di una mammoletta come lei potrebbe aver sciolto la lingua della signora.

Intende Anne Knox?

Blackstone guarda Alice Wagstaff con finta esasperazione.

Sì, Anne Knox. Cristo. Allora?

Allora cosa?

Le ha detto qualcosa, *allora*?

Pensavo che fosse compito vostro far parlare le persone. La polizia raccoglie deposizioni, io scrivo articoli.

Che fine ha fatto il suo spirito comunitario?

E il suo?

Restano in silenzio per qualche istante. Poi Roddy Mace chiude la lampo della giacca e alza il colletto per proteggersi dalla pioggia. Esita. Sospira. Poi si volta di nuovo verso Blackstone.

Non credo che ne sia capace.

Chi, Keith Knox? Ha una lista di precedenti lunga quanto il muso di Alice, dice il poliziotto.

Mace si schiarisce la gola. Pensa un secondo prima di parlare.

Sua moglie mi ha detto che l'aggressore indossava scarpe da ginnastica bianche, dice.

Tutto qui? chiede Blackstone. È tutto quel che ha scoperto?

Con le fibbie.

Blackstone guarda la collega, prima di riportare l'attenzione su Mace.

Scarpe da ginnastica bianche con delle fibbie?

Esatto, conferma il giornalista. È una strana descrizione, mi rendo conto. Ha anche aggiunto che aveva un cappuccio in testa, ma poi ha cambiato versione e ha parlato di un cappello. E ha detto che l'aggressore puzzava di erba.

Il poliziotto si gira di nuovo verso Alice Wagstaff, prima di tornare a parlare con Mace.

Come Tony Tremarella?

Lei dice che aveva l'aria di essere un omone.

Tony non è un omone.

Chiunque ti salti addosso nel cuore della notte finisce per sembrarti un omone, interviene Alice Wagstaff.

Blackstone annuisce.

Keith Knox è un omone e pure un bastardo.

Penso che la signora Knox avrebbe riconosciuto suo marito, obietta Mace.

Nient'altro?

Ha parlato di un dopobarba.

Puzzava di erba e dopobarba?

E di carne.

Blackstone sembra incredulo.

Di carne? E che accidente vorrebbe dire?

Che il suo assalitore aveva un odore di carne addosso.

Non faccia il sarcastico con me, bello.

Qualcosa non torna.

Che qualcosa non torni è sicuro. Due donne sono state aggredite e lei viene a parlarmi di minchiate, cappelli e carne e Dio sa cosa, solo perché si vuole tenere il meglio per il suo articolo.

Va bene, replica Mace. Se è questo che pensa, mi sfugge perché si sia preso la briga di chiedermi cosa mi ha detto Anne Knox. Non è colpa mia se la gente non vuole parlare con lei.

Mace si incammina di nuovo. Sente la pioggia sul collo. Cade fitta adesso.

Scoprirà la verità insieme a tutti gli altri, gli urla il poliziotto da dietro.

Vedremo, dice Mace alla pioggia, al cielo che si agita sopra di lui, alla città di pietra e alle ombre che si allungano ai suoi piedi.

Mentre cammina per le strade bagnate di questa strana città, dove la presenza dell'autunno è molto più visibile che nella periferia, a un'ora di distanza, Jim Brindle ha una sorta di déjà vu. Solo quando gira l'angolo e arriva nella piazza capisce l'origine di questa sensazione: è già stato qui in un passato lontano. Quindici anni fa se non di più.

Era giovane allora, appena laureato, e non era solo.

Il ricordo fugace di una donna che un tempo conosceva smuove qualcosa in lui, e l'immensità della miserabile solitudine che lo abita in pianta stabile lievita all'improvviso fin quasi a sopraffarlo. Gli toglie il fiato e lo costringe a fermarsi. Si piega in due, poggia le mani sulle cosce, afferra i pantaloni.

Erano passati di qui in macchina durante una settimana di vacanza. Era la prima volta che esplorava il nord dell'Inghilterra dopo i quattro anni a Durham e un'esistenza da eremita anche per gli standard accademici. Quattro anni di biblioteche, sale conferenze e nottate solitarie in stanzette poco illuminate. Un'immersione quasi totale nel mondo della criminologia, da cui si allontanava solo per una passeggiata lungo il fiume o una visita alla cattedrale.

Non aveva preso una stanza in una residenza universitaria né in una casa condivisa con altri. Preferiva affittare monolocali arredati che favorissero gli studi e la solitudine, il distacco dai consolidati rituali della vita sociale universitaria. Peraltro non si riconosceva nei suoi coetanei. Avevano auto, soldi, giacche di tweed, pelle sana e sicurezza di sé. Sapevano fare conversazione. Avevano imparato l'arte della retorica, mentre lui non vantava alcuna capacità comunicativa e aveva una voglia sul viso a cui, pur non volendo, si rivolgeva di fatto chiunque parlasse con lui.

Avevano il futuro assicurato, il suo era incerto.

Piaceva a questa donna, però. Abbastanza da passare con lui una settimana a girare in macchina nella regione delle Dales e dei laghi. All'inizio, aveva detto, era stata la sua evasività a incuriosirla e poi, dopo molti mesi di reciproci tentativi di approccio, la curiosità si era evoluta in qualcosa che forse era amore.

Brindle ricorda ancora che la totale improvvisazione di quel viaggio – trovare una stanza nei posti in cui si fermavano, mangiare dove e quando ne sentivano il bisogno – lo metteva a disagio.

Sì, erano passati per questa città. Avevano trascorso una o due ore a esplorare pigramente gli innumerevoli negozi di souvenir e pranzato in un ristorante vegetariano.

Brindle sente con piacere la pioggia bagnargli il collo. Si alza e fa un respiro profondo, chiedendosi cosa avrebbe dovuto fare o non fare affinché quella donna non lo allontanasse dalla sua vita in modo tanto drastico e totale.

# 3.

Arriva bagnato fradicio, sfinito e con le guance rosse, i capelli arruffati sulla fronte e il cappotto appiccicato alla schiena e alle braccia. Lo appende a un gancio e si accascia su una sedia. È solo mezzogiorno, ma a Mace sembra già di essere al lavoro da un'intera giornata.

Malcolm Askew è nel suo ufficio, con la porta socchiusa. Sullo schermo, prove di impaginato. Pile di numeri arretrati occupano ogni superficie disponibile. Una foto di Ian Botham, firmata e incorniciata, è sulla parete alle sue spalle, ma il sole l'ha talmente sbiadita che il giocatore ha un'aria spettrale.

Askew leva lo sguardo e chiama Mace. Gli fa cenno di raggiungerlo.

Piove duecento giorni l'anno quassù. Quando ti deciderai a comprare vestiti adeguati, ragazzo?

Quando ti deciderai a pagarmi uno stipendio adeguato.

Il direttore scuote la testa.

Hai qualche novità per me? Non mi hai più chiamato.

Mace entra nel suo ufficio e gli fa un resoconto della sua mattinata. La levataccia per andare in ospedale. La conversazione con Anne Knox. La visita a Keith Knox. L'incontro con Blackstone.

Quel grassone di Blackstone è un buono a nulla, dice Askew. Ma anche un buon diavolo.

A me sembra uno stronzo fatto e finito.

È un buon diavolo.

Fammi indovinare: siete cresciuti insieme. Come due piselli in un baccello.

Ero amico di suo fratello, è vero. Ma no, io e lui non siamo legati.

Ah, i cari e vecchi amici della valle.

Allora, che ne pensa Bob di questa storia?

Non credo sia in grado di pensare, replica Mace.

Sono certo che gli hai cavato qualcosa a quel barile di lardo.

Sospetta di Keith Knox.

Askew annuisce.

Ok. E tu che pensi? Visto che hai conosciuto anche Keith.

Mace si concede qualche momento di riflessione.

Ti vedo dubbioso.

Ci sto pensando.

La tua esitazione parla da sé. Non credi che abbia squarciato la moglie.

No. Ne sarebbe di sicuro capace, ma lei lo avrebbe riconosciuto. Blackstone non si è sbottonato, ma mi ha fatto capire che hanno in mente anche qualcun altro.

Chi? chiede il direttore.

Non ne ho idea. Penso l'abbia detto solo per nascondere che non sa dove sbattere la testa. È convinto però che le due aggressioni siano collegate.

E Jo? Che novità su di lei?

Per quanto ne so, è ancora squarciata.

Dobbiamo parlarle. Sentire la sua opinione su questa nuova aggressione.

Ma è in mano ai tabloid ormai.

Che si fottano, ribatte Askew, con una rabbia che Mace non ha mai visto in questo direttore di solito gioviale.

Pensavo avessi detto che questa storia era...

Questa storia è nostra. Nostra, Roddy. Due donne squarciate in una piccola città nell'arco di due giorni. È roba nostra. Ci appartiene. Insomma, ci siamo noi qui, nel vivo dei fatti. C'è qualcosa che non torna. Due aggressioni e nessun testimone. Non ti sembra strano per un posto dove tutti sanno tutto di tutti?

Sì, conviene Mace. Direi di sì. Ma d'altra parte è successo di notte e l'aggressore aveva molte vie di fuga a disposizione. È facile sparire nei boschi, nei campi o nella brughiera. Se sai come muoverti, ti bastano cinque minuti per ritrovarti in mezzo al nulla. E non più di dieci per lasciare la zona in macchina. Come potrebbe non esserci alcun legame tra le due aggressioni. E nessun particolare mistero.

C'è qualcosa, insiste Askew. Ti dico che c'è. Sento puzza di tentato omicidio. E scopriremo chi è stato. Aggiungeremo un nuovo capitolo alla storia di questa valle.

Il direttore si allunga sullo schienale della sedia.

Ascolta, Roddy, sarò sincero con te. Non devo certo spiegarti che vecchi catorci come me non vanno più bene per questo mestiere. E sta bene. Il mondo cambia. Ma tu sei giovane, hai il tempo dalla tua parte. Ci è concesso soltanto usare al meglio ciò che abbiamo. Il giornale si assottiglia, la squadra è ridotta all'osso, il budget inesistente. L'unica variabile a mio favore sono i cospicui contributi che verso per la pensione da quando l'uomo ha messo piede sulla luna. Tra qualche mese non sarò più qui.

Fa una pausa e scuote la testa, poi continua.

Ma prima di andarmene, vorrei almeno dare una lezione a quegli idioti della stampa scandalistica. Mostrargli cos'è il vero giornalismo. È roba nostra. Sei pronto, Roddy?

Sono sempre pronto, lo sai.

Perché quando non ci sarò più io qui, ci vorrà un nuovo direttore.

Non mi hai esattamente convinto, Malcolm, ma apprezzo la fiducia.

Askew liquida il complimento con un gesto della mano.

Bene. Dimmi di Anne Knox.

Non so.

Non sai?

Ho avuto una strana sensazione. Sembrava...

Lacerata?

Molto spiritoso. No. Scombussolata.

Be', è normale. L'hanno aggredita. Ma per carità di Dio, vedi di usare parole più semplici nel pezzo, tipo sconvolta. Altrimenti ci scrivono.

Al tempo stesso sembrava, come dire... sollevata. Quasi grata.

Grata?

Sì.

E di cosa?

Non saprei, ammette Mace. Forse per l'attenzione che stava ricevendo. Non ho mai incontrato nessuno tanto entusiasta di finire sul giornale. Era davvero strano.

Cos'ha detto esattamente?

Devo controllare. Ho registrato tutto.

Voglio dare un'occhiata alla trascrizione, dice Askew.

E io voglio mangiare un boccone. Puoi darmi due ore?

Una sarebbe meglio. Poi passa da Jo Jenks. Senza di lei, i nostri sforzi non serviranno a nulla.

Tornato alla sua scrivania, Mace si mette le cuffie e trascrive l'intervista. Nella registrazione sente prima la sua voce e poi quella di Anne Knox, entrambe hanno un riverbero metallico, un effetto della sterile e vuota stanza d'ospedale.

Salta le parti dove è lui a parlare perché odia riascoltarsi, odia quel suono nasale e congestionato, come se avesse del muco in gola, e il leggero tremolio che tradisce i postumi della sbornia.

Ora che non è più distratto dal contorno, dalle ferite della donna e dai rumori dell'ospedale, riesce a concentrarsi meglio sulle parole. Sull'accento, le inflessioni. Il tono.

A un tratto, avvolto nell'isolamento delle cuffie, la voce di Anne Knox gli suona familiare.

Torna indietro e riascolta il frammento che gli ha innescato la memoria.

Se l'è cercata.

È una voce che ha sentito di recente. Molto di recente.

Alla Cafetière. L'altra mattina, mentre faceva colazione. È lì che l'ha sentita. Appartiene a una delle due donne sedute dietro di lui. Le due donne di cui ha origliato e registrato la conversazione.

*Se l'è cercata.*

Sì.

È una delle due pettegole che infierivano su Josephine Jenks. Se ne rende conto soltanto adesso, riascoltandola separata dal contesto. È Anne Knox. Ne è più che sicuro.

Scorre la registrazione sul telefono, le voci che si aprono un varco nel baccano del caffè. È proprio lei. Va avanti e indietro. Ascolta le parole dell'altra donna.

*Le piacciono le attenzioni.*

Mace interrompe la registrazione e rilegge quel che gli ha detto Anne Knox. Cerca un nuovo significato nelle sue parole e lo trova.

Salva il documento. Lo stampa. Spilla i fogli.

Tony Garner è nel parco, sdraiato per lungo sull'altalena a fumare una canna, quando Bob Blackstone lo scova. Il poliziotto avanza nell'erba e una volta raggiunta l'area giochi, poggia la mano su un'estremità della tavola e la spinge verso il basso con forza, da dietro. Tony Garner si alza, agitando le braccia e le gambe. Sembra un Nosferatu ritardato che emerge dalla bara, pensa Blackstone.

Minuscoli tizzoni incandescenti si librano nell'aria quando la canna cade dalle dita di Garner.

Ancora lei, si lamenta vedendo che si tratta di Blackstone, cui la voce di Garner dà subito sui nervi. Stavo solo fumando. Non è illegale.

Il poliziotto toglie la mano dalla tavola, facendo perdere l'equilibrio a Garner che cade a terra, perde il cappello e molla una scoreggia mentre alcune monete cadute dalla sua tasca rotolano sulla superficie morbida del parco giochi tracciando degli archi. Una finisce la sua corsa sotto la struttura per arrampicarsi.

Perché l'ha fatto? È una persecuzione.

Alzati, Tony.

Ancora seduto in terra, Garner recupera il contenuto delle sue tasche e guarda storto il poliziotto.

In piedi.

Blackstone lo costringe a tirarsi su afferrandolo da sotto l'ascella.

L'erba mi fa bene alla testa, protesta Garner.

Non sono qui per l'erba, Tony. Non me ne frega niente di quello che fumi. Sono qui per il coltello.

Garner impallidisce. Sa di non aver imparato l'arte della menzogna e che l'espressione del suo viso lo tradisce sempre. Questa incapacità di fingere innocenza gli è già valsa diversi arresti.

Distoglie lo sguardo. Guarda la moneta solitaria che brilla sotto la struttura su cui si arrampicano i bambini.

Che coltello?

Blackstone, che ancora lo tiene per il braccio, lo avvicina a sé. Essendo molto più alto, lo solleva costringendolo a stare in punta di piedi. Sente la pancia del poliziotto premere contro di lui.

Il coltello che l'altra sera ha squarciato la faccia di Josephine Jenks, dice Blackstone. Il coltello al centro di due tentati omicidi. Il coltello che hai tu.

Non ce l'ho, si difende Tony sbattendo le palpebre, con gli occhi rossi e bagnati di lacrime.

Blackstone lo scuote. Lo strattona.

Non ce l'ho. Non l'ho mai avuto.

Tony non può guardare altrove, tanto è vicino al poliziotto che a forza di fissarlo arriva alla conclusione di essere disposto anche a credergli. Altri soggetti come Raymond Pope restano più sfuggenti di un'anguilla finché i fatti non li inchiodano, ma Tony Garner è troppo ingenuo. Blackstone fa un respiro profondo per calmarsi.

Dov'è? chiede.

Non capisco perché se la prenda con me. Un sacco di gente è piena di coltelli.

Ah sì? Tipo chi?

Tony sbatte di nuovo le palpebre in cerca di una risposta.

Colin. Colin ne ha una montagna.

Colin chi?

Colin Intake. Il macellaio.

Ce l'ha lui il coltello?

No, protesta Tony. No. Volevo solo dire...

Volevi dire cosa? Che Colin Intake è coinvolto?

Tony esita.

Mi arresterà?

Dipende da come rispondi.

Tony si inumidisce le labbra, ha la bocca incredibilmente secca. Ingoia la saliva.

Ha parlato di due omicidi.

Sì, conferma Blackstone. Tentati.

In che senso?

Prima Josephine Jenks. E poi la donna di ieri sera. Pensiamo che i due casi siano collegati.

Tony non ha mai avuto la bocca tanto secca.

Quale donna? chiede con la voce rauca. Dove?

Andiamo, non darmi a intendere che non l'hai saputo. Un piccolo ficcanaso come te, sempre con le orecchie tese.

Davanti a quella faccia sbigottita, il poliziotto ha l'avvilente sensazione che in effetti potrebbe non aver sentito cosa è successo ad Anne Knox.

Una donna è stata ferita. In modo serio. Ieri sera, mentre si difendeva da un'aggressione.

Un'altra?

Sì.

Blackstone lo tira ancora più a sé. Garner si rannicchia nella sua felpa col cappuccio, come un pulcino spaventato.

E l'altra buona notizia, Tony, è che tu sei il sospettato numero uno. Per cui è ora che cominci a dire quello che sai.

Io? Gliel'ho già detto. Non ho fatto niente né so niente di nessun coltello.

Questo non è vero. Si dà il caso che abbia fatto una chiacchierata col tuo amico Raymond Pope.

Garner è bianco come un cencio adesso. Deglutisce di nuovo.

Non c'è onore tra i coglioni, eh? dice Blackstone Ci ha messo al corrente di un piccolo segreto che ti collega sia alla scena del delitto che all'arma.

È uno stronzo bugiardo...

Garner si morde la lingua. Si ricompone.

Comunque sia. Non sono uscito di casa ieri sera.

Non sto parlando di ieri sera. Sto parlando di Jo Jenks e della notte prima, quando ti hanno visto uscire da una casa del complesso.

Tony Garner sbatte le palpebre. Sembra scrutare i lineamenti di Blackstone in cerca di un'idea su cosa dire, ed è a quel punto che il poliziotto capisce di averlo in pugno.

Era già successo quando l'ho trovata, dice Garner con un filo di voce. Lo giuro sul mio cane. Dio mi è testimone. Non ho fatto niente.

Passa davanti alla porta del «Valley Echo» ma è soltanto dopo averla superata di sei passi che si rende conto della targa. Brindle si ferma. Attende qualche istante.

Stamattina si è pettinato con le dita, ha bevuto l'acqua dal rubinetto e si sente a disagio nei suoi vestiti; vecchio, trasandato, disarmato. Gli sembra di essere una persona svuotata e gli manca la familiarità del suo appartamento, di cui non può fare a meno, ma è comunque deciso a compiere questo passo che rimanda da mesi. Prima però deve riprendersi e darsi una sistemata.

Prende una stanza al Golden Tup.

La stanza è angusta, incastrata in un angolo sopra il pub, come se fosse stata aggiunta in un secondo momento. Apre il cassetto del comodino e vi trova una Bibbia. Accende e spegne quattro volte la lampada da comodino, solleva la trapunta per controllare la pulizia delle lenzuola. Poi disfa il nécessaire, dispone con cura il contenuto sul piccolo ripiano di vetro sopra il lavandino del bagno. Spazzolino, dentifricio, pettine, brillantina, kit da barba. Li mette in fila. Non c'è un bollitore né un minibar. E niente snack. Nulla distingue questa stanzetta col soffitto inclinato da quelle di qualsiasi altro vecchio pub di qualsiasi altra cittadina inglese.

Si collega al server interno della Cella Frigorifera. Inserisce le sue credenziali alternative. Credenziali di cui si era dotato nel caso in cui gli fosse stato bloccato l'accesso all'intranet, come in effetti è avvenuto. Un nome e un indirizzo email che non possono essere ricondotti a lui.

Inserisce la password e poi un altro indirizzo email, anch'esso creato proprio per questo scopo. Durante l'inevitabile attesa di dieci minuti – un ritardo digitale deliberato simile a quello di una cassaforte a tempo, teso a rallentare potenziali hacker – va in bagno, si lava le mani e armeggia con i rubinetti. Si lava i denti, contando fino a quattro per ogni dente. Quando si rimette al computer, una seconda password è stata inviata al suo secondo indirizzo alternativo. La inserisce e finalmente entra nel sistema. Ora ha accesso a tutti i dati della Cella Frigorifera, inclusi quelli alla corrispondenza interdipartimentale, i verbali di riunioni, le deposizioni, gli schedari delle prove, i verbali dei processi, gli elenchi dei testimoni e degli informatori, i file e gli appunti su ogni caso penale passato o presente. È come se fosse all'interno dell'edificio. Con pochi clic è tornato in azione.

Come prima cosa controlla se vi sono sviluppi nelle indagini sulle aggressioni a Josephine Jenks e Anne Knox, i cui dettagli, in quanto presunti tentati omicidi, arrivano direttamente dal database centralizzato della polizia a un subserver dell'intranet della Cella Frigorifera, dove rimarranno in sospeso, in attesa di capire se le vittime moriranno o no.

Apre quindi i file delle due donne. Annota la cronologia degli eventi e le informazioni registrate finora, prestando particolare attenzione alle vecchie ferite. Annota i nomi degli agenti arrivati per primi sulla scena. Alcuni dettagli su mariti, partner, luoghi di lavoro e collaboratori. Ma perlopiù si concentra sulla natura delle lesioni.

Esamina i referti medici e le dichiarazioni delle vittime. Prende appunti sul suo taccuino giallo.

Legge le deposizioni ben tre volte, prestando speciale attenzione al tono delle due donne. E malgrado sia Jenks che Knox sembrino avere personalità molto diverse, entrambe raccontano l'aggressione nello stesso modo, senza fornire dettagli precisi sulle modalità. Non dicono quasi niente dell'assalitore. È raro che accada. Il lavoro di Brindle è sempre consistito nel leggere tra le righe, nell'amplificare i silenzi. Puntare i riflettori sugli angoli più bui. Interpretare e tradurre ambiguità, dubbi, reticenze, paure.

L'esperienza gli ha insegnato che c'è sempre qualcosa da scavare o cogliere. Da estrarre o dissotterrare. Un dettaglio. Un movente. Un risentimento. Un odore. Un sapore. Un accento. Un'inezia all'apparenza insignificante può rivelarsi decisiva per arrivare alla verità.

In questo caso c'è pochissimo e questo gli dice molto.

Scarica tutto quel che ha consultato sul server della Cella Frigorifera. Trasferisce i file sulla chiavetta USB. Trasferisce centinaia di documenti, migliaia di pagine. Li copia pur sapendo che non li leggerà mai, che non ne avrà mai bisogno e che questa attività informatica sarà certamente segnalata come un tentativo di intrusione nel sistema di sicurezza, ma il semplice accesso a questo materiale gli procura un piacere perverso, come un ladro che sposti

i mobili di notte. Alla fine la Cella Frigorifera si renderà conto di quanto sia bravo nel suo lavoro. La sua astuzia verrà premiata.
Si disconnette.

Mace si dirige alla stazione dei taxi e aspetta il suo turno sfogliando il «Daily Mail», come sempre pieno di notizie allarmistiche che gli mettono addosso un'ansia crescente. Se ne sta lì, un grumo di tensione.
Durante il tragitto, chiede all'autista di fermarsi e fa un salto al supermercato per comprare dei fiori. Ci sono soltanto mazzi di stagione: crisantemi e rose nei toni dell'arancio e del rosso. Quelli dell'autunno, del fuoco, della decomposizione.
Chiede una ricevuta.
I colori dei petali sono talmente brillanti che finisce per toccarli e assicurarsi che non siano di plastica. Sono fiori veri, ma quando li annusa non hanno alcun profumo e quando si accorge di avere delle macchie colorate sui polpastrelli, capisce che sono tinti. Niente è come sembra, pensa. È bene ricordarselo.
L'auto si inerpica sulla collina fino al Greenfields sotto una pioggia che screzia i finestrini. Il tassista accende la radio e un coglione di Doncaster comincia a spiegare che l'uscita della Gran Bretagna dall'Unione Europea è la scelta migliore, il paese riacquisterà la sua antica forza economica grazie alla rinascita del settore manifatturiero, la sterlina riprenderà valore quando i polacchi, gli albanesi e i rumeni se ne saranno andati. Dice anche che i rifugiati dovrebbero fare qualcosa di utile, per esempio togliere di mezzo i rifiuti che ha visto lungo la A635, precisando comunque che lui non è razzista perché - sono le sue esatte parole - sua sorella ha sposato un mezzosangue.
Mace individua subito la piccola casa di Josephine Jenks grazie al furgone tv del «Sun» parcheggiato davanti.
Merda, dice. Merda.
Due persone orbitano attorno al veicolo. Una donna elegante che ride al telefono e un uomo che fuma una sigaretta.
Mace gli sta passando accanto ed è in procinto di risalire il vialetto quando l'uomo lo ferma e gli mette una mano sulla spalla.

Posso aiutarti, amico?

Ha un accento del sud.

Sono venuto a trovare Josephine Jenks.

L'uomo soffia un filo di fumo.

La stanno filmando in questo momento.

Mace dà un'occhiata al furgone alle spalle dell'uomo, poi alla donna al telefono.

Filmando?

Esatto.

L'uomo guarda i fiori di Mace e chiede:

È un parente?

Mace alza le spalle.

E voi?

E tu?

Può lasciare i fiori a me, se vuole. Ma non può entrare. Stiamo filmando.

Ma vaffanculo, pensa Mace. Te e i filmati.

Preferirei darglieli di persona, dice.

Non ha risposto alla mia domanda. È un parente? Un amico, forse?

Ha ragione. Non ho risposto, *amico*.

Roddy Mace estrae dalla tasca il tesserino da giornalista.

Sono del «Valley Echo».

L'uomo osserva il tesserino con indifferenza. Alza le spalle anche lui.

Il giornale locale.

E allora?

Allora devo parlare con lei.

Non puoi parlare con lei. Ha firmato con noi. È un ottimo soggetto.

La donna al telefono fissa per qualche istante Mace, poi volge la sua attenzione altrove.

E qual è il tuo compito, esattamente? chiede Mace per prendere tempo.

E cosa importa a te?

Mi interessa.

L'uomo cerca di prendere le misure. Non capisce se Mace lo stia prendendo in giro.

Sorveglio il furgone, risponde.

Sorvegli il furgone. È il tuo lavoro?

Proprio così. E lo guido anche.

E lo guidi.

Tra le altre cose.

La intervisto più tardi, ma non vorrei che le mie domande si sovrappongano alle vostre.

È alquanto improbabile, brontola l'autista. Sta registrando una rubrica di consigli.

Una rubrica di consigli?

Esatto, conferma l'uomo, che ostenta il suo disinteresse tirando una boccata di sigaretta. Minchiate, tipo posta del cuore.

Pioviggina e Mace vede la carta bianca della sigaretta bagnata da minuscole goccioline.

Perché?

L'autista sospira.

Non lo so, amico. Forse perché ha un bel po' di esperienza alle spalle ma ancora un bel paio di tette? Io devo accertarmi che tutto fili liscio e che la nostra attrezzatura da duecentomila sterline esca intera da 'sto cesso di città. Comunque, lei è sotto contratto. Un contratto esclusivo.

Sotto contratto.

Se rilascia un'altra intervista, che sia a una tv o altro, porteremo il suo culone in tribunale. E anche il tuo.

La portereste in tribunale?

È quello che ho appena detto.

Pensavo che fosse lei la vittima di questa storia.

L'autista sorride.

Macché vittima.

Parli un po' alla leggera.

Con quello che sta incassando? Sa quello che fa, credimi.

Per poco non l'hanno ammazzata.

L'uomo alza di nuovo le spalle.

Forse mi farei affettare anch'io, per tutti quei soldi.

Dicono che ha quasi perso un occhio.

Ne ha due o sbaglio?

Mentre Mace indugia, chiedendosi quanto senso abbia abbandonarsi a un insulto sapendo che potrebbe ricevere in risposta un pugno in faccia, dalla casa di Josephine Jenks escono un cameraman, un tecnico del suono e altre due persone dal ruolo indefinibile. Sorridono o ridono, trasportano cavi elettrici. L'autista prende alcune attrezzature dalle loro mani e comincia a caricare il furgone.

L'ultimo a uscire dalla casa è Jeremy Fitz.

Bene bene, esclama, vedendo Mace in strada. Sembri più vecchio che in foto.

Si avvicina a grandi passi, con la mano tesa.

Jeremy Fitz. Temo tu sia in ritardo, collega.

Mace sente le sue dita afferrate con forza e scosse con deliberata ferocia da Fitz. Nota il taglio alla moda sfoggiato dal rivale, una negazione assoluta del fatto che sta perdendo i capelli, e prova un attimo di soddisfazione al pensiero che il giornalista del «Sun» sarà quasi certamente e innegabilmente calvo in un futuro non lontano, quando lui avrà appena iniziato a incanutire.

Scusa?

La nave ha preso il largo. Josephine è legata a noi. Una nostra esclusiva.

Sono ancora autorizzato a parlare con lei.

Fitz lascia andare la mano, ma resta fermo dov'è, bloccandogli il passaggio.

Sei autorizzato, sì. Solo che, su un piano strettamente legale, a lei non è permesso parlare con te.

Vorrà dire che parlerò io.

A che scopo?

Parlerò col figlio magari.

Non ne ricaverai nulla, dice Fitz. È un completo idiota.

È un problema mio, non tuo.

Mace prosegue di lato a Fitz e risale il vialetto.

Tony Garner è raggomitolato su un fianco, le ginocchia strette al petto. È sul blocco di cemento che è servito da letto a Raymond Pope fino a poche ore prima.

Gli hanno tolto la cintura e i lacci delle scarpe, ma gli è stato lasciato il cappello.

Il sergente di turno, Alice Wagstaff, entra nella cella e gli porta una tazza di tè con latte. Il pomeriggio è appena iniziato.

Garner non si muove. Le è stato ordinato di controllarlo regolarmente, ma il ragazzo è rimasto immobile nelle due ore che Blackstone ha passato condividendo informazioni con i colleghi e facendo richiesta di un avvocato per il fermato. Dopo che Wagstaff se n'è andata, Garner si drizza a sedere, beve il tè e fa una smorfia perché è senza zucchero, ma presto si riaddormenta di nuovo. Poi la porta si riapre e stavolta è Blackstone ad avvicinarsi per dargli un colpetto sulla spalla.

Tony apre gli occhi e lo guarda con aria assente prima di distendere lentamente le membra. Osserva la cella, disorientato.

Infila una mano sotto il cappello, si gratta un lembo di pelle squamosa, si rimette a posto il capello.

È ora che io e te facciamo due chiacchiere, non credi?

Posso fumare?

No che non puoi, coglione.

Josephine Jenks è appoggiata alla testiera del letto.

Un lato del viso è gonfio, un melone giallo rivestito da un velo di epidermide. Intorno alla ferita è già iniziato il lento processo di rigenerazione, la pelle è bagnata dal liquido che trasuda da una crosta talmente dritta e precisa da sembrare disegnata con un righello.

La parte superiore dello squarcio scompare sotto lo spesso impacco che copre l'occhio destro, mentre l'altro – l'occhio sano di Jo – è evidenziato con eyeliner, ombretto e mascara. L'impressione, pensa Mace, è di guardare due facce diverse unite assieme. La presenza della lacerazione è resa ancora più evidente dal trucco che la circonda, un tentativo di presentare una facciata spavalda, un misto di sfida e glamour, vita ed energia, un modo di aprire le braccia all'imminente ritorno di Josephine alla celebrità. Un look alla Baby Jane in cui tutto sembra amplificato. Il denso strato di rossetto spalmato sulle labbra esaltando i denti sani e forti e il fondotinta e il fard applicati sulle guance conferiscono alla donna un aspetto inquietante. È un volto grottesco e tragico al tempo stesso che ricorda i pupazzi che fanno da bersaglio alle fiere di paese.

Mace si chiede se non sia un ridicolo tentativo del «Sun» di allestire una parodia della Jo più giovane, un riferimento visivo a un'età dell'oro ormai tramontata, tanto per lei che per il giornale.

Che il giornale voglia servirsi della vulnerabilità di Josephine Jenks per vendere copie e generare traffico sul sito è fin troppo evidente. Roddy Mace vede però soltanto una donna sfregiata e sconfitta.

Il figlio Craig l'ha accompagnato in camera dopo aver borbottato poche e incomprensibili parole di presentazione. Chiede alla madre se vuole che resti e al no di lei, indugia comunque sulla soglia, armeggiando col telefono per un po' prima di andarsene.

È un amico di Malcolm, vero? esordisce Josephine Jenks.

Sì, dice Mace, perché è stato proprio il nome del suo direttore fatto a Craig, un ragazzo dal volto corrucciato e i lineamenti grossolani, a dargli accesso alla casa di Josephine. E alla sua camera.

Craig è il mio primogenito, spiega. Si è dato molto da fare questa settimana. È un bravo ragazzo.

Come si sente, signora Jenks?

Bene. Non mi lamento. Non ho avuto un attimo di tregua. Sono stata travolta.

Mace le porge i fiori.

Dal giornale.

Oh, Be', grazie. Gentile. Poi Craig li metterà in vaso.

Come va la ferita?

Sta guarendo, a quanto pare. Il problema è, ragazzo mio, che non posso parlare con lei.

Il giornalista finge stupore.

Davvero? E perché?

Ho firmato una specie di contratto con quelle persone di Londra che se ne sono appena andate.

Nessun problema, dice Mace. Volevo soltanto vedere come stava. E io non ho firmato un contratto che mi impedisce di parlare con lei. Non mi sembra giusto che un giornale nazionale venga a trovarla senza che la stampa locale possa farle gli auguri di pronta guarigione. Mal era a pezzi per...

Mace si morde la lingua.

Mal è preoccupato Molte persone lo sono.

Vogliono raccontare la mia storia. E dicono anche che vogliono affidarmi una rubrica. Ho chiesto di riprendermi dal lato sano, ma hanno insistito per fare a modo loro. Pagano bene, per cui non discuto.

Certo, dice Mace. Dev'essere strano però. Tutta questa attenzione, intendo.

È bello essere ricordate. E notate.

Mace annuisce.

Si sieda pure, se vuole. Solo non stampi niente sul giornale, ok?

Mace prende una sedia.

Non pensavo che avrei avuto la possibilità di parlarle, dice. Mi rendo conto che noi siamo soltanto il «Valley Echo» e...

Io e Mal ci conosciamo da una vita, lo interrompe lei. Può sembrare un orso a volte, ma ha un cuore tenero.

Mentre ascolta, Mace si guarda attorno. Osserva le foto incorniciate sul comò che mostrano una Josephine più giovane. Ci sono anche ritratti dei suoi figli. Nota la moquette lisa e i vestiti che fuoriescono dai cassetti, come se vi fossero stati infilati di fretta prima che arrivasse il «Sun». Una macchia di salnitro nerastro si estende su un angolo del soffitto.

Volevo farle qualche domanda su quello che è successo, dice. Le dispiace?

Josephine leva con lentezza una mano. Mace vede che è bendata anche quella.

Vorrei tanto risponderle. Per Malcolm. Ma mi hanno già spiegato che l'assegno verrà annullato se parlo con voi dell'aggressione.

Hanno fatto espressamente il nome del «Valley Echo»?

Non lo so, ragazzo mio.

Mace è interdetto. Pensa.

A dire il vero, volevo chiederle di Anne Knox. Avere una sua opinione.

Josephine sembra confusa.

C'è anche questo nel contratto? chiede con gentilezza. Il divieto di parlare di altri argomenti?

Lei esita. Resta in silenzio.

Immagino abbia saputo quello che le è successo?

Sì. È orribile.

La sua voce si tinge a un tratto di stanchezza e riluttanza.

Annusa il mazzo di fiori che stringe ancora tra le dita. Tocca i petali e poi si porta la mano al viso. Alla ferita.

Orribile, ripete. È una maledizione.

Liscia la coperta davanti a sé. Le dà dei colpetti.

Una maledizione?

Josephine annuisce.

Che intende con maledizione?

Due donne aggredite nella stessa settimana.

Sì, ma maledizione è una parola strana.

Josephine Jenks sbadiglia e fa una smorfia per il dolore che le ha causato l'avere sottoposto il viso e la ferita a quella tensione.

È per via di 'sto posto. Questa valle. Dicono che abbia uno strano effetto sulla gente. Te ne avranno parlato. Fumi, ragazzo mio?

Mace tira fuori le sigarette e gliene offre una. Gliela accende.

Oggi fumano tutti quella roba elettronica, dice. I giovani, intendo. Anche Craig ha iniziato a svapare tra una canna e l'altra.

Mace ne accende una per sé.

Josephine indica il comò.

C'è un posacenere lì.

Mace si alza, va alla finestra e guarda fuori. C'è una bella vista da lassù. La città, incassata a fondovalle, si scorge a malapena. Le passa il posacenere.

E quali sarebbero gli effetti di questo posto?

Ci sono storie vecchie di secoli, dice Josephine. Su quel che può succedere a una persona se passa troppo tempo quassù.

Mi hanno parlato della febbre verde.

Quella. Fa sbroccare la gente.

E cosa c'entra la febbre con le aggressioni?

Lei alza le spalle, tira una boccata e abbassa lo sguardo senza rispondere.

Si definirebbe un'amica di Anne Knox?

Josephine Jenks scuote la testa. I suoi movimenti sembrano ora rallentati. Fiacchi.

No.

Le sta simpatica?

Josephine soffia il fumo, batte il dito sulla sigaretta. La palpebra dell'occhio scoperto sembra più pesante adesso.

Non la conosco abbastanza.

Inclina la testa all'indietro e chiude l'occhio per un istante. Quando lo riapre, l'energia che sembrava animarlo all'arrivo di Mace è sparita. Josephine sembra un palloncino che si sta sgonfiando.

Crede sia stato lo stesso uomo ad aggredirvi?

È per il suo articolo? Non posso...

Sembra essersi dimenticata della sigaretta che tiene tra le dita, a metà strada tra le labbra e il posacenere.

Quei soldi mi servono, ragazzo mio.

Sembra quasi farfugliare adesso.

Mi scusi, dice Mace, tornando a sedersi. Mi scusi. Cerco solo di capire cosa è successo in modo da poter scrivere dell'aggressione ad Anne. In città, sono molto in ansia.

La voce della donna si fa ancora più bassa.

Certe cose non si possono spiegare.

Tutto ha una spiegazione, però.

Non tutto.

Soltanto adesso Mace si rende conto che la donna è sedata. La palpebra dell'occhio scoperto trema per quanto è pesante e la pupilla è ridotta alla capocchia di uno spillo. La sigaretta non si è mossa da dov'era, fuma ancora stretta tra le dita della donna. Il rossetto ha lasciato l'impronta di un bacio sul filtro.

La febbre, mormora.

La febbre verde?

L'occhio si chiude. Si riapre. Josephine Jenks guarda Mace. Lo guarda senza vederlo.

L'occhio si richiude, si riapre, si richiude.

Josephine, dice Mace. Josephine.

Josephine dorme, sembra una fotografia.

## 4.

Josephine Jenks ne è all'oscuro, ma al suo risveglio, dopo una notte di sonno pesante sotto sedativi, è il soggetto di tre diversi articoli sulla home page del «Sun».

Il primo, un resoconto aggiornato dell'aggressione e della convalescenza, è accompagnato da una foto che le hanno scattato in camera pochi minuti prima della visita di Mace. Il secondo, incentrato sui suoi anni d'oro, è illustrato con foto in topless e immagini prese dai film. L'ultimo è una trascrizione del girato in casa sua, con Josephine che dispensa «consigli su relazioni e sesso» in qualità di «sopravvissuta alla vita». Mace li legge sul telefono mentre cerca di svegliarsi, seduto in un caffè che ha già cambiato proprietario due volte da quando è arrivato in città e di cui non ricorda il nome. Bogotà, forse. O Bardo. O Namasté.

Il tabloid ha già ribattezzato Josephine Jenks «La nostra JJ». La sua storia viene snocciolata alla velocità della luce; la notizia del giorno non è più la carta in cui avvolgere le patatine l'indomani. La tragedia del mattino è ora la spazzatura digitale della sera, una delle tante notizie la cui sola funzione è quella di adescare inserzionisti e troll semianalfabeti sempre in cerca di un'occasione per sfogare la loro bile, prima di finire archiviata nell'etereo limbo chiamato internet.

Un angolo del caffè è stato occupato da un gruppo di madri e i loro figli piccoli, che l'hanno trasformato seduta stante in un asilo. I piccoli portano targhette con i loro nomi e Mace nota tra loro un Ossian – pronunciato Ocean – e poi un Archie e un Milo.

Capta frammenti di ciò che dicono le donne, una parola qua e una là relative alle due aggressioni, finché una delle madri si accorge di lui e della sua barba incolta, gli occhi arrossati, la scarpa slacciata, e abbassa la voce, chinandosi verso le amiche, che lanciano un'occhiata nella direzione di Mace, prima di serrare i ranghi della loro conversazione.

Vengono interrotte quando il piccolo Archie rovescia il frullato sulla testa di una bambina silenziosa di nome Florence. La discussione si sposta quindi sul modo più giusto di come punire il furfante, sempre che vada punito – una mamma definisce il gesto «una manifestazione spontanea di libero arbitrio» – mentre Florence singhiozza sotto un gocciolante velo di liquido rosa. Quando Roddy Mace si alza per andarsene, gli occhi delle donne puntano la sua schiena.

Giunto in ufficio, trova Mal Askew e Abrar Sharma nel mezzo di una discussione.

Stamattina a scuola, prima della lezione, i bambini hanno recitato una preghiera perché Anne Knox guarisca presto, dice Sharma.

Che notizie ci sono di Jo? chiede il direttore.

Il caporedattore scuote la testa.

Nessuna, anche se due suoi figli vanno a scuola. Si parla di una raccolta fondi.

Per entrambe?

No, solo per Anne. Per aiutarla a rimettersi in sesto.

E tu, Roddy? Com'è andata con Jo? chiede Mal Askew.

Ha una quarantina di punti di sutura e ha venduto l'anima al miglior offerente. Ha firmato un contratto per tenere la bocca chiusa. L'hanno in pugno, almeno fino a quando non troveranno un'altra disgrazia da sfruttare.

Come ti è parsa?

Un disastro. Non faceva un discorso sensato.

Ti ha detto qualcosa su Anne?

Niente di significativo, dice Mace. Ma c'è un legame tra i due casi, ne sono convinto.

Mi pare evidente: il legame è che hanno squarciato entrambe.

No, insiste Mace. C'è dell'altro.

Nel frattempo arriva Rosie Kemp, incappucciata e con le guance arrossate.

Hanno preso qualcuno, annuncia.

Preso qualcuno? chiede Askew. Che intendi?

Rosie abbassa il cappuccio e si asciuga le gocce dalla fronte.

Per le aggressioni. Ho appena saputo che la polizia ha portato un uomo in centrale per interrogarlo. È sospettato di duplice tentato omicidio.

Chi? chiede Sharma. Sai chi è?

Non lo indovinerai mai.

Dài, sputa il rospo.

È Tony.

Abrar Sharma e Mal Askew replicano all'unisono, mescolando le voci. Entrambi increduli.

*Tony Garner?*

Proprio così. Tony Tremarella.

Lo scemo del villaggio? chiede Roddy Mace.

Lui. Sono andati a prenderlo sul presto, spiega Rosie. Pare che siano riusciti a collegarlo al coltello usato contro Jo Jenks. Li ha portati all'arma. Ha confessato in pratica.

In pratica è vago, replica Askew. Ha confessato o no?

Non lo so.

Fa una bella differenza.

Lo hanno incriminato? chiede Mace.

No, non ancora. C'è ancora tempo per quello. Non si mette bene per lui, Roddy.

Mal Askew si acciglia.

Non posso crederci. Tony non ci sta con la testa, è bacato, ma non farebbe male a una mosca.

Sbagli, dice Sharma. Potrebbe eccome e lo sappiamo. Quel ragazzo è noto per il bracconaggio, tra le tante cose.

Vive all'aria aperta, tutto qui, dice il direttore. Come si faceva un tempo. Ma non è un potenziale assassino. Tony non sa farsi una canna senza che qualcuno lo veda. Fa parte dell'ambiente.

Un capro espiatorio, dice Mace.

Askew, l'aria sempre perplessa, si gira verso di lui.

Dobbiamo comunque darne notizia. Jo ha per caso lasciato intendere che Tony fosse coinvolto? Nessun accenno?

Mace scuote la testa.

Fa niente, dice il direttore. Mi serve che tu scriva un pezzo. Ragazzo del posto arrestato. Attieniti all'essenziale. Voglio metterlo online per le sei. Cos'altro ti ha detto Jo?

Non molto, Mal. Solo che Anne Knox abita una o due strade più in là, il che non è una novità, e poi che sono maledette.

Tutta 'sta valle del cazzo è maledetta, se vuoi che ti dica la mia, sentenzia Abrar Sharma.

Quando Keith Knox entra al Roasted Ox alla solita ora, ordina il solito – una pinta di Copper Dragon – e si siede al solito posto all'angolo del bancone, qualche occhiata sospettosa si posa su di lui. È nel suo mondo ormai, tra i bevitori irriducibili. Alcuni li considera amici, con altri ha litigato e con diversi ha lavorato fianco a fianco, ma la maggior parte sono persone che incontra solo qui, sotto le luci artificiali del pub, dove si scambiano sprazzi di lucidità, rivelazioni improvvise e dichiarazioni d'affetto reciproche. Poiché solo l'alcol consente a questi uomini di essere se stessi, le maschere scivolano lentamente a terra mentre i bicchieri vengono svuotati.

Qui Knox incontra altri schiavi della birra come lui, ergastolani delle cantine che, come lui, alzano il gomito e si scolano pinte con la disciplina di atleti che si allenano per le Olimpiadi e la cui sete è inestinguibile, pari a quella dei purosangue dopo una corsa ad Aintree. Uomini dalla faccia rossa e dalle opinioni forti.

Inoltre Keith Knox è stato scagionato. La polizia gli ha fatto visita ma aveva un alibi di ferro.

Ho spiegato a quel grassone di Blackstone e ai suoi scagnozzi dove infilarsi le loro domande, dice agli altri avventori mentre le pinte vengono riempite e scorrono nella sua direzione. Lo stesso vale per il giornalista. Anche a lui ho spiegato dove andare. Coglioni. Come se potessi fare una cosa simile alla mia Anne.

E che mi dici di Jo Jenks? chiede Patch Healey, un amico di vecchia data, che lo ha appena raggiunto al bancone. Dicono che stia facendo un bel po' di grana parlando coi giornali. Numeri grossi, più grossi dei suoi, a quanto ho capito.

Alcuni dei presenti fanno un sorrisetto, perché sono in molti a conoscere Josephine e la sua opera in modo approfondito.

Keithy Knox non si farebbe comprare tanto facilmente, commenta Keith.

Un cicchetto per festeggiare?

Certo. Vai, Patch. Un goccio di acquavite.

Mentre il pomeriggio scema nella sera e la luce all'esterno si affievolisce, ai quattro o cinque del gruppo si aggiungono altri irriducibili. Presto sono in otto o in nove a discutere delle aggressioni e rassicurare Keith Knox sul fatto che lui è uno di loro. Uno della Valle. E che pure Anne lo è. Questi uomini sono cresciuti insieme. E anche le loro sorelle e mogli e madri erano amiche. Si affannano a dirgli che gli credono. Che non hanno mai dubitato di lui. Che l'aggressore è con ogni probabilità un estraneo di passaggio. O che forse c'è un motivo preciso dietro l'aggressione a Josephine Jenks. Jo è una brava donna, dicono, ma può darsi che il suo passato le abbia presentato il conto.

La tua Anne è diversa però, dicono. Tutt'altra storia. La verità verrà fuori. Troveranno un colpevole. La polizia farà il suo lavoro.

Peccato che gli sbirri siano dei buoni a nulla, dice Patch Healey.

Gli altri annuiscono, bevono e ordinano un altro giro. Ogni tanto qualcuno si stacca dal gruppo per andare a fumare sulla porta del locale, esalando lunghe boccate nella serata frizzante e senza nuvole mentre la sua ombra si allunga sul selciato.

Sei o sette pinte dopo, Keith Knox appoggia il bicchiere sul bancone e dice: Bisogna fare qualcosa, ragazzi.

È un'affermazione forte, un messaggio rivolto a tutti e nessuno.

Certo, c'è uno stronzo che si merita una bella ripassata, concorda Patch Healey.

Non è quel che avevo in mente, Patch, dice Keith Knox. Ma se è questo che vuoi fare, non sarò io a fermarti.

Una colletta per la convalescenza di Anne allora, propone Frankie Michaelson. Non potrà tornare al lavoro per un po'.

E le bollette non si pagano da sole, conferma Knox. È molto generoso da parte tua, Frank. Sei un vero amico.

Michaelson replica con un sorriso mentre gli altri approvano con cenni del capo.

E la faremo alla vecchia maniera, dice ancora Michaelson. Quella giusta. Prendiamo un secchio e svuotiamo le tasche di ogni bevitore e chiunque altro incontreremo in città, ricco o povero che sia. Tutti possono dare qualcosa e faremo in modo che la diano.

Poco dopo, armati di un secchio di plastica, la banda percorre i trenta metri che li separa dal Golden Tup, il pub sul lato opposto della piazza frequentato da escursionisti e turisti, dove i prezzi sono in costante aumento proprio per scoraggiare gente come Keith Knox e il suo codazzo.

Michaelson e Healey agitano il secchio per il locale per richiamare le monete che giacciono nelle tasche degli avventori, fermandosi al bancone solo il tempo necessario per svuotare una pinta. Si uniscono a loro Jaff Parsons e Bomber Drummond, John Rooney, Steve Sutton, Ray Price e i fratelli Storey, alcuni dei quali trovano il tempo di scolarsi anche un bicchierino di whisky prima che la squadra di benefattori si diriga alla tappa successiva, l'Admiral Nelson, dove, galvanizzati dall'alcol, dall'attenzione che stanno attirando e dalla presenza di altri bevitori che li hanno seguiti dal Tup, riescono a raccogliere venti sterline in meno di cinque minuti e un giro di birre offerto dal gestore.

A ogni pub che visitano la squadra di girovaghi beoni si fa più numerosa e anche più chiassosa, toccando un picco vocale quando si comincia a discutere su chi può aver aggredito la moglie del loro amico Keith Knox.

Quando arrivano al Five Golden Coins, vengono a sapere dal barman, Henry Jones, che la polizia ha portato qualcuno in Centrale per interrogarlo su entrambe le aggressioni.

E chi sarebbe costui? chiede Keith Knox. Chi è il bastardo che ha sfregiato la mia bella Anne?

Non fare cretinate, Keith, replica Henry Jones. E nemmeno voialtri. È nelle mani della polizia adesso.

Ci prenderemo cura di lui, non temere, dice uno della banda. Può essere Jaff Parsons, o Bomber Drummond, o Frankie Michaelson. Difficile stabilirlo perché le loro voci si confondono e tutti hanno un braccio sulla spalla di un altro.

Andiamo, Henry, insiste Knox. Sputa il rospo.

Il barman osserva Keith Knox per un attimo. Poi guarda gli altri.

È Tremarella, dice a malincuore. Tony Fattone. Tony Cappello.

Il giovane Garner? dice Knox.

Non hanno bisogno di ulteriori descrizioni o dettagli. Lo conoscono tutti.

Non lo avrei mai detto, commenta uno. Era in classe con mia figlia prima che diventasse strambo.

Strano è strano, dice un altro.

Qui parliamo di tentato omicidio però, interviene Bomber Drummond.

Una pensa di conoscere le persone ma non è così, obietta Patch Healey con un tono nefasto. Non sai mai chi hai davanti. Chiunque può sbroccare.

Come i cani che a un tratto ti si rivoltano contro, ammette Drummond. Un giorno gli parte il cervello e a quel punto non ti resta che portarli nella brughiera perché nessuno senta lo sparo.

Per qualche istante cala il silenzio. Tutti rimuginano sulla situazione nei limiti consentiti dallo stato di ebbrezza.

Dovremmo fare qualcosa, dice infine qualcuno, suscitando un'ondata di approvazione fatta di mormorii e cenni del capo.

Nel corso dell'ora successiva la squadra di bevitori si ingrossa fino a raggiungere le venticinque persone, intanto vengono inviati messaggi e compaiono mogli e fidanzate. A un certo punto il secchio delle donazioni viene dimenticato, si rovescia nell'angolo di un vicolo dove viene poi raccolto e speso da un gruppo di ragazzi più giovani che si trova a passare di lì – i bevitori del futuro.

Le prime foglie morte dell'autunno vorticano in strada quando la squadra esce dall'ultimo pub. Alcuni si accendono una sigaretta, altri appoggiano i bicchieri vuoti sui muri circostanti, pisciano contro i lampioni, finché qualcuno suggerisce che potrebbe essere una buona idea andare a esprimere di persona il loro pensiero a quello straccione ritardato di Tony Garner, a quel drogato bracconiere a tempo perso che si diverte a giocare coi coltelli e le donne della loro città.

Sappiamo dov'è, dice Patch Healey. Dunque perché ce ne stiamo ancora qui a grattarci le palle?

Adesso? chiede Keith Knox.

Sì, decreta Healey, mentre cadono le prime gocce di una sgrullata notturna. Adesso.

Brindle prende il telefono della sua stanza e chiama il bar.

James Brindle, stanza dodici. Fate servizio in camera?

Sì, dice il barista.

Potrei avere una pentola di acqua bollente, per favore?

Deve venire a prendersela da solo.

Non mi sembra esattamente un servizio in camera.

Deve venire a prendersela da solo, ripete il barista, come se fosse una spiegazione. Ci dia venti minuti.

Venti minuti? Ma...

Brindle ci ripensa.

Va bene.

Riattacca e apre l'iPad, inserisce il codice wi-fi. Apre i Preferiti del browser, dove ha salvato gli articoli nazionali e regionali sulle aggressioni a Josephine Jenks e Anne Knox. Apre anche i file che ha recuperato dal server della Cella Frigorifera. Legge poi gli ultimi articoli apparsi online, notando la scarsa qualità delle foto a bassa risoluzione che accompagnano quelli del «Valley Echo». Si sofferma sul profilo di Roddy Mace e dà una scorsa ai suoi pezzi precedenti. È tutta roba insignificante: relazioni di processi. Un servizio su una mostra locale di opere d'arte create con i rifiuti. Il ritratto di un panettiere artigiano. Interviste a cantanti folk e poeti sconosciuti.

Scuote la testa, deluso.

Quindi comincia a visionare siti dedicati alla storia della città, della valle. Prende conoscenza dei villaggi circostanti, delle frazioni e delle fattorie.

Annota sul taccuino giallo tutto quel che trova interessante.

Si addentra nell'epoca romana e in quella celtica. In quella normanna e in quella sassone. Scopre che alcuni cognomi derivano da antichi mestieri: i Walker erano in origine follatori. I Lister tintori. I Webster tessitori. Legge dell'Enclosure Act, dello sviluppo delle filande e dell'ascesa dell'industria tessile, della costruzione dei canali per il trasporto della lana, degli uomini che si sono arricchiti con questo mestiere e che poi hanno comprato l'intero territorio e trasferito i lavoratori. Legge della prosperità e del declino dell'economia della zona, nonché dello sviluppo delle città vicine, che sono state più o meno modellate dalla ricchezza dell'Impero: Halifax, Bradford e Wakefield. Hudderfield e Ilkley. Saltaire e Keighley.

Legge della difficoltà del mondo agricolo. Di come la terra sia troppo ingrata per coltivare colture commestibili e di come la pastorizia sia sempre stata la sola speranza.

Legge un articolo su un'improvvisa ondata di suicidi avvenuta due decenni prima. Legge della febbre del fondovalle – del senso di disperazione, spesso stagionale, che si pensa causato dal luogo. Guarda un video sui problemi di droga e alcolismo tra le giovani generazioni del posto. Legge testi sui miti locali e gli omicidi rimasti irrisolti nel corso della storia. Legge di fenomeni inspiegabili – apparizioni, visioni spettrali, strane creature avvistate nella brughiera. Avvelenamenti e impiccagioni e gatti mummificati e poi murati in vecchi cottage.

Legge delle feste teatrali e di tradizioni paesane come la danza delle spade, ogni villaggio ha le sue e sono da secoli legate al calendario di questa stretta valle lunga circa trenta chilometri.

Esamina gli spartiti e i testi di vecchie canzoni popolari e filastrocche regionali.

Legge ritagli su ladri e fuorilegge e briganti.

Su cerchi di pietre e strani monumenti.

Su rune e rovine.

Su omicidi. Su persone scomparse.

Sull'isteria collettiva.

Torna al server della Cella Frigorifera.

Si toglie gli occhiali e si strofina gli occhi, infine esce dalla stanza e scende al bar, che è deserto. La pentola d'acqua è in fondo al bancone, incustodita. Vi immerge un dito. È a malapena tiepida.

Nonostante le spesse mura di pietra della Sala colloqui 3, Bob Blackstone, Tony Garner e l'avvocato d'ufficio riescono a sentire il chiasso che arriva da fuori. Blackstone interrompe la registrazione. Garner si toglie il cappello e sbatte le palpebre, ascolta. Si gratta i pochi capelli, si rimette il cappello, se lo ritoglie, si gratta ancora.

Il poliziotto mette a tacere le sue proteste.

Ascoltami.

Sentono delle voci. Sono soffocate e distanti, cariche di tensione.

Che succede? chiede Garner.

T'ho detto di ascoltarmi, scimunito.

L'avvocato lo guarda male ma non fa commenti.

Il vocio che arriva dalla strada si fa più intenso. Sono voci di uomini. In avvicinamento.

Aspettate qui, dice Blackstone.

Spinge indietro la sua sedia, raschiando il pavimento, ed esce dalla stanza.

Nell'atrio vede Alice Wagstaff al telefono. Lo guarda con un'espressione preoccupata e proprio mentre fa un gesto verso le porte, queste si aprono di scatto. Un odore di birra e tabacco annuncia l'arrivo di un gruppo turbolento guidato da Keith Knox e Patch Healey. Sono tutti ubriachi fradici e puzzano di sigarette rollate, sudore rancido e vestiti bagnati.

L'odore delle bevute diurne e della disperazione.

Blackstone va dietro il bancone della reception e abbassa il divisorio. Un atto simbolico.

Altri uomini si accalcano all'ingresso della Centrale ma sono troppi per entrare tutti insieme e per un attimo restano bloccati sulla soglia come nelle comiche.

Knox si dirige a grandi passi verso Blackstone e sbatte il grosso pugno sul bancone.

Siamo qui per Anne, Cicciabob.

Cicciabob era il soprannome di Blackstone a scuola. Ma non era affatto ciccione all'epoca; non era abbastanza in carne per essere obeso, ma la sua faccia tonda dava l'impressione che lo fosse, e da lì era scaturito il nomignolo. Solo in seguito, negli anni dell'adolescenza, il corpo si è conformato alla faccia. Adesso occupa però una posizione autorevole, è una figura di spicco della comunità, sta dalla parte giusta della legge e quell'appellativo lo infastidisce.

Pensavo ne avessi avuto abbastanza di questo posto, Keithy. Devi esserti trovato proprio bene in nostra compagnia.

Siamo qui per Anne, ripete Patch Healey, accanto a Knox.

Blackstone nota che indossa una maglietta con delle macchie gialle – forse salsa al curry o forse no – e la scritta *L'UOMO LA LEGGENDA* con in mezzo due frecce, una che punta in alto, l'altra in basso.

Anne non è qui, dice il poliziotto.

E lui dov'è invece? dice una voce in fondo alla calca. Dov'è quel coglione?

Mentre fronteggia la banda di malintenzionati e ascolta Alice Wagstaff chiamare sottovoce i rinforzi, Bob Blackstone è ben consapevole che, malgrado le loro strade si siano incrociate in molte occasioni, la frattura che si è creata tra lui e questi uomini quando a vent'anni è entrato in polizia ha assunto col tempo le dimensioni di un abisso.

Sa che almeno due di questi bastardi ipocriti hanno già picchiato le loro mogli e girano voci attendibili sul fatto che John Rooney abbia messo incinta la figlia. A questi gradassi mancano soltanto forconi e torce infuocate.

Alla fine alza le mani, mostrando i palmi, in un gesto di acquiescenza.

Insomma, ragazzi, qual è il problema? Spiegatemi tutto e vediamo di risolvere la cosa con calma.

Tony Tremarella, dice una voce, quella di Steve Sutton, un tipo basso e tarchiato che cammina con le gambe arcuate, come se avesse passato una settimana in sella a un cavallo. È uno di quelli che picchia la moglie. Sutton aggiustava la macchina di Blackstone, quando era meccanico.

Voglio staccargli il naso a morsi, aggiunge.

Un proposito accolto con ebbra allegria da un coro di acclamazioni. Li diverte, pensa Blackstone. È come un gioco, per loro. Gli dà uno scopo.

Non ne dubito, Steve, ma abbiamo una rosticceria girato l'angolo. Preferirei che addentassi una salsiccia in pastella, se proprio hai fame.

L'avete incriminato? chiede Keith Knox.

È quel cazzone il colpevole, sentenzia John Rooney, con la voce roca che sibila passando nello spazio vuoto dei due incisivi mancanti.

C'era da aspettarselo da uno così, dice Keith Knox. Ma non se la caverà tanto facilmente. Nessuno mette le mani addosso alla mia Anne.

Tranne te, pensa Blackstone, che però si trattiene dal dirlo ad alta voce. Non è né il momento né il luogo adatto.

Ben detto, Knox, commenta Jaff Parsons, agitando in aria la sua sigaretta elettronica, che emana un vapore profumato di vaniglia. Siamo tutti con te.

E come sta la tua Anne, a proposito? chiede Blackstone a Knox. È appena uscita dall'ospedale o sbaglio.

Portalo qui, Cicciabob, si intromette Patch Healey con un tono gelido che il poliziotto trova minaccioso. O andiamo a prenderlo noi.

Per qualche istante Blackstone si limita a fissarli. Sebbene non abbia molta simpatia per Tony Garner – è anzi quasi tentato di chiudere un occhio per dar modo a un paio di questi uomini di passare un minuto o due con il ragazzo – una parte di lui sospetta che quello scimunito non c'entri, anche se ne ha combinate parecchie nella vita. Non ne è capace, semplicemente. In tanti anni trascorsi in polizia gli hanno insegnato a non ignorare l'istinto e l'istinto gli dice che Tony Garner non ha aggredito nessuno.

Avete trenta secondi, ragazzi, dice.

Per cosa, Cicciabob? chiede Patch Healey.

Per lasciare la stazione. Poi arriveranno i rinforzi e scatteranno le manette, a cominciare da chi fra voi è in libertà vigilata. Alice li ha già chiamati. So che alcuni di voi hanno questioni in sospeso con la legge. Se combinate casini, potete dire addio alla vostra libertà. E ai benefici che ne derivano. Se ve ne andate subito, fate ancora in tempo a ordinare un ultimo drink al Tup. Posso anche fare uno squillo al barman e dirgli di tenere pronte le pinte per voi.

Sei un verme, Bob Blackstone, dice Patch Healey agitandogli sotto il viso la sigaretta elettronica. Un viscidissimo verme.

E voi siete la più brutta boy band che ho visto in vita mia. Ora levatevi dalle palle.

Ce ne ricorderemo, dice Keith Knox.

Visto il tuo stato, immagino di sì, Keith. È stata una bella riunione, ragazzi, molto sentita, ma abbiamo del lavoro da fare. Per cui fuori di qui.

Dopo aver ingerito mezzo piatto di pasta, Mace torna al suo articolo.

Gli incontri con Josephine Jenks e Anne Knox lo hanno innervosito. Nessuna delle due donne ha reagito come lui si sarebbe aspettato e se il caso delle Dales gli ha insegnato qualcosa è proprio che niente è mai come sembra. In queste zone remote, molte cose restano segrete, taciute. A Londra ci sono occhi e telecamere ovunque, ma quassù nei Pennini gli eventi clandestini cospirano per rimanere tali. Quando abbassa lo sguardo, Mace si ritrova in mano una bottiglia di birra.

Non sa come ci sia arrivata, ma la sua forma cilindrica si adatta perfettamente al palmo mentre le dita si chiudono sul vetro nero e freddo.

Non è stappata.

Non ricorda di averla tirata fuori dal frigorifero, eppure, tra il momento in cui ha mangiato e adesso, l'ha fatto.

Avrebbe bisogno di un apribottiglie. Da studente, usava i denti. Si è esibito un'infinità di volte in quell'impresa alle feste, finché non si è rotto un molare.

La sua mente è ora concentrata sulla sensazione della birra che scende in gola. L'effervescenza amarognola e il tenue inebriamento che cala come un aeroplano, un atterraggio morbido dopo la tensione di un lungo volo.

Gratta l'etichetta della bottiglia con l'unghia del pollice. La carta comincia a staccarsi.

Vede il suo riflesso nello schermo del computer mentre prende una sigaretta, l'accende e fa un tiro. Stringe ancora la bottiglia e continua a grattare l'etichetta con l'unghia del pollice.

Ha intervistato molte vittime di violenza nel corso degli anni e ne ha viste altre nei processi cui ha assistito, e tutte sembravano avere una caratteristica in comune: erano traumatizzate. Quell'esperienza le aveva cambiate e anche quando i loro aggressori erano stati arrestati, processati, condannati e incarcerati, la maggior parte di quelle donne aveva ancora paura. Una paura permanente che non le abbandonava mai. Le consumava dall'interno.

Come mai né Jo Jenks né Anne Knox gli hanno dato questa impressione? Pur essendo entrambe in preda a ogni sorta di emozioni contrastanti – sconfitta, rabbia, sfida, amarezza, rassegnazione, vergogna e, nel caso di Jo Jenks, ambizione – nessuna delle due sembra avere paura. Né covano un desiderio di vendetta.

Con la sigaretta che gli pende dalle labbra, Mace si alza, piega la testa per passare sotto l'architrave della porta e sale i gradini che portano sul ponte, sotto la pioggia. Si accovaccia e fa saltare il tappo della bottiglia sul bordo placcato di metallo del ponte.

Solleva la bottiglia, la tiene in alto e poi la inclina, la birra si rovescia rumorosamente nelle acque torbide del canale. Sta per lanciare la bottiglia, ma si ricorda delle anatre, delle arvicole d'acqua, dei cigni, dei martin pescatori, e la mette nel cassonetto del vetro da riciclare.

Tornato sottocoperta si siede davanti allo schermo per scrivere l'articolo sull'arresto di Garner, ma qualcosa lo trattiene.

Il buon senso.

Il buon senso lo trattiene, gli dice che questo è un vicolo cieco. Un punto morto. Non è Tony Garner il responsabile delle aggressioni e non verrà incriminato. La polizia può trattenerlo per ventiquattro ore e lo rilascerà in mattinata.

Mace spegne il computer e ascolta la pioggia cadere sul tetto. Beve una tazza di tè, si spoglia e va a letto e quando la pioggia si placa, ascolta gli altri rumori che arrivano da fuori, conscio del surplus di energia in lui e del lavorio del cervello che si è abituato a intorpidire con l'alcol.

Le oche canadesi, guardiane dell'alzaia butterata, starnazzano. Forse hanno percepito l'avvicinarsi di una volpe. Una minaccia in agguato tra le ombre.

Sente dei movimenti.

Un fuggifuggi e poi uno sbattere d'ali. Gli schizzi dell'acqua. Un ultimo grido solitario. Poi più nulla.

È un sonno profondo, ma con sogni inquieti, pieni di immagini disarticolate e spaventose che Mace non sapeva covassero nel suo subconscio.

Gli squilli del telefono lo svegliano dagli incubi. Resta per un attimo immobile, col fiato corto, come se qualcosa o qualcuno gli comprimesse il petto. Lo schermo è un rettangolo di luce bianca nella nera oscurità di una notte gelida.

Si gira su un fianco e ignora il telefono finché non smette di suonare. Venti secondi dopo squilla di nuovo.

Una notte, pensa. Solo una notte di sonno ininterrotto, non chiedo altro.

Prende la chiamata.

Roddy?

È Rosie Kemp.

Risponde, ma la sua voce è roca. Si schiarisce la gola. Ci riprova.

Rosie?

Senti, mi dispiace di aver chiamato così tardi...

Mace si strofina il viso.

Che succede?

Dormivi?

No.

Dalla voce sembra che stessi dormendo.

Forse avevo gli occhi chiusi.

Scusa se ti ho svegliato, allora. Stavo per mandarti un messaggio, ma ho pensato che fosse meglio fartelo sapere subito.

Cosa?

Lo rilasciano. Tony Garner.

Mace si strofina la faccia. Fissa l'oscurità della barca. Scosta una tenda. La luna non si specchia nell'acqua stanotte e per una volta il canale è immerso in una quiete assoluta. Non tira un alito di vento, nessun richiamo di uccelli notturni. Solo l'acqua nera del canale.

Perché, non è lui?

Perché è evidente che non è lui, dice Rosie Kemp.

La polizia del posto è sempre così incapace?

Temo di sì. Volevo solo metterti in guardia per il tuo articolo. Garner torna a piede libero domattina.

Non è un gran danno, dice. Non l'ho ancora scritto. A proposito, da chi lo hai saputo?

Da Alice Wagstaff. Mi ha detto che Bob Blackstone ha arrestato Tony dopo la soffiata di un amico di Garner.

Gli amici.

E può farlo? chiede Mace. Condividere questo tipo di informazioni con la stampa, intendo.

Per lei io non sono soltanto la stampa. Inoltre, tutti sanno che Garner è stato fermato. C'è stata un po' di maretta.

In che senso?

Keith Knox e la sua banda di invasati. Erano ubriachi fradici e hanno cercato di assaltare la Centrale. Volevano le palle di Garner per farci degli orecchini, dicono.

Mace sorride.

Una bella immagine.

Blackstone e Alice se la sono vista brutta. Dice che erano una ventina, gli idioti, e incazzati di brutto. Ma alla fine li hanno convinti a desistere.

E dove sono andati dopo?

Sono stati visti attraversare la città. Hanno preso il parco, diretti...

Fammi indovinare: a casa di Tony Garner.

Direi di sì.

Ma ora che viene rilasciato, Garner non è più nemmeno...

Tra i sospettati? No, ma non credo che a Keith Knox, Patch Healey e gli altri importi granché.

Malgrado abbia abbandonato da tempo il letto coniugale, preferendo passare le sue notti in un'umida roulotte all'altro capo della fattoria, Austin Thornby emette comunque un gemito di orrore quando vede la donna con cui è sposato da ventitré anni piegata in due su un cavalletto nella legnaia, dissanguata e afflosciata tra i montanti come un vestito buttato via. Il suono risale alla gola da una zona profonda del corpo, una bolla biliosa di emozioni inespresse e coltivate nel petto nel corso di una vita impregnata di stoicismo nordico.

La giugulare è tranciata così di netto che il sangue si è versato direttamente sui ciocchi che lo stesso Austin ha spaccato con l'accetta la primavera scorsa. La cima dell'ordinata catasta di legna è tutta macchiata di rosso.

Erano troppo giovani quando si sono sposati. Lei aveva diciassette anni, lui diciotto. Un passo prematuro e folle, ma i tempi erano diversi e per lui era almeno la prova, se mai ce ne fosse stato bisogno, che lei lo amava. Era a questo pensiero che si è aggrappato negli anni: che lei non lo avrebbe sposato a diciassette anni se non lo avesse amato. E se lo amava un tempo, poteva amarlo ancora. C'è sangue anche sulle pareti del capannone, grandi archi di sangue proiettati verso l'alto sulle pareti di truciolato al ritmo di un battito cardiaco che si affievolisce. Intorno a lei una pozza rossa, un fiore che delimita uno spazio di agonia. L'odore del sangue è insolito e tuttavia tangibile.

Sono stati felici per un po'. Lui lavorava come bracciante agricolo, lei seguiva corsi di contabilità e intanto mettevano soldi da parte.

Poi hanno comprato questa fattoria, la Slackholme, ma le rate del mutuo erano così alte che Austin doveva sgobbare dalla mattina alla sera per restare a galla. Ogni giorno si trovava ad affrontare nuove difficoltà, col rischio di finire nella merda. C'è stato il problema delle uova. Poi l'epidemia di afta epizootica. La riduzione dei sussidi. Il cambiamento di mentalità sulla produzione alimentare. Gli innumerevoli regolamenti dell'Unione Europea. I supermercati che dettavano i prezzi. I debiti che si accumulavano.

Gli animali che si ammalavano e la quantità di denaro speso per le cure veterinarie. E ancora alluvioni, siccità, gelate.

E poi i danni fisici: due dita finite nel pressafieno. Il dolore insopportabile alla schiena. Gli alluci schiacciati. La tendinite al gomito.

Per un breve istante, Austin Thornby pensa che sia un sadico scherzo della moglie, una sorta di macabra messa in scena parte di un'elaborata burla, e che da un momento all'altro lei si alzi in piedi e scoppi a ridere e dica *dovresti vedere la tua faccia* puntandogli il dito contro; oppure che un uomo della televisione sbuchi dal nulla con una squadra di tecnici al seguito. Ma è un pensiero fugace, perché scherzare non è da Kaye. Per dirla tutta, Austin non ricorda nemmeno l'ultima volta che hanno riso insieme.

Il gemito è reale però, un pianto dolente nel gelo del mattino.

Come previsto, l'eccitazione iniziale per la nuova vita come agricoltori di montagna è presto scemata, almeno per Kaye Thornby, che sognava vacanze e gite e serate a teatro, mentre c'erano maiali da nutrire, mucche da mungere e pascolare, galline da allevare e accudire, foraggio da raccogliere e granai da riempire, fienili da costruire e recinzioni da riparare, pozzi da scavare e macchinari da riparare e i banchi al mercato da gestire. Per non parlare del resto. Scartoffie a non finire. Le visite continue del fisco.

In fondo all'anima, Austin Thornby ha sempre saputo che quella dura vita avrebbe avuto la meglio su di loro. Glielo diceva l'esperienza di chi lo ha preceduto, generazioni e generazioni di agricoltori. Chi si batte per il benessere degli animali inveisce contro gli allevamenti, ma la vera vittima dell'imprenditoria agricola del ventunesimo secolo è il matrimonio. Pochi durano a lungo.

E così lui è stato esiliato nella roulotte abbandonata all'ombra di un boschetto per tanto di quel tempo che l'edera è cresciuta intorno ai telai dei finestrini e i cerchioni arrugginiti delle gomme sfondate sono affondati nel terreno acido della brughiera.

Kaye ha requisito la camera da letto per sé, i suoi libri e i due cani che ora dormono nel posto che un tempo era suo. Loro se ne stanno coi testoni sul cuscino a sbavare sulla federa bianca, mentre lui deve accontentarsi di un sacco a pelo nel suo alloggio di fortuna, a sentire la nidiata di topolini che gratta e squittisce nella ruota di scorta.

Sua moglie è caduta sul cavalletto o vi è stata messa, in modo che le braccia e i capelli aggrovigliati pendano davanti a lei. Il sangue le copre per intero il viso in un modo che si vede soltanto nei film dell'orrore. L'orologio del suo cuore si è fermato.

Una volta gli aveva detto che non gli sarebbe stato permesso di toccarla di nuovo finché non avesse pulito ogni traccia di sangue, fango, sporcizia e placenta da sotto le unghie e malgrado lui ci abbia provato con la pasta lavamani, la candeggina e altri detergenti, non è riuscito a liberarsene, quelle tracce erano diventate parte di lui, tanto che alla fine si è arreso.

Il sangue di Kaye si sta già asciugando e solidificando in una pozza dall'aspetto viscoso e il rumore che fanno gli stivali da lavoro con la punta di acciaio quando la suola di gomma si stacca da quella melma collosa è spaventoso. Solo un altro suono disturba il silenzio, il tubare ritmico e ripetitivo di un colombaccio in lontananza.

Il corpo cereo e svuotato di sua moglie sembra stare in punta di piedi, il sedere levato in aria in una posa suggestiva. Indossa la sua vestaglia e gli stivali Muckmaster che lui le ha regalato per il suo ultimo compleanno. E anche per gli altri.

Non osa toccarla, anche se ora può farlo, perché non sembra più reale. Sua moglie somiglia a un simulacro, un'effigie da bruciare sul rogo. Ma deve sapere. Deve vedere il suo viso un'ultima volta.

Austin Thornby sente la bile bagnargli la gola, un sapore orribile lo soffoca prima che lui riesca a deglutire. Non può muoversi. La cosa giallastra e incrostata davanti a lui ha le fattezze di Kaye, ma è soltanto un facsimile cadaverico della donna che ha smesso di amarlo da molto tempo, una versione rivisitata, dalla pelle grigia e sottile come carta, avvolta in uno straccio di spugna imbottito. È così priva di vita, pensa, che stenta a credere abbia mai potuto camminare, parlare o premere il corpo nudo contro il suo.

Perlomeno ai figli che non hanno mai avuto è stato risparmiato l'inferno di vedere la loro madre affogata nel suo stesso sangue, uccisa, forse, mentre prendeva qualche ciocco di legno a tarda notte.

Si sente in dovere di guardarla negli occhi un'ultima volta, anche solo per accertarsi che sia morta e malgrado sappia che quella vista lo perseguiterà per il resto dei suoi giorni, avanza nel sangue e le solleva delicatamente il capo.

In quel momento, un ultimo respiro fuoriesce come un sibilo dal petto di Kaye, facendo indietreggiare Austin Thornby bruscamente, mentre in un angolo della sua testa riaffiora per un attimo la convinzione che si tratti di una contorta beffa concepita per resuscitare il loro matrimonio defunto, nella speranza che vederla così avrebbe suscitato in lui una reazione emotiva attesa da anni, e soltanto quando la testa della moglie ricade all'indietro e un ultimo grumo di sangue scuro finisce in terra, Austin realizza che lei è morta in modo brutale, violento e implacabile e che lui sarà il primo sospettato.

# *Parte terza*

# 1.

La stretta conformazione della valle fa sì che anche il più piccolo rumore riecheggi lungo i ripidi pendii come il rullo di un tuono in una forra. Sull'unica strada principale che la attraversa, non è raro sentire le sirene, ma questa mattina ce ne sono molte. Più di quante se ne siano mai sentite.

Le loro urla sovrapposte creano una cassa di risonanza che accresce il senso di urgenza, fino a fondersi in un lamento funebre polifonico.

In Market Street, i primi venditori che allestiscono i loro banchi per offrire di tutto, dalle torte fatte in casa a manufatti campagnoli e vecchi tascabili con le pagine gialle come il burrito messicano, si fermano tutti a guardare le auto della polizia che sfrecciano, seguite da un'ambulanza, poi da un'altra. Molti di loro intuiscono cosa significa questa folle frenesia. Chi è ancora a letto viene svegliato dal rumore e il bagliore blu dei lampeggianti che danza sulle pareti buie della camera annuncia la notizia come un banditore muto.

Il sinistro corteo entra in città, svolta al semaforo, supera la curva a gomito, costeggia le dimore addossate una all'altra sul fianco della collina, accelera fino ai margini della città, all'altezza delle case a schiera occupate dagli hippy, poi sale fino al complesso residenziale di Greenfields e prosegue verso le colline più in alto e la brughiera dove si trovano le vecchie fattorie, lontane da tutto.

La intercetta mentre apre la porta per prendere la bottiglia lasciata dal lattaio.

Signora Knox?

Lei trasale, colta di sorpresa tra il gradino e la porta. Alza lo sguardo.

Mi perdoni, le dice. È presto, lo so.

Brindle azzarda un sorriso che si traduce soltanto in un contorcersi delle labbra, perché sorridere non gli viene naturale. La donna non vede altro che la sua stranezza: i capelli pettinati in modo impeccabile e la voglia sul viso. I muscoli che premono sulle cuciture della camicia bianca. La pelle così rasata da sembrare quasi femminile.

Anne Knox stringe la bottiglia tra le dita e sente il calore della mano sciogliere il gelo del mattino sul vetro.

Sì?

Sono un poliziotto, signora Knox.

Brindle nota con sorpresa che è più alta di quanto pensasse, quando lei si raddrizza. È più alta di lui, in effetti, malgrado sia ancora un po' ingobbita nell'accappatoio, con ai piedi grosse e incongrue pantofole verdi a forma di coccodrillo che in altre circostanze avrebbe potuto trovare divertenti.

Ho un paio di domande da farle.

Ho già detto tutto.

Anne Knox cerca a tastoni la porta dietro di sé e rientra in casa. Quel gesto consente a Brindle di scorgere la fasciatura che emerge dalla manica della vestaglia. Molti giri di garza stretti intorno al polso e alla mano, tenuti fermi da un nastro adesivo.

Come va la ferita? chiede indicando la fasciatura.

Lei alza un poco il braccio.

Sta guarendo, risponde voltandosi da un'altra parte.

Immagino che le abbiano già parlato del risarcimento.

La donna esita. Il suo silenzio è esplicito.

Brindle si acciglia e fa un verso di disapprovazione.

Non gliene hanno parlato?

Anne Knox torna a guardarlo e scuote la testa. Un movimento remissivo, pressoché impercettibile, ma per Brindle è sufficiente, una piccola incrinatura che presto diventerà una crepa consentendogli di penetrare nel suo guscio emotivo.

Signora Knox, temo che i miei colleghi non abbiano svolto a dovere il loro compito, se non è informata del denaro stanziato per chi è vittima di un reato. Come minimo si ha diritto a un risarcimento per i beni rubati o danneggiati. Come minimo, dico. Vestiti rovinati, gioielli mancanti e cose simili. Ma non è che una piccola compensazione per un'esperienza che deve essere stata più spaventosa di quanto io possa immaginare.

Lascia passare qualche secondo prima di continuare.

C'è inoltre la possibilità di un ristoro per i mancati guadagni, per non parlare delle spese mediche, una fisioterapia per dire, che lei potrebbe affrontare insieme ad altri costi aggiuntivi. Spostamenti e simili. Ma anche questo è marginale rispetto alla voce principale, i danni fisici ed emotivi subiti, signora Knox. Un trauma di questa portata richiede un'adeguata compensazione economica.

Anne Knox è ancora ferma sul gradino d'ingresso.

Di che cifra parliamo?

Non saprei dirle. Una lesione come la sua...

Brindle dilata i tempi, mentre studia il volto della donna. Ne incrocia lo sguardo. Lei sbatte le palpebre e si volta altrove. Osserva la strada, il cielo, i suoi piedi.

In realtà, avrei bisogno di più dettagli per una stima corretta, dice Brindle. Ma non è raro che le vittime di casi come il suo ottengano dalle centomila sterline in su.

Lei alza lo sguardo su di lui.

Anche duecentomila?

Brindle la fissa negli occhi per qualche secondo. La scruta. La scandaglia. Annuisce.

Ma solo se la polizia arresta il colpevole, dico bene?

Non necessariamente, risponde. Il risarcimento non dipende sempre da una condanna. Lo scopo è aiutare la vittima a ricostruirsi una vita.

Fa un'altra pausa, senza staccare lo sguardo. Anne Knox osserva la sua voglia.

O a iniziarne un'altra, aggiunge. Quel denaro è per lei, solo per lei. È un peccato che non possa averlo anche la signora Thornby.

Lei alza lo sguardo.

Kaye Thornby?

Sì.

Perché, che le è successo?

Oh no, dice Brindle. Non ha saputo?

Dopo tre tazze di caffè, cinque sigarette e due Pop Tarts, Roddy Mace lascia la barca per andare al giornale. Avrà dormito un'ora o due al massimo dopo la chiamata di Rosie Kemp per poi alzarsi dal letto e raggomitolarsi avvolto nella coperta accanto alla stufa, dove ha guardato il fuoco spegnersi.

Piove e le pozzanghere che deve schivare sull'alzaia sono sempre più larghe. Mentre attraversa il parco, vede un uomo che porta a spasso il cane lanciare una palla.

Te l'avevo detto che Tony Garner era un capro espiatorio, esordisce entrando in redazione. Te l'avevo detto.

Malcolm Askew è già lì e anche Abrar Sharma è alla sua scrivania in fondo alla stanza.

Sta succedendo qualcosa di grosso, dice Mace ad Asker, lasciando cadere la borsa a terra e accendendo il computer.

Askew si avvicina appoggiandosi sul bordo della scrivania di Mace, tenendo appesa al dito una tazza vuota.

Tipo cosa?

Mace apre diversi file.

Come ti ho detto, sono stato da Jo Jenks. Ho parlato con Anne Knox e con quel coglione di suo marito e anche con Bob Blackstone. E non sono venuto a capo di niente. Niente sembra vero. Nessuna delle donne reagisce come ci si aspetterebbe.

E come pensi dovrebbero reagire?

Non lo so, dice Mace. Orrore, paura, ansia? Dispiacere, rabbia. Emozioni umane anziché avidità.

Avidità?

Jo Jenks che firma per il «Sun», per cominciare. Che cazzo vuol dire?

È proprio da Jo Jenks invece.

Mace guarda il direttore.

A proposito, mi ha parlato di te, Mal. Mi ha detto che ti conosceva.

E allora? Non te l'ho tenuto nascosto, mi sembra.

Ha fatto capire che non si tratta di una semplice conoscenza, ma di un legame. Qualcosa di intimo.

Ah, Be'.

Askew distoglie lo sguardo. Fa oscillare la tazza appesa al dito e si aggiusta la cravatta. La sua pancia preme sulla camicia bianca e inamidata.

Ha parlato benissimo di te, comunque sia. Non state più insieme da molto, vero?

Askew lancia un'occhiata ad Abrar Sharma, poi abbassa la voce.

Va bene, ammette. Sono stato con Jo per un po'. Ma questo non fa di me un sospettato, no?

Non ho mai detto che tu fossi un sospettato. So solo che tu...

Che io cosa?

Mace lo guarda. Alza un sopracciglio.

Che avete fatto ginnastica insieme.

La voce di Mal Askew si riduce a un sussurro.

Dillo ad anima viva e ti...

Non preoccuparti. Non mi interessa cosa combini fuori del giornale.

A me sì, dice il direttore. Sono sposato, ricordi? E comunque non t'ho mai chiesto niente sulla tua vita privata o sbaglio?

No, mi hai preso per il culo però.

E per una buona ragione. Dio solo sa cosa combini a bordo di quella barca.

Non combino un cazzo di niente. Purtroppo.

In ogni caso non mi importerebbe, dice Askew. Questo è il punto. Sono di larghe vedute.

Mace scoppia a ridere. In quell'istante, all'altro capo della stanza, squilla un telefono. Abrar Sharma risponde. Ascolta, annuisce, dopodiché chiama il direttore.

Capo.
Solo un minuto, Abs.
Credo le interessi.
Che c'è? chiede Mal Askew, allontanandosi dalla scrivania di Mace.
Un'altra.
Un'altra cosa?
Un'altra donna.
Mace fa ruotare la sedia e si alza in piedi.
Aggredita?
No, dice Sharma. Morta.
Morta? Sei sicuro? chiede Askew. Chi è?
Mace indica la cornetta in mano a Sharma.
Chi è al telefono? chiede.
Rosie. Sta arrivando.
Askew fa per prendere la chiamata, ma Mace lo anticipa con uno scatto e strappa la cornetta dalla mano di Sharma.
Rosie? Sono Roddy. Che cosa sai?
Hanno trovato una donna.
Il redattore si china per attivare il vivavoce.
Rosie, sono Mal. Chi è? Chi è morto?
Attimi di silenzio.
Una donna.
Chi?
Quando riprende a parlare, Rosie ha la voce spezzata.
Dicono che è stata dissanguata come un maiale.
I tre uomini si guardano tra loro.
Merda, dice Sharma.
Cristo, dice Mace. Ecco il perché di quelle sirene. Qui in città?
No, sulle colline. In una delle fattorie.
Quale? chiede Askew.
Non ne ho idea. Ma a quanto pare non è un bello spettacolo.
Chi è?
La moglie di un contadino, non so altro.
Di mogli di contadini ce ne sono a carrettate da queste parti, si lamenta Askew. Non hai un nome?
Mi dispiace, Mal. Questo è quello che ho sentito.

Da chi?

Da Alice Wagstaff, in Centrale. Aperta in due, ha detto. La donna era aperta in due.

Chi l'ha trovata? chiese Mace.

Suo marito, credo.

E chi è?

Non lo so, Roddy. Alice mi ha chiamato pochi minuti fa e ora chiamo voi. Dice che chi è andato sul posto ha faticato a non vomitare la colazione.

È stata squarciata anche lei?

Mi pare ovvio.

Con un coltello, intendo, precisa Mace.

Be', sì. Forse. Non lo so. In che altro modo si potrebbe...

Rosie non può vedere Mace alzare le spalle. Non lo vede scambiarsi un'occhiata con gli altri due.

Non lo so, dice Mace.

Un attrezzo elettrico, interviene Abrar Sharma. Gli agricoltori hanno aggeggi di ogni tipo.

Oppure uno di quei cosi per affettare i tacchini, suggerisce Mace. Com'è che si chiamano?

Non è uno scherzo, dice Rosie Kemp in vivavoce.

Mace guarda ancora i colleghi.

Non sta ridendo nessuno, dice.

La porta d'ingresso è socchiusa e porta i segni dei calci. Sette fori aperti con la punta di uno stivale e, intorno ai fori, una macchia di fango impressa da una suola di gomma. La maniglia è mezza strappata, tenuta ancora al suo posto da viti piegate e dalla placca di metallo ormai contorta.

*Oh no.* Tony Garner pronuncia quelle parole ad alta voce, tradito ancora una volta dalla sua bocca, incapace di controllare le emozioni.

Resta immobile sul pianerottolo per un attimo, poi si avvicina alla porta. La spinge con la punta delle dita e sbircia all'interno.

C'è qualcuno?

Nessuna risposta.

Ho un coltello, bastardi, dice, prima di ricordarsi che non ha affatto un coltello. Una volta tanto.

Il suo primo pensiero è: chi è stato? La banda di Keith Knox, probabilmente. Oppure la polizia.

Sì, forse è stata proprio la polizia. Blackstone e i suoi. Gli hanno distrutto casa per la frustrazione. Per dargli una lezione. Perché ha confuso le loro indagini e perché hanno deciso che lui è il colpevole e ora faranno di tutto perché sembri tale. O per rendergli la vita un inferno quantomeno. O per stanarlo dalla valle come fanno i furetti coi conigli.

Per un breve momento si convince che sia così. Gli sembra evidente che sarebbe stato l'ideale, per loro, se ad aggredire Jo Jenks, e anche l'altra, fosse stato lui. Avrebbero chiuso il caso in fretta e fatto bella figura e la città avrebbe dormito sonni tranquilli sapendo che quel drogato di Tony Tremarella aveva dato di matto e fatto ciò di cui certe persone lo ritenevano da sempre capace.

Solo che, a quanto pare, è stata aggredita una terza donna – ne ha sentito parlare alla centrale. Dopo mezza nottata di interrogatorio si è sentito così esausto e disorientato che riusciva a pensare una cosa sola, dire loro sì, va bene, sono stato io, se è questo che volete sentire, purché lo rilasciassero in libertà provvisoria e lui potesse tornare a casa per dare da mangiare a Earl e accendersi un cannone e dimenticare tutto. Ma proprio quando lui era pronto a firmare qualsiasi carta gli avessero messo davanti, lo avevano piantato lì da solo per sbatterlo fuori mezz'ora dopo senza una parola di scuse o di spiegazione, niente.

C'era un gran trambusto mentre lui se ne andava. Lo ha visto. Ha sentito le sirene e gli stivali in corridoio. Le grida. Uomini e donne mobilitati che si infilavano i giubbotti protettivi e prendevano i taser da un armadietto chiuso a chiave.

Perfino quel grassone di Bob Blackstone era tornato di corsa in centrale, ancora mezzo addormentato e scapigliato e con la camicia abbottonata alla cazzo.

Che succede? aveva chiesto Tony al poliziotto che non lo aveva degnato di alcuna risposta. Si era limitato a guardarlo storto mentre gli passava davanti, la faccia grigia e il fiatone. A un tratto era come se Tony fosse diventato invisibile.

E ora questo.

Entra in casa e vede il macello. Sembra passata una mandria di buoi. In soggiorno il vento solleva la tenda, che svolazza sulla finestra rotta impigliandosi ai pezzi di vetro rimasti nel telaio.

Il tavolino è stato rovesciato e il divano sventrato, rivoltato come un calzino, rigurgita l'imbottitura.

I suoi poster – quello di un rave a Halifax; uno con Serena Williams in costume da bagno dorato su una spiaggia; una grande tavola illustrata sulle diverse specie di pesci, che aveva da quando era bambino – sono tutti strappati. In cucina hanno rotto piatti e bicchieri e spaccato le tazze e rovesciato in terra cereali e latte e cibo per cani. Earl, il terrier, si aggira in quel bordello e lecca il latte, guardandolo, all'apparenza imperturbato. In un angolo, sul pavimento, accanto al frigorifero con la porta spalancata, è deposto uno stronzo ancora fresco e di origine sconosciuta.

Tony si accovaccia e annusa e prova un certo sollievo nel percepire un vago aroma canino. Non è un escremento umano. Sente un odore appiccicoso simile al catrame e gli sfugge un nuovo gemito quando vede che il suo narghilè, perno di tante notti insonni, è in mille pezzi a lato del frigorifero in una pozza d'acqua sporca. Non è opera della polizia. Sono figli di mignotta ma non arrivano a tanto.

Bob Blackstone deve aver mandato qualcuno a cercare nel tombino in cui non c'è più nessun coltello.

Tony è pronto a scommettere che un uomo con stivaloni di gomma e un'attrezzatura speciale fosse già sceso là sotto quando quei due sbirri lo hanno interrogato. Non avevano trovato niente ma hanno comunque provato a torchiarlo per vedere se saltava fuori qualcosa. E ora che un'altra donna è stata aggredita, lui ha il migliore degli alibi: ha trascorso la notte in Centrale. Sotto i loro occhi. E del coltello nessuna traccia, sparito.

Gli vien quasi da ridere. Li ha fregati.

Chi è lo scemo sceso dai monti adesso? dice alla cucina, al cane, al caos.

Ma se non sono stati gli sbirri a devastargli casa, chi è il responsabile?

Prende il cane in braccio e gli strofina la faccia sul muso.

La camera è condizioni analoghe. Il materasso squarciato, fatto a pezzi, rovesciato e bagnato di piscio. Ogni cosa è strappata e sventrata. CD spezzati che riflettono i colori dell'arcobaleno nella fredda luce del mattino. Vestiti ridotti a brandelli. L'armadio rivoltato. La sua vecchia attrezzatura da pesca è sparsa ovunque, in un groviglio di fili e galleggianti, ami e pallini di piombo. Il cane lo ha seguito e attende al suo fianco, sospirando in silenzio, finché Garner lo solleva di nuovo e si lascia leccare le guance, il naso, gli occhi e la bocca. Lo gratta dietro le orecchie.

Stranamente, di fronte a quel caos, resta comunque impassibile. Forse è per il sollievo di non essere coinvolto in un tentato omicidio.

Poi si ricorda.

Corre al ripostiglio dei panni. Tira via la pila di stracci sporchi ammassati sul fondo, solleva l'assicella allentata, allunga un braccio nel buio finché con la mano non tocca un vecchia gavetta militare. L'estrae dal nascondiglio e l'apre. La scorta segreta di erba è ancora lì, insieme ai suoi tre coltelli preferiti e alcuni gingilli a cui attribuisce un valore sentimentale: un teschio di ermellino, carte da gioco porno, vecchie monete da sei penny regalo del nonno. Si toglie la maglietta, ci si pulisce le ascelle, prende Earl, va in soggiorno e si butta di peso sui resti del divano. Sprofonda in una posa scomposta prima di rollarsi una canna.

In quel momento vede spuntare da sotto il divano un vecchio berretto schiacciato che pensava di aver perso mesi, se non anni fa. Lo raccoglie e quando lo batte sul bracciolo, una nuvola di polvere si alza nella luce del mattino. Gli ridà la sua forma e se lo mette in testa, un po' di sbieco, poi accende la canna e si abbandona sullo schienale, con il cane che già russa, piano come un motorino, accoccolato sulle sue gambe.

L'assassinio di Kaye Thornby è il terzo titolo del telegiornale della BBC e della ITV dell'ora di pranzo: *Donna uccisa nell'ennesimo accoltellamento in un'idilliaca cittadina di campagna*. Al «Valley Echo», Malcolm Askew, Abrar Sharma e Rosie Kemp guardano il servizio sul televisore fissato alla parete. Josephine Jenks lo guarda invece nella sua stanzetta nel complesso residenziale di Greenfields, con la mente annebbiata dal Tramadol e una mezza bottiglia di brandy che tiene sotto il cuscino. Al piano di sotto, il figlio Craig sente la notizia mentre rovista in una scatola di vecchie cassette VHS nascosta nell'armadio sotto le scale.

Anne Knox viene a conoscere altri dettagli sulla morte della moglie del fattore dalla radio; e suo marito Keith sente per caso una conversazione sull'omicidio mentre è nel retro del Barghest, intento a scolarsi il primo drink della mattina. Jeremy Fitz, il corrispondente del «Sun», attraversa in auto la brughiera di Saddleworth quando la radio perde il segnale nel punto più alto di quelle lande solcate da strisce nere di terra bruciata, tra schiere di tralicci che si stagliano come giganteschi automi paralizzati dalla ruggine dopo anni di pioggia. Austin Thornby è invece seduto in cucina, accanto alla finestra che si affaccia sull'aia ora delimitata dal nastro della polizia, e alza lo sguardo quando Bob Blackstone, che un tempo usciva con sua sorella ed era due anni dietro a lui a scuola, entra nella stanza e chiude silenziosamente la porta, per poi avvicinarsi e posargli, per un attimo brevissimo, la mano sulla spalla.

Ed è mentre guarda i filmati della notizia al telefono, camminando per la città sotto la pioggia, che Roddy Mace viene colpito dal nome del contadino. Austin non è comune, eppure gli suona familiare. L'ha già sentito. È stato pronunciato in sua presenza.

Passa in rassegna i suoi ricordi recenti e ha un lampo. La voce dell'altra donna. Al caffè. La conversazione che ha origliato, sempre quella.

*Non c'è nessun accidenti di lieto fine quando Austin mi chiede di massaggiargli le spalle, te l'assicuro.*

Era lei. La donna che sparlava di Josephine Jenks con Anne Knox era la moglie del fattore.

Torna a scorrere il telefono. Recuperata la registrazione, la riascolta mentre piccole gocce di pioggia colpiscono lo schermo.

Al «Valley Echo» si tiene una riunione che nessuno ha convocato; non ce n'era bisogno.

Dov'è Roddy? chiede Mal Askew.

Fuori, risponde Rosie Kemp.

Be', fatelo tornare qui il prima possibile, perché questa non è più una storia locale. Va ben oltre una doppia pagina del nostro giornale. Non lo pensate anche voi?

Sì, certo.

I tabloid ci andranno a nozze, ma questa è la nostra valle, la nostra città, la nostra storia.

Fatto, annuncia Rosie Kemp, che ha appena mandato un messaggio a Mace.

Cosa sappiamo dei Thornby? chiede Abrar Sharma.

Sappiamo che Austin è stato portato in Centrale, ma questo era ovvio.

Dunque è lui?

Mal Askew scuote la testa.

Stento a crederci. Austin è un buon diavolo. Taciturno, ma un uomo affidabile. Niente a che vedere con Keithy Knox e compagnia. Non è suonato. Lavora sodo, Austin. Manda avanti la fattoria Slackholme da una vita. Rosie, avrò bisogno del tuo aiuto per il resto della settimana. Abbiamo sessantotto pagine da riempire. Parliamo di omicidio adesso e per quanto detesti ammetterlo – e lo ammetto soltanto perché lui non è qui – Roddy aveva ragione: chi ha fatto questo a Kaye, provandoci prima con Jo e Anne Knox, è uno della valle. È tra noi. L'assassino è uno di noi.

Parla per te, dice Rosie Kemp mentre il suo telefono vibra e dà un'occhiata ai messaggi in arrivo.

Sai cosa intendo, replica Askew. Bob Blackstone e i suoi sono degli incapaci. Noi giornalisti dobbiamo usare le nostre risorse: i contatti, l'esperienza e anche il tatto. La cortesia ha ancora il suo valore da queste parti. Allora, Rosie, sei riuscita a parlare con Roddy?

Sarà qui a minuti.

Ottimo. Dunque, ecco il piano: prima andremo da Tony Garner. Rosie, tocca a te presentarti a casa sua senza preavviso. Ma fa' attenzione. Portati Roddy magari. Dobbiamo poi saperne di più su Kaye e Austin Thornby. Abs, fai un giro di telefonate, raccogli informazioni e scrivi un pezzo. Poi occupati delle pagine sportive. Rosie, mi servirebbe anche che chiamassi la tua amica alla Centrale. No, meglio ancora, portala a pranzo e scopri come va con la scientifica su a Slackholme. Lavoratela bene. Solleticale la passera, se necessario.

Rosie Kemp fa una smorfia, mentre il direttore continua.

Vedete se c'è qualche legame tra Kaye Thornby, Jo Jenks e Anne Knox. A parte che sono state aggredite.

Askew controlla l'orologio per poi strofinarsi la barba che comincia a spuntargli sulle guance.

Dove diavolo è Roddy?

Non me l'ha detto, risponde Rosie.

Bene, ci riuniamo di nuovo alle cinque. E ricordate, il mondo ci guarda.

E tu? chiede Sharma. Che farai intanto?

Guardo il telegiornale della sera. La BBC.

Con quella camicia? dice Rosie, incredula.

Perché? Cos'ha che non va?

Le macchie di sudore si vedono lontano un chilometro.

Askew alza le braccia e osserva le chiazze scure.

Hai ragione. Accidenti. Qualcuno ha del deodorante?

Sarebbe meglio un fiammifero e della paraffina, dice Rosie, mentre lei e Sharma tornano alle rispettive scrivanie.

Parliamo dei sospettati, Roddy. Fammi una lista.

È nell'ufficio di Mal Askew e si scuote i capelli bagnati mentre cerca di riprendere fiato dopo aver corso sotto la pioggia per tornare al giornale.

Una lista?

Sì. Il telefono continua a squillare. Mi chiamano televisioni e radio per avere notizie, e la risposta è sempre la stessa: non ne so abbastanza.

Ok.

Allora?

Be', Tony Garner, per cominciare, ma neanche la polizia crede ne sia capace. Inoltre, se partiamo dal presupposto che le aggressioni sono collegate, lui era in Centrale mentre avveniva la terza, per cui ha un alibi perfetto. Direi che Keith Knox è in cima alla lista. Seguito a ruota da Austin Thornby, ovviamente.

Askew scuote la testa.

Non ce lo vedo. Austin che fa una cosa simile.

Anche se sua moglie è stata trovata a pochi metri da dove lui dormiva, in una vecchia roulotte scassata? Vuol dire che erano in crisi, che erano separati.

Non hai tutti i torti, ammette il redattore. Non escluderei nemmeno Craig Jenks.

Il figlio di Jo?

Non può non starci, sulla lista, dice Askew. Ha dei problemi e si capisce perché. Insomma, Josephine mi è simpatica, ma il padre del ragazzo non che è una goccia in un oceano di sperma.

Che bella immagine, commenta Mace. Poetica.

Volevo solo dire che certe storie sono impossibili da cancellare.

Comunque. Potremmo includere chiunque sia associato a Keith Knox.

E cioè?

Tutta la gente con cui è cresciuto. Un lista lunga quanto il tuo braccio.

Mace estrae il taccuino e legge ad alta voce i nomi che ha annotato.

John Rooney. Ray Simmons. Steve Haslett. Reuben Smithson. Ti dicono qualcosa?

Sì. Reuben Smithson è Sharky Smithson, lo Squalo. Ray Simmons è meglio conosciuto come Arma letale.

Roddy Mace continua.

Jaff Parsons. Peter Drummond. Wayne Grady.

Askew annuisce.

Frank Michaelson, dice Mace.

Non lo conosco, ma gli altri ne sarebbero capaci.

E Patrick Healey.

Ah, Pat. È marcio fino al midollo, quello. Ne abbiamo almeno una dozzina. Solo per citare quelli più ovvi. E soltanto tra quelli che conosciamo.

Quelli che conosciamo, ripete Mace. Quelli scontati. Ma per quanto ne sappiamo potrebbe essere anche Bob Blackstone.

Potrebbe, ma ne dubito.

O tu, per esempio.

O tu, ribatte Askew. Ma non torniamo su questo argomento. Non ora. Anche se non credo che tu ne sia capace. Per quel che può valere.

Grazie. Lo credo anch'io, dice Roddy Mace mentre il suo telefono squilla.

Dà un'occhiata e nota una crepa simile a un fulmine nello schermo che non ricorda di aver visto il giorno prima. È un numero sconosciuto. Probabilmente una telefonata pubblicitaria, pensa, e perciò la ignora.

Ci serve di più, comunque sia, dice Askew. Molto di più. Non hai contatti a cui attingere? Che ne è del tuo amico ispettore?

Pochi secondi dopo il telefono di Mace squilla di nuovo.

Askew guarda Mace.

Non rispondi?

Mace scuote la testa e rifiuta la chiamata, ma nel giro di un attimo il telefono si mette a squillare per la terza volta.

Rispondi, cazzo.

Mace esce dall'ufficio e accetta la chiamata ma senza dire niente.

Dall'altro capo del filo arrivano soltanto rumori. Chiunque sia è all'aperto. Si sente la pioggia e il vento. Un fruscio. Un movimento. Ma nessuna parola.

Pronto? dice infine, infastidito per essere stato costretto a parlare per primo.

Bene, chiarito che non è stato il ragazzo, possiamo andare oltre.

La voce è ferma, sicura. Si distingue con nettezza dai rumori di fondo.

Cosa? dice Mace. Chi parla?

Ha un alibi inattaccabile, dice l'uomo. Era in una cella al momento del delitto. Anthony Garner, intendo. Spero proprio che tu non stia pensando di scrivere un articolo su di lui, perché con ogni probabilità sarà inesatto oltre che già superato dai fatti.

Mace capisce che è lui.

Parli del diavolo, dice. E spunta quello stronzo di James Brindle.

La persona all'altro capo replica schiarendosi la gola.

Stavi scrivendo un articolo sul ragazzo fermato come sospettato, vero?

No, dice Mace con una veemenza forse eccessiva. Cioè...

Cerca le parole. Il tempismo di Brindle non è soltanto perfetto ma inquietante. È come se stesse origliando o in paziente attesa del momento giusto per farsi sentire.

Ti saranno fischiate le orecchie.

Brindle resta in silenzio.

Stavo per scrivere un pezzo sull'arresto del ragazzo, dice. Ma ora non più. In realtà parlavo di te.

Bene. Perché è ora di cambiare approccio.

Credo di sì. Ma perché chiami me?

Un nuovo silenzio, più lungo questa volta.

Ho seguito il caso da vicino, dice Brindle.

Sei sparito per un anno. Non una telefonata, un'email. Niente. E ora te ne esci così, con questa chiamata?

Pensavo avresti apprezzato un mio aiuto.

La polizia lo apprezzerebbe di sicuro. I tuoi colleghi brancolano nel buio.

Non sono miei colleghi.

Sei un ispettore. Quindi sono tuoi colleghi.

Ancora una volta Brindle resta in silenzio. Ancora una volta Mace non sente nulla a parte il vento.

Vedo che non hai ancora affinato le tue doti di conversatore.

Hai altri nomi?

Altri nomi?

Di possibili sospetti. Ho visto che il «Sun» ha dato molto spazio a Josephine Jenks. E anche un paio di altri tabloid si stanno concentrando su di lei. Non l'hanno intervistata, ovviamente, ma poco cambia. Dev'essere fastidioso per te. Voglio dire, il personaggio ha trascorsi senz'altro coloriti sul piano giornalistico e capisco perché insistano su di lei. C'è tanto su cui lavorare. Poi abbiamo

Anne Knox. A meno che i media – i tuoi colleghi – non abbiano tenuto per sé informazioni cruciali, mi sembra evidente che qualcosa non torni nella sua reazione. Per quello che si legge sulla stampa. Suo marito merita certo attenzione, ma suggerisco di allargare il quadro prima di imboccare una strada che potrebbe rivelarsi un vicolo cieco. E veniamo all'ultimo caso, il peggiore, la moglie del contadino. Uccisa. Che sappiamo del marito, Austin Thornby?

Che sappiamo? Perché cazzo parli al plurale? Non ti sento da quando hai dato di matto nelle Dales, più di un anno fa, e ora mi chiami come se niente fosse? Dove sei stato comunque sia? Ho provato a cercarti alla Cella Frigorifera, ma ho trovato un muro. Nessuno sapeva niente. Ho sentito solo voci.

James Brindle tira su col naso.

Le voci non sono mai una fonte attendibile, dice. Non hai imparato la lezione?

Non avevo altro. È vero che la Cella Frigorifera ti ha mandato a regolare il traffico?

Un breve silenzio.

Come procede il tuo libro? chiede Brindle. Ho letto del contratto sul «Bookseller». Pensavo che mi avresti chiamato per un contributo. Avrei detto di no, ovviamente, per ragioni professionali, ma sarebbe stato comunque gentile chiedermelo.

Forse lo avrei anche fatto se tu non fossi sparito dalla circolazione. Che diavolo hai combinato in tutto questo tempo? Ho sentito che non saresti stato reintegrato.

Brindle risponde a voce bassa.

Mi sono riposato.

In altre parole, hai chiuso.

No, dice Brindle. Poi con più sicurezza: no. Non ho affatto chiuso. Hanno solo insistito perché prendessi le ferie che avevo accumulato. Nient'altro.

Non oso immaginare cosa possa essere la vita di James Brindle con del tempo libero a disposizione, ironizza Mace. Da dove chiami?

Da qui.

Ovvero?

Sono in città.

Quale città?

La tua. Sono qui. Dietro il vostro giornale.

Mace esita.

Ma perché?

Pensavo di dare una mano.

Una mano?

Sì. Ti ho visto lavorare l'ultima volta, ricordi, e francamente i tuoi metodi lasciano parecchio a desiderare. Che tu sia riuscito a ottenere un contratto è per me un mistero, ma è chiaro che finirà in un disastro. Ho letto quel che hai scritto su queste aggressioni: robetta insignificante. Penosa, per dirla tutta. Desumo alzerai un po' il tiro, ora che c'è di mezzo anche un omicidio. Dicono che hai smesso di bere.

Ho smesso, sì, conferma Mace, colto di sorpresa.

Allora è il momento di metterti alla prova. Sei uno scrittore ambizioso, dunque devi ricomporre il puzzle. Un caso come questo potrebbe fare di te un giornalista. Sempre che tu abbia ancora il fuoco sacro.

Sei venuto quassù perché abbiamo un cadavere fresco? Od operi sotto copertura per la Cella Frigorifera? È di questo che parliamo? Perché quando si trattava ancora di banali aggressioni non si è visto nessuno. Ho come l'impressione che tu sia qui per avere da me informazioni che il tuo dipartimento non ha. Se davvero è così, la Cella Frigorifera è messa male quanto la tua carriera. E la mia.

Brindle esita un attimo.

No. No, non esattamente.

Allora cosa?

Possiamo incontrarci?

Mace sbuffa.

Hai intenzione di darmi buca come l'ultima volta?

Sente Brindle respirare all'altro capo del filo. Aria che viene risucchiata.

Non capisco cosa intendi.

Un anno di silenzio dopo quel che è successo, ecco cosa intendo. Mi hai piantato in asso e da allora non ti ho più sentito.

Non ero nella situazione ideale.

Nemmeno io lo ero. Stavo guardando un bacino idrico che veniva prosciugato per recuperare dei cadaveri. Non era una questione di giustizia, ispettore. Eravamo soltanto io e te. E poi io e basta.

Visto che Brindle resta in silenzio, Mace sospira di nuovo.

Quando vuoi che ci incontriamo? Ora?

No, non ora. Pensavo tra tre o quattro minuti.

Mace si concede un momento per pensare.

Sono nel bel mezzo di...

Nel bel mezzo di niente, lo interrompe Brindle. Va bene, facciamo tra mezz'ora.

Segue un altro momento di silenzio e poi l'ispettore riaggancia.

## 2.

Si incontrano in un caffè vicino alla piazza.

Brindle arriva per primo e mentre aspetta Roddy Mace, controlla l'iPad per vedere se ci sono novità su Kaye Thornby e vede che i dati sono stati aggiornati. L'agente della scientifica ha caricato i primi risultati sul server. Alla vista del suo nome, Brindle sorride.

Claudia Graves.

Sta chiudendo l'iPad quando Mace entra e lo trova seduto con la schiena dritta. In tiro come sempre, pensa il giornalista. E sembra anche un po' palestrato. È più muscoloso di come lo ricordava. Più carico.

Davanti a sé ha una teiera da cui esce vapore che gli appanna gli occhiali, che si toglie e pulisce mentre Mace ordina un caffè al banco e lo porta al tavolo. Si siede. Brindle armeggia per qualche istante con la saliera e la pepiera, le solleva di un paio di centimetri e le sposta, allineandole. Si decide infine ad alzare lo sguardo e dice. Sei in ritardo. Sono qui da quaranta minuti.

Non ricordo che avessimo fissato un orario preciso, risponde Mace.

L'avevamo fissato. Sembri meno sbronzo dell'ultima volta, è già qualcosa.

E tu meno schizzato, ribatte Mace.

Eravamo entrambi stanchi.

La si potrebbe mettere in questo modo.

Perché ci hai messo tanto ad arrivare?

Perché ci hai messo tanto a chiamarmi?

Brindle non risponde e intanto Mace ripensa al rapporto frustrante che ha avuto con quest'uomo così complicato.

Qual è il vero motivo per cui sei qui?

Brindle fissa la saliera e la pepiera. Si ostina a non parlare.

Perché non hai di meglio da fare, vero?

Il poliziotto è sul punto di parlare ma cambia idea. Si morde il labbro, prende la tazza e beve un sorso di tè.

Queste donne, dice. Non torna niente. Lo si capisce anche a chilometri di distanza. Una sensazione fastidiosa, come infilarsi in un letto sfatto.

Una volta mi hai detto che le sensazioni non avevano posto nelle tue analisi. Pensavo ti fidassi solo dei fatti.

Lo penso ancora, ma ho allargato la mia prospettiva.

Nelle indagini? O anche nelle relazioni personali?

La domanda sembra confondere Brindle, che si limita a scuotere la testa.

E che intendi esattamente quando dici che non torna niente? Cose di questo tipo accadono di continuo. Non da queste parti, lo ammetto. Ma accadono.

No.

No? Tutto qui: no e basta?

No.

Brindle beve un altro sorso di Earl Gray, posa la tazza e la ruota di novanta gradi sul piattino.

Tre aggressioni in un posto come questo sono un evento raro, e posso anche dimostrartelo, se vuoi. Ho fatto delle ricerche.

In cambio di cosa? Voglio dire, quanto mi costerà?

Brindle sembra un po' ferito da quelle parole.

In cambio di niente. Non tutto ha un prezzo, sai.

Sono tutto orecchi allora.

Ci sono molte cose da considerare, dice il poliziotto. Sto elaborando una teoria.

Una teoria. Fantastico.

Ma potrebbe volerci un po'.

Posso restare finché il mio caffè non si raffredda.

Brindle lo guarda in viso. Lo osserva impassibile finché Mace non si volta da un'altra parte, innervosito.

C'è chi ha ancora un lavoro, dice. Devo andare da Tony Garner tra poco.

Lascia perdere Garner. Dimenticalo, non c'entra niente. È un dettaglio. Una distrazione, se preferisci.

Come fai a saperlo?

Ho scavato un po'.

Anch'io, se è per questo. E so per certo che c'è un legame tra Anne Knox e...

Kaye Thornby? dice Brindle. Certo che c'è. È evidente. Ma la tua sicurezza è sconcertante.

Perché le ho sentite. Le ho sentite discutere di quel che è successo a Jo e posso dirti, senza ombra di dubbio, che erano...

Brindle lo interrompe di nuovo.

Gelose? Curiose? In competizione? Determinate?

Non sapendo come faccia l'ispettore a essere già tanto informato, Mace lo fissa per un attimo prima di rispondere.

Ascolta. Quanto ti trattieni?

In città?

Sì.

Brindle si schiarisce la gola.

Be', ho parlato con...

Mace taglia corto: Ti ho chiesto quanto ti trattieni.

Brindle si acciglia.

Posso restare.

Comoda e vaga, come risposta.

Di fronte al silenzio di Brindle, Mace si alza. Rimane accanto al tavolo per qualche istante.

Sai, non c'è da vergognarsi ad ammettere di essere soli.

Brindle leva lo sguardo dalla tazza. Osserva Mace. Lo scruta.

Cosa?

Penso che tu mi abbia sentito benissimo. So perché sei qui. Sei venuto per me.

Brindle sfiora la saliera e la pepiera, prima di accigliarsi di nuovo.

Ho una barca, aggiunge Mace. La *Lepre marzolina*.

Brindle resta concentrato sul tavolo.

Be', non è mia in realtà, aggiunge Mace. Ma ci vivo. È una chiatta. Sul canale.

Perché? chiede l'ispettore. Perché vivi su una barca?

Perché è una sistemazione economica e temporanea, si adatta alle mie esigenze.

Quali sono?

Primarie, risponde Mace. Ma non ho ancora rotto i ponti con la società. Non del tutto.

Il telefono comincia a squillare. Mace lo estrae dalla tasca.

Passa da me, dice a Brindle. Non è difficile da trovare.

Risponde alla chiamata.

Rosie? Sì, arrivo tra un minuto.

Riattacca. Indugia.

A dopo. Sulla mia barca.

Se ne va.

La pioviggine del mattino si è trasformata in un acquazzone quando Roddy Mace e Rosie Kemp lasciano il giornale nel pomeriggio.

La strada è deserta. Foglie morte e sporcizia vengono portate via da rivoli che scelgono i percorsi più agevoli per gettarsi nelle fogne della città.

Sai una cosa? dice Mace. Da quando sono qui, credo non sia passato un giorno senza pioggia.

Non è la pioggia, il problema, replica Rosie. Ma l'umidità che l'accompagna. Vorrà dire che andremo in macchina.

Tagliano per il vicolo in cui è stata trovata Jo Jenks. Corrono sotto l'acqua fino al parcheggio e una volta saliti in macchina, fradici, restano fermi per qualche istante con la ventola che soffia aria calda. Mace prende una sigaretta ma non l'accende.

Non trovi strano che...?

Sì, dice Rosie.

Non sai cosa stavo per dire.

Qualunque cosa fosse, è strano. Qui è tutto strano al momento. Da quando fumi?

Dall'altro giorno.

Cenere alla cenere.
Cosa?
Non ti lascerò morire da solo.
Rosie Kemp allunga una mano, estrae una sigaretta dal pacchetto e Mace gliela accende. Tirano boccate in silenzio. L'abitacolo si riempie di fumo finché Mace abbassa il finestrino di un paio di centimetri e la nuvola si riversa fuori, trascinata via come acqua in uno scarico. La pioggia cade più forte che mai.
Rosie Kemp è la prima a parlare.
Dove eri scappato prima?
Quando?
Prima. Quando hai mollato tutto e sei sparito senza dir niente. Mal continuava a chiedere cosa stessi combinando.
Mace studia la punta incandescente della sigaretta.
Dovevo vedere una persona.
Un uomo?
Una vecchia conoscenza.
Un amico?
Forse. In realtà, non ne sono sicuro. Una specie di collega, diciamo. Un socio.
Un altro scrittore?
Scuote la testa.
Un poliziotto.
Non uno del posto, immagino.
No. Un ispettore. James Brindle.
Quel James Brindle?
Mace annuisce. Espira il fumo. Ascolta la pioggia che batte sul tetto.
È così strano come dicono?
Di più.
Che ci fa qui?
È venuto a trovarmi, credo.
Perché, tu e lui...?
Rosie si morde la lingua.
Scusa. Mi dimentico sempre di spegnere la giornalista che è in me. Puoi mandarmi a fanculo, se vuoi.

Non c'è problema, dice Mace. Comunque sì, c'è stato qualcosa una volta.

Lo hai conosciuto un po' allora?

In effetti, mi sembra di non conoscerlo affatto. È impossibile da inquadrare. È una specie iceberg.

In che senso?

Mace soffia il fumo dal naso.

Freddo, silenzioso, solitario. Mostra solo una piccola parte di sé. È alla deriva in acque molto buie e profonde.

Rosie Kemp sorride. Dà un colpetto alla sigaretta per far cadere la cenere.

Non c'è da stupirsi che voi due andiate d'accordo. Non l'ha mai ammesso, ma ho sempre pensato che uno dei motivi per cui Mal ti ha assunto fosse per i tuoi trascorsi con Jim Brindle. È stata una roba grossa.

Un disastro, la corregge Mace. E ora lui sostiene che vuole darmi una mano. Che lavoriamo di nuovo insieme. Su questo caso, intendo. Ha una teoria.

Mandano l'artiglieria pesante allora.

No, dice Mace. La polizia non c'entra. Non ufficialmente almeno. La Cella Frigorifera lo ha messo in congedo a tempo indeterminato. Non lavora per loro al momento.

Mace osserva la sua sigaretta prima di continuare.

Essere come Brindle, fare quello che fa lui, richiede una certa mentalità. Scientifica, clinica, più che ossessiva. Uno così è perduto, se non ha un obiettivo su cui concentrarsi. Senza contare che è completamente negato per le relazioni sociali. Anche se adesso sembra soltanto...

Cosa?

Perduto. Sostiene però di avere delle idee sulle aggressioni. Dei consigli. Dice di aver fatto delle "ricerche".

Rosie Kemp spegne la sigaretta.

Forse vale la pena di ascoltarlo, non credi?

Mace annuisce.

Sì, credo di sì.

Ma è venuto anche per vedere te.

Forse.

Certo che sì, Roddy.
Rosie avvia il motore.
Bisogna che andiamo da Tony Garner. Sospetto che abbia molte cose da dirci e non sarà complicato farlo parlare.
In realtà, questo è proprio il primo consiglio che mi ha dato Brindle. Di non perder tempo con Garner. Per lui è un dettaglio. Una nota a margine.
Ha detto così?
Ha detto così.
È comunque meglio andarci. Fosse solo per scagionarlo del tutto.
Mace getta la sigaretta dal finestrino. Rosie lo guarda.
Un mozzicone può impiegare dieci anni per decomporsi.
Mace scende dall'auto e lo raccoglie da una pozzanghera. Lo mette nel posacenere.
Contenta?
Euforica.

Brindle lascia che sia il navigatore a guidarlo alla Slackholme, ma quando il telefono lo informa che è arrivato a destinazione, si guarda attorno e vede soltanto la brughiera, una sporgenza rocciosa, pecore e, più in alto, una poiana che se ne sta sospesa in aria come una scultura prima di cadere a un tratto, come un sasso, per abbattersi con gli artigli tesi su una preda invisibile, un topo, forse un toporagno.

Scende dall'auto e si guarda intorno. Qualche centinaio di metri in basso, lungo il pendio, vede una casa di pietra molare color cenere e un guazzabuglio di fabbricati annessi. Scorge auto e furgoni della polizia parcheggiati accanto alla casa e poi, dal retro di un fienile, vede spuntare figure con la maschera e la tuta bianca tipiche della scientifica. Brindle risale in macchina, fa inversione e ridiscende la strada bagnata, con la ghiaia che scricchiola sotto le gomme.

Sa che una delle figure in tuta è Claudia Graves e che potrebbe fornirgli una chiave per fare un altro passo avanti verso la verità. Malgrado il navigatore gli dica di proseguire, prende una traversa che non aveva notato all'andata e prosegue lungo un tratto sterrato che lo porta alla fattoria.

Claudia Graves è un giovane talento della scienza forense che ha presto impressionato i suoi superiori per la padronanza con cui si serve delle tecniche più avanzate. È una delle poche persone della Cella Frigorifera con cui Brindle abbia socializzato e, per quanto ne sa, è anche l'unica donna del dipartimento ad aver cambiato sesso. Nata maschio, ha effettuato la transizione poco dopo essersi laureata in chimica a Cambridge.

Forse perché entrambi avevano individuato nell'altro qualcosa di familiare – una dinamica mentale potenzialmente compatibile – sono andati a mangiare una pizza insieme una sera, mentre lavoravano a un duplice omicidio a Wakefield. La conversazione si era concentrata quasi solo sul caso, ma aveva comunque avuto la parvenza di una conversazione, con quella socialità rilassata che Brindle tendeva a evitare e poiché niente era andato storto, l'ispettore aveva ritenuto di replicare quell'esperienza tutto sommato positiva andando a bere qualcosa con la collega. Un'altra volta soltanto però, perché già nel corso di quella serata si era accorto di alcuni silenzi imbarazzati che non aveva saputo riempire, mentre lei lo guardava con un sorrisetto ambiguo.

Brindle si avvicina alla collega che si sta togliendo di dosso la tuta bianca di polipropilene.

Ciao Claudia.

Lei alza lo sguardo. Sembra sorpresa.

Jim?

Ciao, ripete.

Lei lo fissa per un attimo, poi piega la tuta, la mette in un sacchetto e la infila in una borsa.

Jim Brindle. Non sapevo che fossi rientrato in servizio.

Lui allarga le braccia, imbarazzato.

Be', eccomi qui.

Stai seguendo il caso? Nessuno mi ha avvertito.

Si siede sul predellino del furgone per togliersi gli stivali, prima di chinarsi per allacciarsi le scarpe.

Lui si avvicina ancora.

Non esattamente.

Pensavo fossi in congedo.

Lo ero, in effetti.

Dunque non ti ha mandato la Cella.

Brindle cerca le parole giuste.

È complicato. Sono qui per aiutare un collega. Un amico, diciamo.

Lei gli sorride.

Misterioso come sempre.

Come vanno le cose al quartier generale?

Pensavo lo sapessi, risponde lei infilandosi una giacca. Ho sentito che sei passato l'altro giorno...

Brindle tira su la lampo, la riabbassa.

Ok. È stato un errore.

Hai un'aria diversa. Stai bene, in effetti. Forse il riposo ti ha fatto bene.

Forse, ammette lui. E aggiunge, come se ci avesse pensato soltanto adesso: Tu come stai?

Come al solito, immersa in viscere e sacchetti di campioni.

Ma non sai farne a meno, vero?

Probabilmente no, dice Claudia. Ci manchi alla Cella Frigorifera.

La donna ha un attimo di esitazione, poi ride.

Be', forse non a tutti, ma...

Brindle si schiarisce la gola.

Senti...

Non dirmelo. Ti serve un favore.

In effetti, sì.

Brindle indica con la testa la fattoria. Gli altri fabbricati.

Un po' di informazioni, dice.

Lei si mette un cappello, si avvolge una sciarpa intorno al collo, sorride di nuovo, poi si fruga nelle tasche. Tira fuori un pacchetto di gomme da masticare e lo offre a Brindle. Lui rifiuta con un gesto, lei ne scarta una e se la infila in bocca piegandola.

Hai solo da chiedere, lo sai.

La porta d'ingresso è ancora spalancata quando arrivano sul pianerottolo in cima al piccolo edificio. Mace si sistema i capelli bagnati con le dita per poi bussare, gridando il nome di Tony. Rosie Kemp scuote l'ombrello. Delle goccioline schizzano sulla parete smorta delle scale condominiali.

Arrivano dei rumori dall'interno. Oggetti spostati. Un vetro che si rompe. Un guaito. Un'imprecazione.

Tony? Sei tu?

Un altro rumore, un tonfo sordo, come se fosse caduto qualcosa. Un attimo dopo, Tony Garner si presenta sulla soglia. È a torso nudo e con un berretto in testa e una canna infilata dietro l'orecchio. Tiene sollevata una mazza da baseball con entrambe le mani, come un giocatore pronto a rilanciare una palla.

Chi cazzo sei?

Tranquillo, Tony, nessun problema, lo rassicura Mace. Lavoro al «Valley». Anche lei scrive per il giornale.

Garner guarda prima Mace e poi Kemp. Mace è contento che ci sia anche Rosie. La presenza di una donna aiuta.

Non hai bisogno di quella mazza, ragazzo, dice lei.

Scrittori?

Giornalisti.

Un cane esce dal soggiorno per salutarli. Sbanda sul pavimento bagnato e per poco non si schianta addosso a Rosie Kemp.

Torna dentro tu, ordina Garner.

No, non fa niente.

Kemp si accovaccia per grattare il terrier dietro le orecchie e quello si sdraia all'istante sulla schiena, perché lei faccia altrettanto con la pancia.

Un vero cane da guardia, osserva la donna. Come si chiama?

Garner abbassa la mazza e la lascia pendere dal braccio.

Earl. Si chiama Earl

È un tesoro. Senti, Tony, vorremmo scambiare due parole su quel che sta succedendo in città.

Lui scuote la testa.

Anche voi? Perché non mi lasciate in pace? Continuo a dire a tutti che non sono stato io.

È Rosie Kemp a parlare: Forse non l'hai saputo, dice. C'è stata un'altra aggressione. Un omicidio.

Un omicidio?

Sì. Una donna è stata trovata questa mattina, sul presto.

Garner perlustra con lo sguardo il pianerottolo mentre elabora questa notizia.

Avevo sentito che una donna era stata aggredita, ma...

La voce gli si spegne in gola.

È morta, dice Rosie Kemp.

Ero in cella, per cui non posso essere stato io.

Lo sappiamo, dice Roddy Mace. Lo sappiamo. E se lo sappiamo noi, lo sa anche la polizia.

È per questo che mi hanno lasciato andare. Dunque non c'è altro da dire.

Rosie Kemp si rialza, imitata dal cane che va a strusciarsi sui pantaloni di Mace in cerca di attenzioni. Di fronte all'indifferenza del visitatore, torna a vagare nell'appartamento.

Possiamo entrare un attimo, Tony? C'è un tempaccio qua fuori.

Il terrier inizia ad abbaiare e Garner si volta e imbocca il corridoio. Kemp guarda Mace, che annuisce, e lo seguono entrambi nel soggiorno devastato. Vedono il divano squarciato, i giornali strappati e i CD rotti, le schegge di plastica dei dischi scintillare sotto la nuda e solitaria lampadina che pende dal soffitto. Ogni cosa è ridotta a brandelli. Garner si allontana per un attimo.

Caspita, mormora Mace. Mi piace come hai arredato casa.

La collega gli sferra un leggero pugno sul braccio mentre Garner rientra in soggiorno.

Visto che hanno fatto? Mi hanno distrutto tutto.

Mi dispiace, Tony, dice Rosie. Chi è stato?

Garner cerca un accendino e poi, dopo averne scovato uno sotto la cassa rovesciata che fungeva da tavolino, accende lo spinello che aveva infilato dietro l'orecchio e lo finisce con due tiri. Mace gli offre allora una sigaretta, che lui accende all'istante.

Tony alza le spalle, soffia il fumo.

Ditemi.

Rosie Kemp guarda Mace.

È venuto a trovarti qualcun altro?

Tipo chi?

Altri giornalisti, dice Kemp. Dei tabloid. Per offrirti dei soldi.

Tony scuote la testa.

Per curiosità, quanto potrebbero offrirmi?

Non accettare, Tony, consiglia Mace. Qualunque cosa ti dicano. Ti incastreranno. Quel che ti serve è un avvocato.

Un avvocato?

Ho sentito che hai messo le mani sul coltello usato nell'aggressione a Jo Jenks, dice Rosie Kemp.

Il cane è sdraiato ai piedi del suo padrone ora, il muso poggiato sulle zampe e gli occhi scuri e acquosi puntati sui visitatori. Garner si china per prenderlo in braccio. Strofina la faccia sul muso del cane.

Chi ve l'ha detto? chiede a mezza voce.

Mace guarda Kemp, curioso anche lui.

Un'amica.

Non ho aggredito quella donna, dice Garner.

Ma hai raccontato alla polizia di averla trovata nel vicolo, interviene Mace.

Quanto mi pagate per parlare con voi?

Rosie Kemp scuote la testa.

Niente, tesoro. Siamo del «Valley Echo». Non possiamo permetterci nemmeno una macchina del caffè.

Perché non hai chiamato un'ambulanza? chiede Mace.

Tony Garner si guarda attorno in cerca di un posacenere. Non trovandolo, dà un colpetto alla sigaretta e lascia cadere la cenere sulla moquette.

Perché sapevo che avrebbero dato la colpa a me, risponde. È sempre così. Ed è quello che è successo, per cui ho fatto bene.

Fuma per un po' prima di tornare a parlare con più calma.

Aveva mezza faccia a penzoloni.

Ricordi nient'altro? Qualche altro dettaglio?

Garner nasconde il viso nel pelo ruvido del cane e scuote la testa.

Chi era? chiede.

Chi era chi?

La donna che è stata uccisa.

Si chiamava Kaye Thornby. Viveva in una fattoria in cima alla collina. La conoscevi?

Tony alza le spalle.

Non sono bravo coi nomi. È stata uccisa dalla stessa persona che ha accoltellato le altre?

È quel che stiamo cercando di scoprire. Come anche la polizia.

È per questo che mi hanno distrutto la casa? Per via dell'omicidio?

No, dice Kemp. Non potevano saperlo quando sono venuti qui. È per via di Jo e del coltello. E di Anne Knox. O forse solo perché quegli idioti sono venuti a sapere che qualcuno era stato portato in Centrale e hanno deciso di risolverla a modo loro. Sfortunatamente, quel qualcuno eri tu.

Ma non so nemmeno chi sia, Anne Knox.

Lavora alla mensa della scuola, spiega Mace. Qui in città.

Tony Garner fa ancora spallucce, alza il cappello e si gratta la testa.

Non ci sono mai andato in quella scuola. Merda, perché nessuno mi sta mai a sentire?

Noi vogliamo sapere soltanto cosa è successo in quel vicolo l'altra notte, Tony.

Non è successa una beata sega in quel vicolo l'altra notte.

Ma hai visto Josephine Jenks.

Sì. L'ho appena detto, no? E comunque ho già raccontato tutto a quel ciccione di Bob Blackstone.

Garner lancia Earl sul divano sfondato, dove il cane rimbalza una volta prima di cadere sui cuscini sparsi sul pavimento.

Senti, Tony, sappiamo che non sei stato tu ad aggredire Jo Jenks, dice Mace. E lo sa anche la polizia, altrimenti ti avrebbero incriminato. Ma pensano che tu sia implicato in qualche modo e, cosa ancora peggiore, lo pensa anche mezza città. Parlare con noi è un buon modo per scagionarti da qualsiasi coinvolgimento.

Non capisco.

Ti stiamo dando la possibilità di riabilitare il tuo nome, dice Rosie Kemp. Si guarda intorno e aggiunge: E faremo in modo che una cosa come questa non si ripeta.

Garner getta la sigaretta in una lattina di Coca-Cola vuota.

Odio 'sta città del cazzo.

Posso capirti, dice Mace.

No. No, non puoi. La gente pensa solo a farmi il culo.

Non è giusto quel che hanno fatto a casa tua, dice Rosie Kemp tornando a guardarsi attorno. Non è giusto per niente. Ma se non ci aiuti a raccontare la tua versione dei fatti, sarà molto complicato per te vivere in questa valle. La merda ti resta attaccata addosso e questo è solo l'inizio. Dicci cosa hai visto e noi sistemeremo tutto.

Quanto mi pagate?

Te l'ho già spiegato, non ti daremo niente, Tony. Ma possiamo aiutarti a sistemare la casa. Parleremo con il comune e la polizia. È violazione di domicilio, furto con scasso, vandalismo.

Non sono un informatore come Raymond Pope, io.

Chi? chiede Mace, ma Garner si limita ad accigliarsi e scuotere la testa.

Lui non è nessuno, dice Rosie. E non ti chiediamo di fare la spia su nessuno, Tony. A meno che tu non sappia chi c'è dietro queste aggressioni, ovvio.

Non lo so, replica Tony Garner. Ma potrei essere il prossimo. Immaginate cosa avrebbero potuto farmi se mi avessero trovato qui. Non posso nemmeno prepararmi una tazza di tè. Hanno sfasciato il bollitore, le tazze, tutto.

Possiamo andare da qualche altra parte, se vuoi. Ti farà bene uscire da qui per un po'.

Tony Garner scuote la testa.

Non vado da nessuna parte in questa città.

Non puoi restare qui per il resto della tua vita, insiste Roddy Mace.

Garner gli lancia un'occhiataccia.

Perché no?

Perché devi portare fuori il cane, per cominciare. Non è giusto che tu lo tenga rinchiuso.

Lo porto nel bosco. Andrò su nel bosco dove nessuno può trovarmi. Sempre meglio che stare quaggiù con gente che mi crede capace di certe cose.

Potremo fare un giro in macchina, propone Rosie. Sì, facciamo un giro.

Un giro? E dove?

Lontano da qui. Ci fermiamo da qualche parte per bere e mangiare qualcosa. Scommetto che stai morendo di fame. Offriamo noi.

Dall'altra parte delle colline, aggiunge Mace.

Garner li fissa entrambi, a turno.

Fuori dalla valle cioè?

Sì, conferma Mace. Fuori dalla valle. Ci togliamo da qui per un po'. Ci farà bene a tutti. Cambiare aria. Prendere un po' di luce.

Conosco una fattoria con un caffè, dice Rosie Kemp. Fanno delle salsicce fantastiche. E anche torte deliziose. Roba loro, casereccia. Andiamo, paga il qui presente Roddy, e non capita tanto spesso. Coglierei l'occasione, fossi in te.

Rosie Kemp sorride.

Fuori della valle? ripete ancora Garner.

Sì, dice lei. Guarda, ha anche smesso di piovere. È un buon segno. Un auspicio.

Quando la porta si apre e un uomo entra spedito, il Napoletano, uno dei tre ristoranti italiani della città, è mezzo pieno di clienti attirati dall'offerta di un antipasto con bicchiere di vino praticata nei giorni feriali.

L'uomo si tiene la gola con una mano e, malgrado il tempaccio, indossa soltanto una maglietta fradicia di pioggia e macchiata sul davanti da una grossa chiazza dello stesso colore del sugo degli spaghetti per cui il ristorante va famoso. Gli occhi sono spalancati. Bianchi e spiritati.

Gli altoparlanti diffondono una musica pop pessima.

Un cameriere gli va incontro dal lato opposto della stretta sala per salutarlo, ma appena l'uomo toglie la mano dalla gola un fiotto di sangue scuro sgorga da uno squarcio che va dal lato del collo al pomo d'Adamo. Mentre l'uomo cammina, la ferita si apre come la bocca di un pesce fuor d'acqua. Per un attimo il silenzio è totale; è una scena che i clienti del ristorante hanno visto soltanto nei film e nelle serie televisive e vivono perciò un momento in cui realtà e finzione sembrano indistinguibili.

Poi si sentono delle grida. Un urlo: Oh mio Dio! Il cameriere indietreggia e dopo aver urtato la sedia di una donna che si rovescia sul vestito il suo bicchiere di vino rosso, si volta verso la cucina e grida senza rivolgersi a nessuno in particolare.

Un'ambulanza. Presto.

Mentre si precipita al bancone per prendere gli strofinacci appena tornati dalla lavanderia, uno o due clienti si alzano per aiutare il ferito a sedersi. Gli altri tirano fuori i telefoni.

Le persone più vicine vedono anche una protuberanza simile a un uovo crescere sottopelle sopra un occhio dell'uomo; un rigonfiamento violaceo con una rientranza, una specie di mezza luna impressa da qualcosa di pesante, solido e contundente: la testa di un martello, forse. Il cameriere dà al ferito i panni e lo aiuta a tamponare la ferita. L'uomo si guarda intorno come se si rendesse conto solo ora di dove si trova. Si tocca il bozzolo sulla fronte per poi crollare di colpo a terra come un edificio fatto saltare in aria. Due pedoni che lo avevano visto passare di corsa entrano nel ristorante per capire cosa è successo.

Il cameriere si china sull'uomo che accenna a respirare, a mandare giù aria mentre il panno si impregna di un rosso intenso.

Prova anche a parlare ma dalla sua bocca esce soltanto una specie di flebile gracidio. Un raschio penoso.

È spuntato dal nulla, sussurra.

Cosa? dice il cameriere. Chi?

L'uomo lo fissa, gli occhi sempre di fuori, bianchi e spirati.

Chi è stato? dice il cameriere. Cosa hai visto?

L'uomo scuote la testa.

Resisti, dice il cameriere. Stanno arrivando i soccorsi.

L'uomo scuote la testa.

# 3.

Brindle è in canottiera e si sta stiracchiando quando sente la sirena e vede il bagliore blu inondare la finestra sudicia della stanza sopra il pub. L'iPad, il taccuino, la penna, il telefono e una pila di documenti sono disposti ordinatamente sulla trapunta.

Apre la finestra e mentre si sporge sente l'urlo della sirena soffocare fino a morire del tutto nelle vicinanze. Vede diverse persone dirigersi incuriosite verso l'ambulanza, si veste perciò in fretta e, in meno di un minuto, è fuori.

Il richiamo della scena del crimine lo conduce dietro l'angolo e poi all'esterno di un ristorante italiano dall'aria dimessa e all'ambulanza accostata alla meno peggio al cordolo e a un gruppetto di persone, tra cui un cameriere appoggiato a un muro, con la camicia macchiata di sangue e una sigaretta accesa nella mano.

Brindle non ha esitazioni. Entra deciso nel locale dove vede due paramedici con larghe giacche fluorescenti e un uomo steso a terra tra loro. Vede un carnaio. Vede sangue. Percepisce la tensione ancora presente nella sala.

Le sedie sono scostate dai tavoli, i piatti abbandonati con il cibo non finito. Le posate sparse sul pavimento. Un enorme macinapepe è stato rovesciato, grani disseminati ovunque sulla moquette.

E poi la musica. Musica pop europea, pessima.

Estrae la carta d'identità dal portafoglio e la mostra per un attimo fugacissimo ai paramedici.

Brindle. Omicidi.

Accidenti che velocità, dice uno dei due.

Ero nelle vicinanze. Nome?

Il mio? chiede il paramedico mentre cerca di arginare il sangue che sgorga dal collo dell'uomo. Mi chiamo Steve e lui è...

Non il tuo, lo interrompe Brindle, in un modo che induce il paramedico a non capire bene chi ha davanti.

Non il tuo. Il suo.

Si chiama Richard Redhead, stando al portafoglio.

Testimoni?

Sì. Un ristorante pieno.

Hanno assistito all'aggressione?

Il paramedico alza le spalle.

Non lo so.

Indica l'uomo a terra.

Per fortuna sua e vostra non è un omicidio, però.

Questo sta a me stabilirlo, taglia corto Brindle.

Volevo solo dire che...

Brindle si accovaccia, vede che la vittima sembra perdere conoscenza mentre l'altro paramedico si affretta a tamponare la ferita con un bendaggio compressivo.

Sono un poliziotto, Richard.

La vittima lo fissa. Ha gli occhi sgranati per lo choc, apre e chiude la bocca come una carpa fuor d'acqua.

Che cosa è successo, Richard? Chi è stato? chiede Brindle chinandosi.

Mi dispiace, ispettore, ma deve togliersi di mezzo, dice il paramedico senza nome, continuando a comprimere il collo di Redhead.

Ci metto cinque secondi.

Non è questa la procedura.

Brindle si volta e fissa il paramedico senza dire una parola.

Si china di nuovo. La musica nel ristorante è troppo alta. È una distrazione resa ancora più invadente dall'assenza di persone.

Chi è stato a farti questo, Richard?

L'uomo rantola di nuovo.

Lui...

Lui chi?

Lui...

Per favore, dice il paramedico. Potrebbe morire, deve lasciarci...

Brindle lo zittisce con uno sguardo.

Chi? dice.

Le parole della vittima sono un fruscio di carne e sangue.

Lo stesso delle altre.

Va bene, basta così, dice il paramedico. Non mi interessa qual è il suo grado. Steve, nastro e bende, presto. Non possiamo ricucirlo qui. Avverti l'ospedale.

Brindle prende il telefono dalla tasca.

Ho bisogno di una foto della ferita.

Per carità, si oppone il paramedico. Non ora.

Ho bisogno di una foto, ripete Brindle.

Brindle allunga una mano sul bendaggio compressivo ma il paramedico lo blocca. I loro volti sono molto vicini. Il paramedico solleva il tampone per un secondo e Brindle scatta la sua foto.

Questa cosa non va bene, brontola il paramedico mentre risistema il bendaggio. È un'ostruzione. Non ho capito qual è il suo dipartimento.

Brindle ignora la domanda, si gira, osserva la stanza e poi, a voce alta, dice, Qualcuno può spegnere questa cazzo di musica?

Sgattaiola fuori dal ristorante, mentre Richard Redhead viene issato su una barella e condotto all'ambulanza. A testa bassa, Brindle gira l'angolo prima di aprire la foto sul telefono. Ingrandisce la gola. La sta ancora osservando mentre entra nel pub e sale le scale che portano alla sua stanza. Si concentra poi sul volto di Richard Redhead. Sulla fronte. Sull'escrescenza.

La strada si inerpica sul fianco della collina a forza di tornanti e curve a gomito. Con il salire, la città sottostante si rimpicciolisce fino a diventare un grappolo di cubi pietrosi coi camini fumanti, circondata da appezzamenti scoscesi e fitti boschi. Tony Garner scorge il fiume e il canale seguire corsi paralleli, due arterie piatte e marroni, la seconda delle quali è punteggiata di case galleggianti. Vede anche la ferrovia e la strada principale. Una sirena risuona in lontananza arrivando fino a loro per poi disperdersi negli spazi aperti.

Ha ripreso a piovere, l'acqua cade con un'insistenza maligna sull'auto mentre al volante Rosie Kemp sale verso la sottile striscia di nuvole adagiata nel punto in cui la terra sembra incontrare il cielo.

Roddy Mace armeggia con i tasti della radio ma riesce a captare solo fruscii da cui emergono voci sovrapposte, finché non si decide a spegnere.

Si ritrovano poi circondati dalle nuvole, con la pioggia che si è trasformata in nebbia. Nessuno dice niente, la nebbia soffoca ogni possibilità di fare conversazione. Rosie Kemp accende i fari. Procedono a velocità ridotta per due, tre chilometri, senza incrociare altri veicoli.

Quando escono dalla nuvola sono ormai sulla brughiera e la valle è una presenza remota.

Sulla contorta dorsale dell'Inghilterra non ci sono complessi residenziali né negozi né fiumi né canali né chiatte, solo distese chilometriche di erica e qualche sparuta costruzione. Una fattoria o un ovile o una di quelle piccole torri di pietra che appartengono all'azienda dell'acqua. In lontananza si scorge il lampo argenteo di un bacino idrico che serpeggia seminascosto intorno a una collina di erba secca e a una palude rocciosa. È una visione così fugace da essere quasi un miraggio.

Stravaccato sul sedile posteriore, Tony Garner fuma una sigaretta dietro l'altra.

Squilla il telefono di Mace. Il giornalista risponde.

Mal.

Rosie Kemp si volta per guardarlo, poi torna a concentrarsi sulla strada.

Stai scherzando, dice Mace mentre ascolta.

Anche Rosie, seduta accanto, può sentire la voce del direttore.

Stai scherzando, ripete Mace.

Rosie Kemp lo guarda e mima con la bocca una parola: Cosa?

Cazzo. Va bene.

Tony Garner si sporge tra i due sedili davanti e guarda a turno Mace e Kemp.

Che succede?

Rosie Kemp lo zittisce sventolando la mano.

Mace riattacca.

Cazzo.

Cosa c'è?
Un'altra aggressione.

Proprio mentre Tony Garner si protende in avanti per parlare, Rosie Kemp frena, facendogli sbattere la faccia sulla parte posteriore del poggiatesta e gridare di dolore.

Scusa, Tony. Cambio di programma.

Chi? chiede. Chi hanno aggredito?

Non lo sappiamo, dice Roddy Mace.

Cosa ha detto Mal? domanda Rosie Kemp.

Che stavolta è un uomo.

Un uomo?

Sì.

Sì. È entrato di corsa in un ristorante italiano spargendo sangue come fosse passata di pomodoro.

Cos'altro?

Ci sono sirene e lampeggianti ovunque, dice. Vuole che torniamo in città.

E la mia colazione? reclama Tony Garner.

Siamo a quattro, dice Rosie Kemp. Quattro aggressioni.

E la mia colazione? ripete Garner, ma viene di nuovo ignorato. Sto morendo di fame.

Mace si gira sul sedile.

Dovresti essere contento, Tony. Ora sappiamo per certo che non sei stato tu.

Ma non avevate detto che lo sapevate già?

Mace indica Rosie Kemp con un gesto.

Lei sì.

E tu no? chiede Tony.

Io preferisco tenermi aperto a ogni opzione. A ogni modo, sei scagionato.

Vallo a dire a chi mi ha distrutto casa.

Non avrai problemi.

Non voglio tornare indietro, comunque sia. 'Sta storia andrà avanti per secoli. Quindi riportatemi a casa a prendere Earl e lasciatemi da qualche parte.

Da qualche parte dove?

Ovunque.

Dobbiamo andare in un posto prima.

Dove? chiede Rosie Kemp.

Dobbiamo passare dai Thornby. Temo che dovrai venire con noi Tony.

Fanculo. Non voglio andare lassù. Voglio le mie salsicce.

Il problema, Tony, è che non sei del tutto innocente e questo lo sanno tutti.

Che vuoi dire?

Il coltello, Tony. Il coltello con cui è stata ferita Jo.

Il coltello?

Quando lo troveranno e lo collegheranno a te, sarai di nuovo un sospettato. Sta a te decidere, o vieni con noi o torni a casa a piedi.

Tony Garner guarda fuori dal finestrino. Si morde l'unghia del pollice, si toglie il berretto, si gratta la testa.

Fa per parlare ma ci ripensa. Si blocca.

Cosa c'è, Tony? chiede Rosie, che lo guarda dallo specchietto retrovisore.

Visto che non mi offrite da mangiare, potreste almeno darmi una sigaretta?

Mace gliene porge una e ne prende un'altra per sé. Ne offre anche una a Rosie Kemp, che però scuote la testa, per cui dà il pacchetto a Garner.

Prendi.

Tornano a gran velocità da dove sono venuti sotto gli occhi spenti e indifferenti delle pecore ai lati della strada. Mace individua la fattoria di Slackholme sul telefono e passa le indicazioni a Rosie Kemp.

Imboccano una piccola traversa sterrata e mentre l'auto viene sballottata come una barca in un mare in tempesta, il cielo si fa scuro e riversa su di loro un nuovo acquazzone, che si interrompe all'improvviso come è iniziato.

Sul sedile posteriore Tony Garner è nervoso, si agita e borbotta tra sé.

Stai calmo, gli consiglia Mace. Manca poco.

Rosie Kemp vede nello specchietto retrovisore un veicolo avvicinarsi alle loro spalle. È un furgone bianco. Passano in mezzo a buche che spruzzano acqua oleosa sui parafanghi, il furgone è sempre dietro, sempre più vicino, ma la persona alla guida resta invisibile. Alla fine Tony Garner si volta per guardare dal lunotto, imitato da Roddy Mace.

Fantastico, dice Mace. Fanculo.

Che c'è? gli domanda Rosie Kemp.

*Chi*, vorrai dire. È il tipo del «Sun». Jeremy Fitz. Uno stronzo come pochi.

Chi c'è con lui?

Roddy Mace allunga il collo.

Non riesco a vedere. Tony, puoi spostare la testa un attimo?

Allora? insiste Rosie.

Non lo so. Un uomo.

Entrano nell'aia e parcheggiano sul cemento sporco di fango, sterco e piscio di vacca che emana un forte odore acido. La legnaia è cinta dai nastri della polizia. Intorno ci sono gli altri fabbricati. Granai e pollai. La casa è avvolta nell'oscurità.

Non mi piace questo posto, dice Tony estraendo un'altra sigaretta dal pacchetto.

Resta in macchina allora, dice Rosie.

La polizia ha allestito una postazione da campo accanto alla legnaia.

Jeremy Fitz scende dal furgone e va da loro.

Guarda chi c'è, il buon vecchio Roddy Mace. Come stai, amico mio?

Che ci fai ancora qui?

Lo so, replica con finta incredulità. Ero venuto per un giorno soltanto e sono ancora qui. Avevo appena raggiunto Saddleworth quando ho dovuto fare inversione. Di questo passo finirò per votare i verdi.

Puoi andartene quando vuoi, borbotta Mace.

Fitz ignora la battuta e senza il minimo tentativo di sembrare discreto scruta da capo a piedi Rosie Kemp per poi voltarsi e fare un cenno all'uomo che sta scendendo dal lato passeggero del furgone.

Conosci il mio amico Austin Thornby? dice a bassa voce. Non mi aveva detto di avere invitato anche te, Roddy. Arrivi sempre a festa finita. Non deve essere piacevole. Cristo santo, però, che posto ti sei scelto. Questa valle, voglio dire. Una storiaccia dietro l'altra. Una manna per uno scrittore, no?

Non è una festa.

No, per Austin no di sicuro.

Jeremy si avvicina di un passo e abbassa ancora la voce.

Dicono che sua moglie fosse squarciata dalla clitoride allo sterno.

Ti sbagli. Ti sbagli di grosso.

Questo è quel che ho sentito. Immagina la scena. E l'odore poi.

Fitz scuote la testa.

Cazzate, dice Rosie Kemp.

Sei un'esperta in materia, tesoro?

E tu non ti sei ancora stufato di assillare Jo Jenks?

Fitz sogghigna.

Ho visto il tuo amico, dice poi a Mace.

Che amico?

Lo sbirro.

Che sbirro?

Quel tizio inquietante con una faccia che sembra la bandiera del Giappone. Si aggirava da queste parti come un pedofilo in un parco giochi.

Brindle?

Jeremy non replica, mentre Austin Thornby appare al suo fianco.

Ha il volto per metà oscurato dal cappuccio della giacca a vento, ma Roddy Mace vede comunque un uomo pallido e sconvolto. Ha gli occhi rossi. Guarda Rosie Kemp, poi Roddy Mace.

Austin, dice Jeremy Fitz. Questo giovanotto è Rodney Mace e lavora per il...

Si interrompe.

Scusami, com'è che si chiama il tuo giornale?

Il «Valley Echo». E io mi chiamo Roddy.

Giusto. Il «Valley Echo». Rodny è venuto a dare una mano, senza dubbio, il che è molto gentile da parte sua, ma gli ho spiegato che noi e la polizia ci stiamo occupando di tutto.

Mace tende una mano.

Le mie condoglianze, signor Thornby. Al giornale siamo tutti molto dispiaciuti per quel che è successo, incluso il direttore, Mal Askew, che le manda i suoi saluti.

Austin Thornby si limita a fissarlo con occhi freddi, grigi e insondabili. Sembrano privi di emozioni, come due ciottoli sul greto di un fiume, pensa Roddy Mace.

Ci ha incaricato di dirle di non esitare a chiamarci, se possiamo esserle di aiuto in qualche modo, aggiunge Rosie Kemp. Quando vuole.

Molto generoso da parte vostra, si intromette Fitz. Ma non serve.

Posso farle una domanda? chiede Mace ad Austin Thornby. Ha mai sentito parlare di una certa febbre della valle?

Rosie Kemp lancia un'occhiata a Roddy Mace per fargli capire che non è il momento, ma lo sguardo di Thornby è puntato oltre, all'auto che è alle loro spalle.

Chi c'è con voi? chiede.

Rendendosi conto della situazione e del pericolo che corre Tony Garner, Rosie Kemp torna all'auto e avvia il motore.

Volevamo solo farle le nostre condoglianze, dice ancora Mace.

È meglio se entriamo in casa, interviene Fitz. Andiamo, Austin. Dovresti mangiare un boccone. Hai della zuppa? Altrimenti posso sempre mandare qualcuno a prendere qualcosa in città.

Chi è? insiste il contadino.

Quello che vuoi, Austin, dice Fitz. Paga il giornale. Il «Sun», voglio dire, non il «Valley Echo».

Mentre porta via Austin Thornby, il giornalista si volta e fa l'occhietto.

Ci vediamo, Roddy.

Una volta in macchina, Rosie Kemp scuote la testa.

Non scherzavi sul fatto che è uno stronzo.

Come dicevo, se ne incontrano pochi come lui.

Una cosa, però.

Cosa, Rosie?

Se è quassù, forse non sa ancora dell'ultima aggressione. Potremmo essere un passo avanti a lui.

Hai ragione, dice Mace. Andiamo.

Si dirigono all'ospedale ma giunti ai margini della valle, dove il paesaggio si apre, si trovano imbottigliati nel traffico dell'ora di punta e devono accostare per consentire a Tony Garner di urinare nella macchia che fiancheggia la strada. Mentre aspettano, Roddy Mace fa uno squillo a Mal Askew, ma visto che il direttore non risponde, chiama Abrar Sharma.

Cosa sai, Abs?

Speravo mi diceste voi qualcosa. Dove siete?

Stiamo andando in ospedale. Siamo stati a casa di Thornby.

Che impressione ti ha fatto?

Lugubre. Diciamo pure funerea. Quel posto sembra fatto apposta per ammazzare qualcuno. C'era anche quel cazzone del «Sun».

Sono ancora in città.

Lui sì. Sta appiccicato al marito come una cozza. Quindi non hai saputo niente su questa nuova aggressione?

So solo che un hippy ha la gola squarciata.

La gola squarciata? Merda.

Tony Garner risale in macchina e si rimettono in viaggio.

Chi ha la gola squarciata? chiede Garner. Mace lo ignora.

La somiglianza con gli altri casi è allarmante, commenta Sharma.

Sai come si chiama? chiede Mace.

No. Confidavo in Rosie, in una chiamata alla sua amica in Centrale.

Sta guidando. Arrivati all'ospedale vedremo cosa possiamo scoprire. Proveremo a parlare con lui.

Dovrete aspettare un bel po'. È in chirurgia e ci resterà ore.

Un attimo, Abs.

Mace si volta verso Rosie.

Missione annullata, dice. Starà sotto i ferri parecchio. Facciamo inversione e torniamo indietro.

Riprende la conversazione telefonica.

Ti tengo aggiornato, Abs.

E che mi dici del ragazzo, di Tremarella?

Tony? È con noi, in macchina.

E cos'ha da dire?

Niente, non fa che menarla con le salsicce.

Cosa?

Lascia stare. Ci sentiamo più tardi.

Terminata la chiamata il telefono vibra. È un messaggio di Brindle: *Il numero quattro è un depistaggio. Non farti sviare. Passo presto da te. Sulla barca. Un saluto, ispettore James Brindle.*

Coglione, pensa Mace. Ancora scrive il nome per esteso nei messaggi. È già informato della nuova aggressione però. Digita la sua risposta – *Come fai a saperlo?* – ma i minuti passano senza una reazione da parte di Brindle.

La pioggia non scoraggia gli uomini che vagano per la città quella sera.

Sono ore che bevono, da quando si è sparsa la notizia dell'aggressione a Richard Redhead. Ci sono Keith Knox e Patch Healey, Paul Pope, Stu Selby e Billy Broadbent. E altri ancora.

Si sono visti prima al Tup, dove hanno fatto fuori diverse pinte a testa, poi hanno perlustrato le strade. Cercavano un capro espiatorio. All'inizio hanno pensato di mettersi ancora sulle tracce di Tony Garner, ma poco a poco hanno allargato l'orizzonte a ogni persona di loro conoscenza. A chiunque gli sembri sospetto, capace di usare un coltello.

Che la maggior parte di loro non conosca Richard Redhead – e quei pochi che lo conoscono non abbiano nessuna simpatia per lui, trattandosi di un nuovo arrivato – non ha importanza per Jeff Parson e Michael Simons e George Bulmer e Henry Jones e Lee Lovell e Brown Merdaccia.

Si fermano soltanto per fare scorta di birra alla Spar.

Sono tornati a caricarsi a vicenda; non essere riusciti a mettere le mani su Tony Garner è stato frustrante e avergli devastato casa è stata una magra consolazione per la loro voglia di spaccare le ossa a qualcuno. Anzi la smania di menare le mani è perfino raddoppiata da quando hanno saputo della nuova aggressione, ai danni di un uomo. Uno come loro. Fioccano perciò le telefonate e altre persone si uniscono al gruppo.

Bomber Drummond e Sharky Smithson. Wayne O'Grady e Niall Pinner. Arma Letale e Steve Haslett.

Sono sempre di più e la loro rabbia collettiva cresce mentre pattugliano le strade sotto la pioggia e un cielo di nuvole gonfie. Il rovescio sembra solo alimentare la loro fervente convinzione che stanno facendo ciò che è giusto e necessario. Rafforza la loro determinazione e li fa sentire guerrieri, martiri che chiedono giustizia, pronti a proteggere la loro comunità da minacce invisibili, dalle tante cose che vanno cambiando nel mondo esterno e sulle quali non hanno alcun controllo.

Sentimenti che hanno bisogno di uno sfogo, di un centro, di un bersaglio, e che si palesano nelle sembianze di una figura solitaria che spunta all'improvviso dall'ombra di uno stretto vicolo e procede di fretta verso di loro, le spalle curve e il bavero alzato.

Chi sei tu? dice uno degli uomini, levando il palmo. Può essere Paul Pope o Jaff Parsons o Billy Broadbent, ma fa poca differenza perché appena Jeremy Fitz, reporter del «Sun», apre la sua bocca sorridente e rivela il suo accento dell'estuario e loro vedono le sue scarpe scozzesi lucidate e il cappotto di lana e l'abito sartoriale e il modo in cui sta incurvato, come se si nascondesse dal mondo, e anche il modo in cui ride e dice Dateci un taglio, ragazzi, loro cominciano subito a discutere su chi deve riportarlo a calci e pugni nel vicolo, dove, per sua fortuna, possono colpirlo e pestarlo soltanto due alla volta e devono lottare tra loro per arrivare a lui grugnendo e bestemmiando, mentre la busta col cibo da asporto acquistato al ristorante cinese si strappa e le vaschette di alluminio si rovesciano a terra. Jeremy Fitz sente i tonfi sordi dei pugni e degli stivali, e poi un coltello, estratto da una tasca posteriore, infilarsi nella coscia, nel mezzo della mischia, una sensazione simile al morso di un insetto, e tutto accade così in fretta che, per effetto dell'adrenalina, il suo corpo va in stato di choc, e lui si raggomitola su se stesso come un animale, formando una specie di palla compatta che, vista dal lato opposto della strada e attraverso le sbarre della pioggia, sembra un grande sacco della spazzatura abbandonato in una pozzanghera di birra cosparsa di schegge di vetro.

Quando infine perde conoscenza, gli uomini se ne vanno.

Piove ancora.

Mace prima percepisce la sua presenza poi lo sente schiarirsi la gola. Nonostante la distanza emana una tensione palpabile. L'ispettore è così teso, pensa Mace, che il suo disagio si irradia per un raggio di metri.

Scosta una tenda e vede la sagoma riluttante di Brindle appostata sulla sponda del canale, nella penombra della sera.

Poi il telefono suona.

Sì?

Sono qui fuori, dice Brindle.

Lo so. Ti vedo.

Mace riaggancia ma siccome Brindle non si muove, grida, Entra, che aspetti? e un momento dopo l'ispettore sale imbarazzato sulla barca. Scaccia con una manata il fumo di sigaretta che aleggia all'interno, poi tende una bottiglia di sciroppo di sambuco e un pacchetto di biscotti allo zenzero biologici, che Mace mette da parte.

Sei in ritardo.

Non credo che avessimo stabilito un orario. Comunque sia, sono stato impegnato. Ho lavorato.

Ho sentito.

Mentre si guarda attorno, Brindle giocherella coi bottoni di un polsino.

Dunque è qui che vivi?

Sì?

E paghi anche per avere questo privilegio?

Potresti almeno cercare di nascondere il tuo disgusto.

Brindle dà un'occhiata fuori, all'acqua, poi osserva alcuni libri su uno scaffale.

Non sono miei, precisa Mace.

Brindle slaccia il polsino e poi lo riallaccia.

Allora, che ci fai con tutto questo tempo libero, adesso che non lavori? Non ti ci vedo in giardino a prenderti cura delle piante.

Brindle si gratta la nuca. Alza le spalle.

Lo occupo.

Secondo Thoreau, la gran parte degli uomini conduce una vita di quieta disperazione, dice Mace, ma viene interrotto da Brindle.

E si porta nella tomba il suo destino incompiuto. Lo so. Ho letto anch'io *Walden* quand'ero studente.

Quindi hai già letto il doppio della maggior parte dei poliziotti.

Brindle non smette di guardarsi attorno.

In realtà è una citazione errata, borbotta. E ti ricordo che sono un ispettore, non un poliziotto. C'è una differenza. Una grande differenza.

Un ispettore a riposo, sottolinea Mace. E il succo del pensiero resta comunque valido. Sono convinto che la maggior parte degli uomini viva nel timore che la menzogna della loro esistenza venga rivelata.

Brindle scuote la testa.

La menzogna della loro esistenza?

Sì. Fingere che tutto vada bene, spiega Mace. È una malattia non meno devastante di tante altre. La ruminazione e i dubbi. I segreti. Possono roderti come un topo in trappola. Ti mangiano dentro. Ti avvelenano la vita. Fidati, è una cosa che ho imparato a mie spese.

Brindle si gira verso di lui ma non lo guarda. Fissa invece il pavimento.

Perché mi dici queste cose?

Mace alza le spalle, poi va a riempire il bollitore e lo mette sul fuoco.

Volevo solo ricordarti che nessuno è perfetto, tutto qui. Nemmeno tu. Ti manca la Cella Frigorifera?

Il poliziotto alza le spalle a sua volta e lascia passare qualche secondo. Poi, a bassa voce, dice: Sì, mi manca.

Ti manca così tanto che non sai starne lontano. Ho saputo che sei andato da Thornby, prima.

L'ispettore annuisce.

Mace si alza.

Tè?

Preferirei quello delle mie bustine, se non è un problema.

Ah sì, dice Mace. Dimenticavo.

Mace prepara il tè e ne passa una tazza a Brindle, che estrae dalla tasca un fazzoletto per pulirne il bordo. Si accorge che Mace lo sta guardando.

C'era un po' di polvere, dice. Sono allergico.

Brindle si accomoda e prende dalla borsa una copia del «Sun» che apre e liscia con cura sulle gambe prima di passarla a Mace.

Non c'è bisogno di spiegare che quattro aggressioni sono una rarità in una città così piccola, dice. E anche se hai fatto di tutto per non scrivere quel libro sul nostro caso, sbaglio nel ritenere che tu nutra ancora qualche ambizione di avere successo come giornalista?

Con gli occhi fissi sul giornale, Mace annuisce.

Pensavo il contrario finché non sono arrivati quelli del «Sun», spiega. Ora è diventata una questione di principio.

Si siede di fronte a Brindle.

In altre parole, scattata la competizione, vuoi dimostrare quanto vali.

Se vuoi, dice Mace. Il «Valley Echo» è in ginocchio e non posso fare a meno di pensare che tra un anno mi troverò nelle tue stesse condizioni.

Ovvero?

Alla deriva.

Brindle beve un sorso di tè.

Richard Redhead, dice.

Chi?

È l'uomo che è stato aggredito oggi.

Cosa sai di lui?

Molto, risponde Brindle. Quarantadue anni, ha trascorso un periodo in India e in Thailandia. A perdere tempo perlopiù. Il solito: grandi fumate di hashish e pigrizia come stile di vita sovversivo. È stato anche in Svezia per un po'. Ha due figli da qualche parte nel mondo, da due madri diverse. Si definisce un musicista, ma l'unico strumento che suona, a quanto pare, è il violino, almeno stando ai sussidi statali di cui gode, anche se è vero che qualche anno fa ha ottenuto un'audizione per quel varietà.

Quale?

Quello del sabato sera, dedicato ai nuovi talenti. Dicono che canta come un'oca. Era su tutti i giornali.

Non su quelli che leggo io.

Brindle prosegue.

Ha avuto anche qualche problema di salute mentale. È stato in ospedale. Prende un bel po' di farmaci.

Be', questo non vuol dire niente, obietta Mace. Chi non ne prende?

Ti sto riferendo i fatti. Ha alle spalle due attività fallite. Un matrimonio fallito. È arrivato nella valle otto anni fa, i primi due li ha passati in una yurta in cima alle colline. È stato arrestato due volte per droga. Detenzione a scopo di spaccio.

Come hai fatto a scoprire così tante cose in così poco tempo?

Avevo promesso di darti una mano, no?

Roddy Mace si accende un'altra sigaretta, la quinta in due ore. Il poliziotto si allunga verso la minuscola finestrina della chiatta e la apre per far uscire il fumo.

Ti dà fastidio? dice Mace.

Sì.

Mace prende il telefono e mostra lo schermo a Brindle.

Nel messaggio dicevi che il numero quattro è un depistaggio.

Sì.

Ti riferivi a Richard Redhead. Cosa te lo fa dire con tanta certezza?

Brindle risponde prendendo il suo telefono e passandolo a Mace perché veda la foto che ha scattato a Redhead, la carne lacerata del collo, il luccichio del sangue e il bernoccolo che sporge dalla fronte, sopra la faccia per il resto intatta.

Mace fa una smorfia.

L'hai scattata tu?

Brindle alza le spalle, poi giocherella con il lobo dell'orecchio.

Eri sul posto? Come hai fatto ad avvicinarti a lui?

Ero sul posto, sì, conferma Brindle, con una punta di disinvolto autocompiacimento. Sulla scena del delitto.

Dopodiché passa a Mace anche l'iPad.

E c'è dell'altro.

Sullo schermo Mace vede altre foto della ferita di Redhead, stavolta pulita e ricucita. Si direbbero scattate sul tavolo operatorio prima che la ferita fosse medicata e fasciata.

È un impostore, dice Brindle.

A me sembra una ferita vera.

Oh, lo è. Ma lui è un impostore.
Che vuol dire?
Andiamo.
Andiamo cosa?
Guarda meglio quella ferita.
È una brutta ferita. Sembra che qualcuno abbia cercato di tagliargli via la testa con un'accetta.
Brindle scuote la testa.
No, dice Brindle spazientito alzando la voce. Ti sbagli di nuovo. Non è affatto brutta. È questo il punto. Il taglio è netto. Meticoloso. Di una precisione quasi chirurgica. Guarda qui.
Brindle prende il dispositivo e zooma le foto. Fa scorrere l'indice sulla ferita.
Non è il segno di un colpo violento, continua. Il taglio è stato fatto lentamente e senza affondare più di tanto. Con attenzione, insomma. Ho visto fin troppi corpi accoltellati, tagliati, sgozzati o fatti a pezzi nel corso degli anni. Abbastanza per distinguere la differenza. Ho visto vittime di torture, amputazioni, decapitazioni, mutilazioni. Ho visto l'opera di pazzi, molestatori, fatti di crack e metanfetamine, rapitori, stupratori, trafficanti di esseri umani, assassini recidivi, produttori di film snuff...
Immagino che questo spieghi alcune cose di te.
... e di gente anche peggiore, aggiunge Brindle.
Perché, può esserci di peggio?
C'è sempre di peggio, dice Brindle. Pensi di aver sfogliato l'intero catalogo delle atrocità umane e un giorno ti imbatti in qualcosa che ti fa venire gli incubi per un anno. Fidati, qui siamo davanti a un atto criminale. È una ferita non grave. Autoinflitta.
Mace si alza.
Ho bisogno di un drink.
Va al frigo e lo apre, malgrado sappia che non c'è alcol lì dentro. Inizia ad aprire le credenze.
Un drink non è una buona idea, obietta Brindle.
Un drink è una buonissima idea.
Si accovaccia e apre uno degli armadietti posti nel pannello di legno sotto il sedile su cui è appollaiato Brindle, si sdraia quindi a

pancia in giù per infilare la testa all'interno. Un attimo dopo esce strisciando all'indietro, sorridente, con una bottiglia in mano.

Sapevo che avrei trovato qualcosa, dice, sollevando la bottiglia.

Lascia perdere l'alcol. E guarda questo.

Brindle ingrandisce stavolta la protuberanza violacea sulla fronte di Redhead. Finisce la tazza di tè e la posa al suo fianco.

È il segno di un martello.

Lo hanno colpito con un martello?

Si è colpito da solo con un martello. Mi ci gioco casa.

Ma perché?

Guarda...

Ingrandisce ancora, poi prosegue: Si riesce a vedere un segno a mezzaluna. Se fosse stato un caso isolato, ci sarei andato più cauto, ma per una ragione o per l'altra Richard Redhead è finito coinvolto in quel che sta succedendo in questa valle. Si è colpito con un martello ma ci è andato con le molle, per così dire...

Distratto dalla bottiglia, si interrompe un secondo.

Cosa c'è lì dentro? chiede.

Alcol.

Di che tipo?

Non ne ho idea.

Mace spolvera l'etichetta col polsino della camicia.

Ouzo, ovviamente.

Brindle scuote la testa.

Non penserai mica di bere quella roba.

Lo penso eccome.

Non sai nemmeno cos'è.

No. Ma, a questo punto, è solo un dettaglio.

Be', è greco. È fatto con l'anice.

Come le caramelle. Grazie per la lezione.

Mace svita il tappo, annusa il contenuto.

Pensavo avessi smesso di bere, dice il poliziotto.

Avevo. E anche se l'astinenza non ha portato un miglioramento significativo alla qualità della mia vita, domani ricomincerò a smettere. Ma in questo momento ho bisogno di allentare la tensione.

Porta la bottiglia alle labbra e manda giù una bella sorsata, con una smorfia di disgusto.

Quando riprende a parlare, la voce è rauca. Vetrata.

Perché mai una persona dovrebbe tagliarsi la gola e colpirsi con un martello?

Brindle lo ignora e controlla l'orologio.

È il caso che guardi il telegiornale. Parleranno del caso. Lo hanno annunciato prima.

Regionale o nazionale?

Nazionale. Il notiziario principale.

Merda. Ce lo siamo perso.

Possiamo guardarlo in streaming, replica Brindle, prendendo l'iPad.

Mace glielo strappa dalle mani lanciandogli un'occhiataccia. Per un attimo il corpo di Brindle è premuto contro il suo. Ne sente la durezza, la tesa inamovibilità. Brindle sente invece il suo odore di anice. L'improvvisa vicinanza spinge l'ispettore a tossire, a cercare l'inalatore che ha in tasca per spruzzarsi il Ventolin in bocca due volte.

Nel frattempo Mace ha aperto il sito della BBC, clicca sul link e ascoltano i titoli di testa. Cresce il dissenso a Westminster sull'accordo per la Brexit. Aumentano le aggressioni a sfondo razziale, raddoppiate negli ultimi dodici mesi. Crisi migratoria imminente. Sterlina ai minimi storici nel cambio con dollaro ed euro. Mentre la Scozia marcia verso l'indipendenza, ci si chiede cosa ne sarà dell'Unione. Cittadina del nord scossa da una serie di aggressioni.

Non stiamo a vederlo tutto, dice Brindle. Va' avanti.

Mace beve un altro sorso di ouzo e si accende un'altra sigaretta. Brindle lo osserva con disapprovazione.

Andrebbe diluito.

Mace alza le spalle.

Non ho né bibite né succo di frutta.

Con l'acqua.

Non è poi così male.

Lo schermo del tablet mostra un giornalista della BBC sul vecchio ponte che attraversa il fiume della città. Riassume l'intera vicenda alla telecamera. Tre donne e un uomo sono rimasti feriti con un'arma da taglio in quattro diverse aggressioni. Descrive la valle con le solite frasi: paradiso dello stile di vita alternativo, meta di escursionisti, pittoresca cittadina dei Pennini.

Brindle sogghigna e sta per commentare ma Mace lo zittisce sollevando una mano perché Anne Knox è appena apparsa sullo schermo per spiegare cosa le è successo.

È sbucato dal nulla, dice. Indossava scarpe da ginnastica arancioni.

Bianche, la corregge Brindle. Aveva detto bianche nella sua deposizione.

E a me, aggiunge Mace.

Ho visto che aveva i capelli rossi, continua Anne Knox. Non era rasato.

Mace guarda Brindle.

Hai ragione, dice. Sta mentendo.

Ne sono certo.

Mace prende una tazza e ci versa dell'ouzo.

Mi ha detto che aveva un cappuccio. Che non ha visto i capelli né la faccia. Che non ha visto niente.

Ho cercato di difendermi, aggiunge Anne Knox reprimendo un singhiozzo. Ma era troppo forte.

Stacco sul reporter che pone una domanda alla donna: A parte il danno fisico, cosa ha comportato questa brutta esperienza?

Sono stati tutti molto gentili. Ho ricevuto tante attenzioni, in città e anche da fuori. Perfino mio marito mi ha portato la colazione a letto.

Il servizio passa poi a Josephine Jenks, a casa e con un trucco più pesante del solito.

È sbucato dal nulla, dice anche lei, fissando la telecamera.

Non avevi detto che ha firmato un contratto di esclusiva? chiede Brindle.

Sì, ma sospetto che Jo faccia quel che le pare, se il prezzo è giusto o l'esposizione mediatica buona. E il nostro giornale non può offrire nessuno dei due.

Sullo schermo Josephine continua il suo racconto.

Sono riuscita a colpirlo con un pugno bello forte ed è scappato. Ma era troppo tardi. Il dottore dice che non sono rimasta cieca per due millimetri, per cui mi sento fortunata a essere ancora viva. E non mi lascerò abbattere. Voglio riposare e rimettermi in forze insieme alla mia famiglia. Poi inizierà la mia nuova vita, esplorerò nuove possibilità.

Mace si allunga sul tablet e mette in pausa.

Aspetta un attimo.

Apre un'altra pagina web e fa una ricerca online. Trova quello che cerca e legge ad alta voce: *Il medico dice che non sono rimasta cieca per due millimetri. Sono fortunata a essere ancora viva.*

Mace guarda Brindle.

Ha appena ripetuto parola per parola quello che era scritto nel primo articolo pubblicato dal «Sun». Inclusa la solfa del riposo e rimettersi in forze. Mente anche lei.

Lo so, dice il poliziotto, appoggiando la schiena al sedile che condividono.

Mace fa ripartire il filmato, che termina mostrando ancora il reporter sul ponte. Parla di Richard Redhead, che si sta riprendendo da un intervento chirurgico, e della polizia, convinta di essere vicina a un arresto.

Mace posa l'Ipad accanto a sé.

Questa storia puzza. Puzza più di questa robaccia, sentenzia riferendosi all'ouzo.

Hai sentito cosa ha detto alla fine? chiede Brindle. *La mia nuova vita.*

Sì.

*Nuove possibilità.* Prova a domandarti chi mai direbbe una cosa simile? Per come la vedo io, ci troviamo davanti una persona che sfrutta la situazione. Anziché chiudersi nel trauma, se ne serve come un nuovo trampolino di lancio. Sfrutta la ritrovata fama che l'aggressione le ha procurato. La fama del crimine, diciamo così. L'altra possibilità è che sia stato tutto architettato fin dall'inizio. Pensa a quel che ha detto Anne Knox. Ho ricevuto tante attenzioni. È indicativo.

Se Keithy Knox le ha davvero portato la colazione a letto, allora è un miracolo, osserva Mace. Ho visto come vive quel tizio.

Anch'io, ma non pensare a lui. Ho parlato con Anne Knox. È su di lei che dobbiamo concentrarci.

Hai parlato con Anne Knox?

Prima.

E che aspettavi a dirmelo?

Ci ho provato.

Non ti sei impegnato molto. Dove?

Al caffè.

Vi siete visti al caffè?

No, ho cercato di dirtelo al caffè. Ho visto Anne Knox a casa sua.

Ti diverti a fare il misterioso?

Brindle non replica e questo induce Mace a pensare che si stia gustando il momento.

E?

Ed è stato interessante.

Brindle lascia passare qualche secondo prima di proseguire.

I conti non tornano, dice alla fine.

È esattamente quel che ho detto al mio capo.

Gliel'ho letto negli occhi.

Negli occhi?

Brindle annuisce.

Di solito diffido dei luoghi comuni, ma c'è del vero in quel che si dice sugli occhi, che sono lo specchio dell'anima. Anche se la semplice nozione di "anima" rappresenta un problema per me.

Forse perché non ne hai una?

Preferisco pensare agli occhi come a chiavi che aprono porte che nascondono segreti.

Molto poetico, detto da te, commenta Mace, mentre beve un sorso di ouzo dalla tazza, lasciandosi poi sfuggire un singhiozzo. Ho detto al mio direttore che nessuna ha reagito nel modo in cui ci si aspetterebbe in una situazione come questa.

Gli occhi non mentono e io dovevo guardarli, dice Brindle. Basta una volta. Per non parlare di quel che può rivelare un silenzio.

Non mi sembra un approccio molto pragmatico, per i tuoi standard.

Non sono d'accordo. L'interpretazione delle reazioni è una scienza. Come giornalista, dovresti saperlo. È fondamentale saper capire quando una persona dice una cosa e il corpo l'opposto. Sono le basi della psicologia. E negli occhi di Anne Knox non ho visto paura. Né ho visto i segni di un vero trauma.

Che hai visto allora?

Brindle ci pensa per qualche secondo.

Vergogna, forse. O umiliazione. Sicuramente sfiducia. Una scintilla di rabbia.

Rabbia per cosa?

Non lo so. Per tutto, forse. Se dovessi dire la mia, opterei per rabbia contro il mondo intero, la vita, il suo matrimonio e, soprattutto, suo marito, immagino.

Vuoi dire che è stato lui?

Brindle scuote la testa.

Ti ho detto di non pensare a lui. Non estrapolare. Forse lei vorrebbe che la gente credesse questo. Che sia stato il marito. Non lo so. I motivi non le mancano.

Motivi per cosa?

Per falsificare un'aggressione, ovvio.

Restano in silenzio per qualche secondo, dopodiché è Brindle a parlare.

Bene. Siamo arrivati a qualcosa. E lo stesso vale per Jo Jenks.

Mace sembra sconcertato. Si alza e fuma, scuote la testa. Si passa la mano tra i capelli, li scompiglia.

Credi davvero che queste aggressioni siano tutte una bufala?

Sì. Josephine Jenks ha riconquistato una certa notorietà. Il che è un vantaggio per lei. Ha gli occhi della gente addosso. È iniziato un nuovo capitolo.

E lei ha negli occhi il simbolo della sterlina, mormora Mace.

Non si tratta soltanto di soldi. È in cerca di riconoscimento. Attenzione. Una persona fa cose strane quando si sente intrappolata.

Intrappolata da cosa?

Dal momento che sta passando. Da questa città. Da questa valle. Intrappolata in una vita disperata.

Mace si alza e riempie ancora la tazza.

Non me l'hai offerto, osserva Brindle.

Perché non lo vorresti.

Cala un silenzio di imbarazzo ed è Brindle a romperlo.

Se ci ricaschi, mi sento obbligato a cascare con te. Ma almeno preparalo come si deve, con l'acqua. E il ghiaccio. Ce l'hai, il ghiaccio?

Quello posso fornirlo.

E un bicchiere è chiedere troppo, immagino.

Mace prepara due drink e ne passa uno a Brindle, che lo annusa e lo assaggia, prima di mandarne giù un bel sorso. Fatica a nascondere una smorfia.

E poi abbiamo Kaye Thornby, dice, con la voce più roca adesso.

Pensi ci sia un legame tra lei e le altre due donne? chiede Mace. Sul piano psicologico, intendo. Avrebbe detto cose simili se non fosse stata uccisa?

È qui che cercavo di arrivare. Non è stata uccisa.

# 4.

La borsa lo rallenta. Gli pesa sulla schiena.

Una buona parte del carico è costituito da biscotti per cani e scatolette di cibo, sempre per cani, ovvero per Earl. Il resto sono le poche cose che è riuscito a recuperare nel suo appartamento devastato: barattoli di zuppa, lattine di fagioli, una tortino di Fray Bentos, cioccolato, la sua attrezzatura da bracconiere – filo per le trappole, una vecchia rete da pesca da stendere sulle tane dei conigli – una bottiglia d'acqua, un sacco a pelo e una tela cerata. Un cappello di riserva. Il necessario per fumare è all'interno di una scatoletta di latta in fondo alla tasca.

Tony Garner ha aspettato il più a lungo possibile. Anziché offrirgli la colazione che gli avevano promesso, quegli inutili giornalisti lo hanno trascinato in una specie di caccia all'oca selvatica nella brughiera per poi portarlo alla fattoria dove è stata trovata la moglie del contadino, morta dissanguata, dicono, il che lo ha spaventato a morte. Lasciare la valle, anche se per un breve viaggio in macchina, lo ha agitato da matti. È tutto il giorno che non mangia e non ci vede più dalla fame. Se tutto va bene, ha calcolato che arriverà alla tavola calda dove servono pollo fritto poco prima della chiusura. Prenderà quello che è rimasto e servirà a placare la fame che gli ha indurito gambe e braccia. Gli darà l'energia per inoltrarsi nel santuario del bosco, dove camminerà tutta la notte se sarà necessario. Earl è con lui.

Osserva la tavola calda, nascosto nel vano di una porta sull'altro lato della strada. L'intenzione è quella di fiondarsi nel locale appena gli ultimi clienti se ne sono andati, e di far tutto in trenta secondi.

È proprio quando esce dalla tavola calda che sente la voce. La voce di un uomo.

È Tremarella.

La sente di nuovo, più forte stavolta.

*È Tremarella.*

Si gira e vede dietro di sé tre figure che hanno appena svoltato l'angolo. Tre sagome che procedono lentamente. Non può distinguerne le facce, ma il tono e l'andatura fanno sospettare che non stiano pensando a un saluto amichevole.

Sono Wayne O'Grady, George Bulmer e Jaff Parsons, tutti ubriachi di birra e whisky e ancora in preda all'adrenalina dopo aver danzato sul corpo inerte dello sconosciuto nel vicolo; un uomo che ha opposto così poca resistenza che la loro sete di violenza è rimasta inappagata. Ma Garner non ha bisogno di conoscere questo dettaglio per cominciare a correre, con i piedi che scivolano sul selciato bagnato ed Earl che tira il guinzaglio, in preda all'eccitazione perché convinto che si tratti di un gioco, tanto che alla fine Garner si decide a liberare il cane, che corre via contento, abbaiando nel buio il cui inizio segna la fine della città. Mentre si lancia in uno scatto, Garner sente i passi avvicinarsi e il respiro pesante di quegli uomini e le loro suole di gomma schizzare l'acqua dalle pozzanghere. Lo zaino che porta in spalla sembra pesantissimo, pieno di grosse pietre rotonde che lo tirano a terra e lo frenano, ma lui continua a correre nella notte, con i polmoni in fiamme e una mano sulla testa per evitare che il cappello voli via. La città e ogni altra cosa si dissolvono alle sue spalle.

E poi scivola, incespica.

Cade.

La bottiglia di ouzo è stata svuotata per metà, così pure un pacchetto di biscotti. I cubetti di ghiaccio si sono sciolti in piccole pozze sul piano di lavoro e a Mace è rimasta solo una sigaretta. La estrae dal pacchetto, la fa girare tra le dita. Si gingilla. Brindle lo guarda con gli occhi socchiusi. Quando riprende a parlare, biascica e la sua voce sembra una distorsione di quella normale.

Se hai intenzione di fumarla, usciamo. Non ce la faccio più.

Va bene, dice Mace, alzandosi.

Ho comunque bisogno di un po' d'aria fresca. E tu devi dare un'occhiata al rapporto sulle ferite di Kaye Thornby.

E come?

Facendoti amico un poliziotto di alto rango. Eccolo.

Brindle apre un altro file sul suo iPad. Mace sorride tra sé nel vedere l'ispettore vacillare, perdere per un attimo l'equilibrio.

Brindle spinge il tablet verso di lui.

Non c'è bisogno di leggere tutto per capire che le ferite erano superficiali. Non si tratta di un suicidio. La mia amica Claudia Graves lo ha confermato.

Ma c'era sangue ovunque. E lei è morta, ti ricordo.

E?

L'hanno tagliata a fettine.

Brindle fa segno di no con l'indice e con la testa.

Sbagliato. Come nel caso di Redhead, la scena del crimine spinge a questa conclusione, ma la realtà è un'altra. Mai basare i propri giudizi su voci e mezze verità. Solo le prove dirette restituiscono un quadro attendibile. Ti sei mai tagliato un dito?

Mace gli mostra il medio.

Il mese scorso ne ho quasi perso un pezzo.

Scommetto che ha sanguinato per un bel po'.

È un paragone assurdo, obietta Mace.

Non lo è affatto, dice il poliziotto scuotendo ancora la testa. Immagina di esserti tagliato la giugulare. Niente di profondo, poco più di un graffio. Il cuore è un motore potente, gli basta qualche pompata per spargere fiotti di sangue a metri di distanza da quella piccola incisione. A quel punto, basta poco per perdere conoscenza. E tanti saluti. Non ci vuole un genio per capirlo. Kaye Thornby non è stata squarciata o tagliata a fettine. La sua è stata un'incisione precisa, chirurgica. Come quella di Redhead. Nessuno può saltare addosso a una persona e riuscire in una simile impresa. Avremmo segni di lotta, lacerazioni, ferite da difesa, abrasioni. E chissà cos'altro. Fa una pausa, si mette una mano sul petto come se avesse un bruciore di stomaco, poi rilascia il respiro.

Ho visto abbastanza omicidi e so distinguere, dice.

Mace si accende la sigaretta prima di salire sul ponte. Brindle indossa la giaccia e lo segue. Il cielo è coperto soltanto da strie di nubi che scivolano via svelando banchi di stelle. La temperatura è scesa ma, per una volta, non piove. I due uomini contemplano in silenzio il canale, un nastro grigio-argento che si allunga sul fondovalle. Si scambiano la bottiglia. Hanno smesso di diluire l'ouzo.

Passa un minuto, poi un altro.

Ok, dice alla fine Mace. Quindi la teoria è che Jo Jenks e Anne Knox mentono. O cercano attenzione. O entrambe le cose. Ma Kaye Thornby e Richard Redhead...

Brindle lo guarda di traverso, scuote la testa. Tira su la zip della giacca. Il freddo gli ha acuito i sensi.

Sei davvero scemo o solo ubriaco? O entrambe le cose?

Eh?

Ti ho fornito tutti gli elementi e ancora non ci sei arrivato?

Mace lo guarda. Il volto di Brindle è pallido alla luce intensa della luna. Spettrale. Sembra quasi luminoso. L'accenno di sorriso che gli incurva le labbra è quasi un ghigno.

Per essere un cinico, sei piuttosto ingenuo, dice il poliziotto.

Fanculo.

Ti sto offrendo uno scoop su un piatto d'argento.

Cosa vuoi in cambio? Gratitudine?

Brindle prende la bottiglia e beve.

Un po', sì. Soprattutto perché non posso apparire in questo caso. Ti sto facendo un regalo e tu parli ancora di un presunto squarciatore. Il mio lavoro è terminato, a quanto pare. È ora che me ne vada.

Farai mica i capricci, replica Mace. Andiamo. Dimmi il resto. Aiutami a capire. Guidami.

Brindle si gira verso di lui. Mace è scosso da un brivido nel fissare il volto inquietante di quest'uomo i cui occhi sembrano solo pupille.

Ti ho già detto tutto, continua il poliziotto. Ti suggerisco di considerare l'ipotesi che l'aggressore esista solo nella testa delle vittime. Con il tempo, possono essere riuscite a convincersi che lui o lei o chissà cosa sia reale, ma temo che non lo sia. Ciò che abbiamo davanti – e uno scrittore come te dovrebbe sfregarsi le mani – è un esempio di psicosi condivisa.

Psicosi condivisa?

Brindle beve un altro sorso e continua.

Chiamala isteria collettiva, suona meglio. Sappi solo che quanto sto per dirti ha una lunga casistica alle spalle. E quando avrò finito, sarai in grado di raccontare una storia che nessuno immagina. Né quegli inetti della polizia locale né i tuoi amici dei tabloid né i colleghi della Cella Frigorifera.

Mace getta la sigaretta nel canale.

Ho la sensazione che non dormiremo molto stanotte.

Brindle guarda storto Mace ancora una volta e in quello stesso istante una nuvola passa davanti alla luna, cancellando i riflessi sull'acqua scintillante. Non restano che i due uomini, la loro bottiglia, la notte.

C'è spazio sotto la roccia.

Guidato dall'istinto, Tony Garner si fa strada nel bosco nero pece verso quel rifugio. I piedi procedono sicuri ma la mente è confusa. Malgrado sia ancora galvanizzato dalla paura, sente che l'energia e il dolore delle botte aumenta rendendo ogni passo una prova. Earl lo precede. È riuscito a mettere in fuga gli aggressori, affondando le zanne nei loro polpacci, nelle mani, nei polsi. Lo ha salvato. Garner passa la lingua sui denti e li sente muoversi nelle gengive. Ha le labbra gonfie e il sapore del sangue in bocca. Si sfiora un taglio sulla guancia. Prende con delicatezza tra pollice e indice il ponte nasale e si rende conto che è deviato. Poteva andare peggio. Poteva andare molto peggio. Ma a sconvolgerlo è soprattutto la perdita dello zaino, abbandonato nella mischia, e del suo cappello. Gli resta soltanto quel che ha in tasca: qualche moneta, un pacchetto di mentine per l'alito, un rotolo di filo e la scatoletta con dentro erba, tabacco, cartine e un accendino. Gli è rimasto almeno il necessario per fumare.

Ha la testa pesante e annebbiata e sente un ronzio strano, sembrano i rintocchi di una campana arrugginita gettata in mare. Il fruscio del vento tra i rami è ovattato, lontano. Il polso destro gli fa male. E anche le costole. Un orecchio gli brucia.

La roccia è una sagoma a sé nell'infinito mistero della notte.

È gelida e neutra. Nel toccarla, Garner ha la sensazione che il tempo abbia cessato di esistere. È antica e immutabile, incapace di provare dolore. Con dita tremanti, Garner si tira su il colletto e chiude la zip della giacca. Il vento scompiglia i pochi ciuffi di capelli della sua testa gelida.

Il cane tiene gli occhi bene aperti e le orecchie tese, in cerca di nuove minacce. Cammina a testa alta, fiero di aver servito il suo padrone. Earl non dormirà stanotte.

La fiamma del suo accendino di plastica illumina il terreno accanto a un groviglio di radici. Garner vede la roccia grande come un pallone da calcio e la spinge via, poi scava a mani nude finché non tocca l'estremità di un manico. Estrae il coltello come se la terra fosse un fodero. Lo stringe tra le dita. È un sollievo riaverlo.

Sulla lama rimangono tracce di sangue secco. Il terriccio non l'ha pulita.

Si volta verso la grande roccia e individua un angolo asciutto grande quanto una bara sotto la sporgenza.

Garner prende dalla scatoletta quel che resta di una canna e, sempre con il coltello in mano, striscia in quello spazio sepolcrale, poi tira a sé Earl, stringendolo al petto. Accende la canna e la fuma nell'oscurità, il bagliore illumina i disegni dei licheni sulla pietra a pochi centimetri dal suo viso, mentre la mano tremante stringe il manico del coltello; e una volta finita la canna la notte avvolge Garner e lui stringe più a sé il cane. I loro cuori battono allo stesso ritmo frenetico delle creature braccate.

Sulla barca Brindle tira fuori il raccoglitore. È zeppo di carte separate da divisori, molti dei quali marchiati da appunti scritti su post-it di colori diversi. Il raccoglitore è accompagnato da una pagina di riferimenti incrociati. Mace la prende per studiarla.

Hai fatto tutto questo in una sola settimana?

Sì.

Mace scuote la testa.

Hai un disturbo della personalità.

È una diagnosi impegnativa in cui lanciarsi se non si ha nessuna qualifica in questo campo.

So leggere nell'animo delle persone.

Mi sembra evidente il contrario, replica Brindle. Io so invece leggere migliaia di pagine di documenti per estrarne informazioni.

Per questo siamo una buona squadra.

Non siamo una squadra. Non bastano due persone per fare una squadra. Ce ne vogliono molte.

E sia. Vuol dire che siamo un duo, anche se non so bene chi di noi due sia la spalla.

Brindle fa un lungo sospiro.

No. Siamo solo due persone con un obiettivo comune. Prima c'eri soltanto tu, ad annaspare senza arrivare a niente.

Brindle apre il fascicolo e prende un altro foglio, che passa poi al giornalista.

Ho letto un bel po' su questa regione. Storia, mitologia, crimini passati, strani fenomeni. Questo articolo sulla stregoneria nella valle è interessante.

Mace si strofina gli occhi.

Non puoi farmi un riassunto?

Be', parla di ostensione.

Che roba è?

L'ostensione è un processo per cui certe azioni della vita reale vengono inconsciamente modellate su una leggenda. Dal racconto alla pratica, in sostanza.

Come una profezia che si autoavvera. O come vedere fantasmi in una vecchia casa perché qualcuno ci ha detto che è infestata.

Immagino la si possa mettere anche così. E tuttavia un esempio più calzante è un atto di autolesionismo generato dalla convinzione di essere manipolati da una forza esterna. O perché ci si sente parte di un sistema più grande e potente. Una sorta di tacita esperienza collettiva. Passami la bottiglia.

Mace la urta nell'allungare la mano, ma la prende comunque al volo prima che cada. Beve. Fa una smorfia. La passa a Brindle.

E sarebbe questo il motivo, secondo te, per cui Jo Jenks si è tagliata la faccia.

Non so perché lei l'abbia fatto. Non ne ho idea. Ma potrebbe essere il motivo per cui Anne Knox si è tagliata il braccio.

Non ti seguo. Stai dicendo che sono streghe?

Certo che no, cazzo. Non sono streghe, sbotta Brindle, con una velenosa punta di frustrazione nella voce che Mace trova preoccupante.

Andiamo, prosegue l'ispettore, addolcendo lo sguardo nel vedere l'espressione di Mace. Sto dicendo che Anne Knox ha simulato l'aggressione perché ha visto l'interesse che ha suscitato quella di Jo Jenks. Il primo atto ha innescato il secondo, e il secondo il terzo. Ed è per questo che Kaye Thornby si è uccisa per sbaglio. Ed è sempre per questo che Richard Redhead si è dato una martellata sulla fronte per poi tagliarsi la gola. Effetto copycat. Comportamento mimetico, per dirla in parole più povere. Bisogno di attenzione a un livello profondo. E così via.

Mace si alza e cammina per la stanza, scuote la testa. Apre un cassetto della cucina e vi rovista dentro.

Ho bisogno di un'altra sigaretta.

È quello che pensi tu, borbotta Brindle.

No, lo so per certo. Mi sembra di essermi allontanato dal sentiero della ragione per entrare nella palude dell'assurdo. La valle ti ha contagiato, Brindle. Succede a volte.

Brindle lo fulmina con lo sguardo.

Non sto inventando niente, dice. Ci sono centinaia di testimonianze di incidenti simili attribuiti alla follia di massa. Sono stati fatti studi sull'argomento. Ecco perché ti ho portato questo.

Prende un secondo fascicolo dalla sua valigetta. Lo apre. Anche questo è pieno di carte contrassegnate con un numero perfino maggiore di post-it di vari colori.

Mace pesca una busta di tabacco dal cassetto. La svuota sul piano di lavoro, raccoglie i pochi fili rimasti e comincia a rollarsi una sigaretta.

Ecco, guarda, dice Brindle, battendo l'indice su una delle pagine. Francia, Medioevo. Una suora si mette a miagolare, viene imitata dalle altre e per ore il convento sembra popolato soltanto di gatti. Ore che diventano giorni e giorni che diventano un'intera settimana.

Mace fa scattare la fiamma dell'accendino tenendola accostata alla contorta estremità di quella penosa sigaretta.

Suore che miagolano insieme? È da qui che viene la parola copycat?

Non lo so, dice Brindle. Eccone un altro: Strasburgo, 1518. Un gruppo di persone inizia a ballare e non si ferma più.

Sono stato in locali del genere. Non c'è nulla di insolito.

Salvo che altre persone si uniscono al gruppo e poi altre ancora, con la storia che va avanti per settimane. Più di quattrocento persone, finché alcuni non sono crollati per infarto o Dio sa perché. È un caso noto. Sai che spiegazione venne data all'epoca?

Mace scuote la testa.

Sangue caldo. Si disse che il sangue troppo caldo era la causa.

Il giornalista aspira in silenzio la sigaretta e si gratta la testa. Brindle si allunga per aprire una finestra. Gesticola in modo maniacale per scacciare il fumo.

Sì, va bene, gli umani sono strani. Ma continuo a non vedere il collegamento. E non mi fido nemmeno di questi presunti resoconti storici. Francamente, il 1518 era un altro pianeta.

Perfetto, dice Brindle. Proviamo con qualcosa di più vicino. Blackburn, 1965. La contea accanto. Ottantacinque ragazze vengono portate in ospedale perché soffrono di vertigini, svenimenti, gemiti incontrollati, denti che battono. Nottinghamshire, 1980? Un concorso di bande musicali finisce con 259 persone sottoposte a cure per una variegata serie di disturbi inspiegabili e irrazionali.

Per esempio?

Improvvisi svenimenti di massa. Vomito, emicrania, vertigini. Si contano decine e decine di casi analoghi in giro per il mondo, epidemie di comportamenti strani. Sintomi della sindrome di Tourette, crisi di urla, perdite di conoscenza, convulsioni, presunti casi di possessione demoniaca, automutilazione. Tutti attribuiti a isteria collettiva.

Sai una cosa? Mi sorprendi sempre, commenta Mace. Te ne stai sulla mia barca a bere questo liquore indegno e a dire sciocchezze.

Ammetto che è difficile da credere. C'è tuttavia un altro caso che merita di essere considerato.

Brindle sfoglia il fascicolo, trova la pagina che sta cercando e poi la porge a Mace, che comincia a leggere.

Halifax, fine novembre 1938, dice Brindle, troppo impaziente per aspettare che Mace arrivi fino in fondo. A meno di dieci chilometri da qui. Una serie di accoltellamenti concentrati nell'arco di una settimana. Proprio qui, in cima a questa strana valle. La polizia registrò sette vittime in altrettanti giorni, ognuna sosteneva di essere stata accoltellata in città, sempre di notte e sempre da una figura indistinta, un'ombra che emerge all'improvviso da un portico o un vicolo buio. È documentato. Guarda.

Sto guardando, dice Mace. Sto guardando.

Brindle chiude gli occhi e snocciola i nomi.

Mary Gledhill. Gertrude Watts. Mary Sutcliffe. Clayton Aspinall. Hilda Lodge. Beatrice Sorrel. Margaret Kenny. E anche un Percy Waddington, a Elland.

Mi lasci leggere o no?

No, disse Brindle, strappandogli il fascicolo dalle mani per voltare pagina e indicare una serie di foto in bianco e nero della polizia.

Una delle vittime riferì che l'aggressore brandiva un martello, un'altra disse che aveva scarpe con fibbie lucide. Una terza parlò di un rasoio maneggiato con grande abilità. Tutti questi dettagli hanno poi dato corpo a quel che i giornali chiamarono lo Squarciatore di Halifax. Per cui, vedi, i tuoi ingenui commenti su un ipotetico squarciatore non sono poi così assurdi. Sono anzi parte di una ricca progenie di reazioni giornalistiche iperboliche e di mostruose creazioni redazionali. Perché non appena apparvero questi articoli, in città si sparse il panico. Si formarono gruppi di vigilantes che cominciarono ad aggredire chi veniva ritenuto sospetto. Membri della loro stessa comunità. Ti suona familiare? Venne chiesto l'aiuto di Scotland Yard.

Aspetta un attimo, dice Mace. Credo di averne sentito parlare. Una cantante che ho intervistato l'altro giorno accennava a un'ondata di violente aggressioni attribuite a isteria collettiva. È interessante.

È molto più che interessante, obietta Brindle. È uno schema. La voce si sparse. La paura crebbe. Di lì poco vennero segnalati attacchi simili nelle città vicine: Bradford, Brighouse, Huddersfield e poi di nuovo a Elland. Tutte nella stessa contea. Come se la prima serie di aggressioni ne avesse scatenata un'altra. E un'altra ancora. Le vittime furono intervistate dalla polizia e dai giornalisti, ognuno raccontava la sua storia. Solo che non c'era nessuno squarciatore.

Mace lascia cadere la cenere in una tazza vuota. Scosso dai brividi, chiude la finestra che Brindle ha aperto pochi istanti prima. Si concede un altro sorso di ouzo e vede che la bottiglia è quasi vuota.

Stai dicendo che anche questo è un caso di isteria collettiva?

Esattamente. Non saltare alle conclusioni, però. Non sto dicendo che quanto è accaduto decenni fa abbia influenzato gli eventi di oggi. Porto questo esempio solo per dimostrare che il fenomeno esiste. E in effetti, nel dare notizia di questi incidenti, anche voi giornalisti avete svolto un ruolo, per quanto involontario.

Mace si siede e prende il fascicolo di Brindle. Inizia a sfogliarlo.

Ma quale sarebbe il movente? Una volta mi hai detto che, trovato il movente, il resto viene da sé. Che è come un seme da cui germogliano le azioni e, per come la vedo io, l'isteria in sé non è un movente, semmai un sintomo. Da cosa è spinta questa gente?

Brindle tira su col naso, si sistema gli occhiali.

La fama del crimine, dice con un'espressione in cui Mace nota una scintilla di orgoglio.

So che muori dalla voglia di raccontare il resto, lo incalza Mace. Quindi non sarò io a fermarti. È il tuo momento.

La fama del crimine, ripete. È una definizione che ho coniato io. Il desiderio di ottenere fama o riconoscimento immediato, compassione o notorietà, commettendo un crimine o mettendosi nella posizione di vittima. In altre parole, indossando i panni dell'aggressore o dell'aggredito. La criminologia è piena di casi del genere. In quel che sta succedendo nella valle prevale il vittimismo. Prendiamo le reazioni dei media nei confronti di Jo Jenks. L'hanno strappata all'oscurità in cui viveva catapultandola in prima pagina, e tutto per via di un passato piccante che si adattava alla linea editoriale del «Sun». Immagina ora cosa avranno pensato le donne della sua generazione nel vederla finire sotto i riflettori dal giorno alla notte. La gelosia è un motivatore potente, abbastanza da provocare reazioni.

Mace sprofonda un altro po' nella sedia su cui è stravaccato. Fa per parlare ma ci ripensa. Brindle ne approfitta per andare avanti.

Ognuno reagisce in modo diverso. Nel caso del 1938 a Halifax e in quello che sta succedendo oggi qui, abbiamo a che fare con una successione di incidenti collegati, in cui confluiscono fattori diversi come la geografia, la topografia, la salute mentale, la situazione domestica, il cambio di stagione, la conoscenza di eventi passati e un profondo e contorto desiderio di riconoscimento. Una convergenza di influenze sociali e psicologiche, diciamo così, che ha innescato una reazione a catena. Possiamo chiamarla reazione seriale di massa oppure replicazione di un comportamento isterico. A me piace chiamarla fama del crimine. Con un po' di fortuna, la definizione entrerà presto nel linguaggio investigativo e quando accadrà, spero testimonierai di avere assistito alla sua nascita.

Il telefono di Mace, nel lato opposto della stanza, viene scosso da un bip e poi da una vibrazione. Il giornalista lo recupera e legge il messaggio. Lo legge una seconda volta. Scuote la testa.

Cazzo.

Che c'è? chiede Brindle.

Hanno accoltellato Fitz.

E chi è?

Jeremy Fitz. Il reporter del «Sun».

Accoltellato?

Sì. E non l'ha fatto da solo.

Da chi allora?

Da metà degli uomini di questa città, pare.

Keith Knox prende le due scatole e consegna il denaro, contato. Vedendo il fattorino indugiare sulla porta nella speranza di ricevere una mancia, Knox si gira e lo molla lì, sbattendogli la porta in faccia.

In salotto, la moglie cambia canale. Passa da Babestation al telegiornale e poi al suo programma preferito, dove persone famose ballano con il pubblico che batte le mani a tempo. Stasera un politico, che in passato veniva dato come futuro primo ministro, è vestito come un cowboy a un rodeo e si agita nello studio senza grazia né dignità attirando fischi e buh, mentre una giuria assiste impassibile da un palco rialzato.

Keith Knox porge uno dei cartoni di pizza alla moglie.

Ecco, questa è quella che prendi di solito.

Si stravacca sulla poltrona.

Anne Knox ha ancora il braccio fasciato. Apre la scatola con l'altra mano. Il fumo sale e le scalda il viso. Odora di cipolle, erbe e formaggio industriale.

È una hawaiana? chiede.

Sì, dice il marito, mentre infila una fetta di pizza calda in bocca per sputarne un pezzo non appena sente la lingua bruciare.

La solita che prendi tu, ripete.

Non mi piace l'ananas, dice lei a bassa voce.

Sì, invece, replica lui, raccogliendo il pezzo che ha sputato e guardandosi attorno sulla poltrona, in cerca del telecomando.

No, Keith. Non mi è mai piaciuto.

Da quando?

Da quando ero bambina.

Però prendi sempre l'hawaiana. Che fine ha fatto quel cazzo di telecomando?

Anne Knox glielo mostra, senza dire una parola. Lui lo guarda per un attimo, poi torna a concentrarsi sullo schermo.

Be', passamelo allora, dice, allunga la mano aperta muovendo le dita.

Lei posa il telecomando e mette la scatola con la pizza sul pavimento, accanto ai suoi piedi, poi riprende il telecomando e si alza. Lo schiaffa sul palmo aperto del marito, unto d'olio. Keith Knox, con gli occhi sempre fissi sullo schermo, scuote la testa.

Ma tu guarda quel figlio di puttana, dice.

Mentre lei torna a sedersi, il marito inizia a scorrere i canali del menu, finché non arriva a quelli dei programmi per adulti. Seleziona di nuovo Babestation, prende un'altra fetta di pizza e gli dà un morso.

Sullo schermo appare l'immagine familiare di una donna in bikini, distesa contro lo schienale di un divano, con una mano che le sostiene la testa e l'altra che agita un telefono. La sua faccia è inespressiva, indifferente. Non c'è niente in lei che non sembri più o meno amplificato o artificiale, perlomeno agli occhi di Anne Knox. Le labbra, il seno, le unghie, i capelli. Persino il colore della pelle. È una donna ai margini della realtà.

Anne Knox guarda il marito e lo vede sorridere in modo lascivo.

Tu che hai preso? gli chiede.

Eh? replica lui brusco.

Volevo solo sapere che pizza hai ordinato.

Il marito mastica rumorosamente, ingoia.

Lo sai.

No, non lo so invece.

Si riempie di nuovo la bocca e, con la voce soffocata dal cibo, dice: Quella doppia, ripiena di carne.

Poi, con non celato disprezzo, aggiunge: Formato famiglia.

Anne Knox fissa la pizza davanti a sé. I piccoli pezzi gialli di ananas. I cubetti rosa di prosciutto. I fili di formaggio fuso, già indurito.

È quella che avevo chiesto io.

Eh, che hai detto?

Ho detto che è quella che avevo chiesto. Doppia col ripieno di carne.

Ah, sì? Ce n'era una sola.

Anne si schiarisce la gola.

Alla fine Keith Knox si decide a guardare sua moglie.

Che c'è? Lo so che mi stai fissando.

Niente, dice lei.

Passa qualche secondo prima che lui torni a concentrarsi sullo schermo.

Non morirai certo per un po' d'ananas, dice, rivolto tanto alla donna in televisione che a sua moglie, quindi alza il volume, in modo che il martellante sottofondo a base di musica pop diventi insopportabile per Anne Knox.

L'ananas è l'ultimo dei tuoi problemi, aggiunge a voce più alta, per imporsi sul frastuono.

E questo che vorrebbe dire? replica lei.

Keith Knox la ignora, prende un'altra fetta di pizza e, mentre la addenta, Anne Knox nota un filo di formaggio attaccarsi al mento non rasato del marito, lo vede penzolare alla luce dei bagliori cangianti dello schermo televisivo.

Mace cammina su e giù nel solo spazio della barca in cui sia possibile fare più di tre passi di seguito, finché non si rende conto dell'assurdità della cosa e torna a sedersi.

Prende la bottiglia, si scola l'alcol che è rimasto, quindi la posa con delicatezza sul piano di lavoro.

Non so cosa dire.

Brindle si alza e barcolla per un attimo, senza più cercare di nascondere il suo stato di ebbrezza.

Non c'è niente da dire, replica. Ma puoi fermare questo delirio. Hai qualcosa da scrivere adesso. Mettiti al lavoro e racconta come stanno le cose.

Mace annuisce.

Manca un dettaglio, però, aggiunge. E non da poco.

Che dettaglio?

Delle prove. Prove di qualche tipo.

E dove le troviamo?

Va individuato l'anello debole della catena per poi forzarlo.

Abbiamo un anello debole?

Ne ho in mente uno, sì, dice Brindle.

Mace e Brindle procedono di buona lena in città, malgrado le gambe instabili. L'ouzo li ha liberati di ogni inibizione e i loro movimenti sono più sciolti.

A un tratto Brindle estrae il telefono e si ferma. Mace continua a camminare ancora per qualche secondo prima di rendersi conto che l'ispettore non è più al suo fianco. Torna indietro.

Niente sperma, dice Brindle.

Cosa?

È stato un incidente.

Di che cosa parli?

Kaye Thornby. Ho appena ricevuto un messaggio dal mio contatto della scientifica. Claudia. Dice che non hanno trovato tracce di sperma né di penetrazione, orale o vaginale o anale che sia, per cui possiamo scartare la possibilità peraltro esile di un movente sessuale da parte dell'aggressore, che è ormai una figura chiaramente ipotetica. Inoltre, niente lascia pensare che un'altra persona sia coinvolta nell'accaduto. Niente impronte e niente fibre. Claudia è quasi certa che la ferita sia stata autoinflitta e che la Thornby sia morta dissanguata. Nel rapporto propone di archiviare la morte come accidentale.

Accidentale. Questo significa...

Molte cose, lo interruppe Brindle. Che Kaye Thornby non è stata uccisa, ma non aveva nemmeno intenzione di suicidarsi. Il suo è stato un tentativo di attirare l'attenzione su di sé e ci è riuscita, anche se non nel modo che lei aveva in mente. Significa anche che Austin Thornby non ha alcuna colpa e non sarà incriminato. Significa poi che la mia teoria è a un passo dall'essere dimostrata. Ecco perché dobbiamo parlare con Redhead il prima possibile, prima che la polizia e la stampa vengano coinvolte.

Ma la polizia siamo noi, dice Mace. La stampa siamo noi.

Non credo che il reporter del «Sun», Jeremy Fitz, sia in grado di aspettare Redhead davanti casa, osserva Brindle mentre mette via il telefono e riprende a camminare. A parte infrazioni di minore entità – far perdere tempo alla polizia, per dirne una, la più rilevante – il solo vero crimine di questo casino è l'aggressione a Fitz. L'anello più debole della catena è al momento Redhead, ed è lui che dobbiamo forzare, perché è quello che ha più probabilità di cedere.

Sei sicuro che sia una buona idea, però? Presentarsi adesso in ospedale? È tardi. E siamo anche un po' ubriachi.

È cosciente, vero?

Sì, è cosciente.

Nessun problema, allora. E noi connettiamo ancora.

Dal nostro punto di vista, sì. Ma non so se altri possano pensarla allo stesso modo. Puzzi di anice.

Dobbiamo agire stasera. *Stasera.*

Potrebbero anche non farci entrare.

Ci faranno entrare, replica Brindle. Un poliziotto o un giornalista che si rispetti deve essere in grado di entrare ovunque. Inoltre, ho ancora il mio distintivo.

Ti ricordo che sei sospeso.

No, obietta Brindle. Non è vero. Sono in congedo. E chissà, quando si verrà a sapere che sono stato io a risolvere questo mistero, forse la Cella Frigorifera mi reintegrerà all'istante. La mia teoria sulla fama del crimine diventerà materia di studio insegnata nei corsi di criminologia l'anno prossimo, dammi retta. Di' un po', quanto cazzo manca ancora per arrivare al parcheggio dei taxi?

Ci siamo quasi. E hai appena usato un'espressione scurrile. Non è da te.

Brindle accelera il passo, lasciando dietro Mace.

Muoviamoci prima che ci passi 'sta cazzo di sbronza e cambiamo idea, dice rivolto alla notte.

Nel soggiorno di casa sua, nel quartiere residenziale di Greenfields, Josephine Jenks si versa un altro bicchiere di brandy, per poi chinarsi sulle sue gambe traballanti e rovistare nel contenuto della scatola che ha chiesto al figlio Craig di andare a prendere in soffitta. È rimasta lassù per quasi vent'anni, sigillata con del nastro adesivo, nascosta dietro a sacchi di vecchi vestiti, giocattoli e articoli elettrici obsoleti o fuori uso, tra cui un gasatore Sodastream, una console per videogiochi e un lettore VHS.

La stanza è illuminata soltanto da una piccola lampada e dal bagliore del televisore, sintonizzato su un canale che trasmettere video pop degli anni Ottanta, con l'audio disattivato.

Josephine Jenks prende una pila di DVD tenuti insieme da un paio di elastici. Le copertine sono tutte simili, sgargianti e con forti contrasti, ma stampate in bassa risoluzione. Ne esamina una. In alcuni punti, il tempo ha sbiadito i colori, così che i peni che lei tiene in ciascuna delle sue mani sono diventati di un bianco irreale, sembrano oggetti che lei ha in mente di ispezionare o acquistare. Il rossetto, invece, non ha perso nulla della sua brillantezza, come se sfidasse il tempo.

Jo Jenks gira la custodia del DVD e vede di nuovo se stessa, stavolta a quattro zampe, con i capelli sciolti all'indietro e striati di riflessi biondi, un'acconciatura che era in voga in quegli anni, ma che lei non ricorda di aver mai portato. Aveva avuto un solo figlio all'epoca ed era più magra. Il suo corpo non era sformato come adesso.

Apre la custodia, estrae il disco e mentre controlla che non vi siano graffi o abrasioni, si imbatte nella propria immagine riflessa sulla superficie metallica. L'angolazione è poco lusinghiera, il volto ancora coperto da una spessa benda, gli occhi oscurati, lo sguardo annebbiato dall'alcol. Sfila la copertina dalla custodia, toglie il cappuccio a un pennarello stringendolo con i denti ancora sani, bianchi e regolari, e firma con l'inchiostro scivoloso la carta lucida. Rimette la copertina al suo posto. Prende un altro DVD dalla pila. Firma anche quello.

Finito di firmare i film, li infila in buste imbottite, ognuna già provvista di un'etichetta con nome e indirizzo. Gliele ha stampate Craig su una speciale carta autoadesiva e lei ha accettato di riconoscergli una commissione del venti per cento. È meno di quanto pagava ad altri. In tutto sono quaranta buste.

Prende una pila di cartoline, sempre dalla scatola che stava in soffitta, e le dispone a ventaglio sul pavimento di fronte a sé. La ripetizione della stessa immagine del suo volto e della sua figura più giovane e nuda crea per un attimo un senso di movimento, come quando si guarda un flipbook. Nella foto indossa soltanto un paio di calze e i suoi seni sodi, congelati per sempre nel momento in cui erano al meglio, sembrano ancora una volta sfidare il tempo. Ingannarlo. Trascenderlo.

Cristo, se ero bella, si sorprende a dire ad alta voce.

Poi le torna in mente lo studio dove ha posato. E anche il fotografo.

Solo che non era uno studio, ma un freddo garage con un lenzuolo bianco come sfondo, attrezzi elettrici e sacchi di ghiaia accatastati fuori dall'inquadratura. E il fotografo non era nemmeno un fotografo, ma un distributore di porno e uno spacciatore di droga, un trafficante di esseri umani, un pappone e uno stupratore. L'ennesimo mostro di un mondo di mostri.

La bestia regalava quella foto agli uomini per invitarli ai suoi festini o come ricordo, sempre dei suoi festini. Un anno o due dopo averla scattata aveva aperto diversi siti web. Si era all'inizio del boom di internet e ha guadagnato parecchi milioni di sterline, denaro che ha poi reinvestito in varie attività legali. Prima un'azienda di accessori da cucina, poi un grande negozio di mobili. Poi un secondo. E un terzo. Il genere di posti in cui le famiglie vanno nei fine settimana. Aveva accumulato una fortuna, la bestia. Aveva comprato una grossa quota di una squadra di calcio, per poi rivenderla con un enorme profitto quando il club era salito di due divisioni. Possedeva degli internet caffè. Una palestra. E altro ancora.

Jo Jenks sente la ferita tirare. La sente pulsare e le fa male.

Nel corso degli anni ha letto della bestia sui giornali. Ha perfino rivisto la sua faccia in televisione una volta o due. L'ultimo articolo che le è capitato sotto gli occhi era su un tabloid e parlava delle donazioni plurimilionarie per la campagna degli indipendentisti a favore dell'uscita del Regno Unito dall'Unione Europea. Il giorno dopo il referendum nazionale e la vittoria del sì, lo ha visto di nuovo in televisione, in agguato sullo sfondo, con un sogghigno da maniaco.

Infila una cartolina in ciascuna delle buste, poi si alza per recuperare dal ripostiglio dei panni un sacchetto di plastica con dentro un mucchio di biancheria intima economica. Sbroglia quel groviglio e infila un paio di mutande in ogni busta.

Strappa via la striscia che protegge il lembo autoadesivo delle buste e sigilla l'apertura.

Queste spedizioni le frutteranno 1 200 sterline, meno il costo dei francobolli e delle mutande, acquistate in lotti al mercato coperto di Halifax. Non male per una giornata di lavoro.

Josephine Jenks finisce il bicchiere di brandy e si guarda intorno in cerca della bottiglia. La trova e si versa un altro cicchetto. Si scola anche quello. Ascolta la pioggia che tamburella sul vetro e torna a sentire il sangue pulsare nella ferita che le sfigurerà il viso per sempre.

Le luci sono soffuse nel reparto di terapia intensiva. Si sentono soltanto il rumore del respiratore e il brusio elettrico delle macchine.

Jeremy Fitz giace su un letto, il volto tumefatto, gli occhi ridotti a due fessure in mezzo a una massa di carne gonfia e livida.

Brindle e Mace lo osservano da dietro il vetro della porta da cui si accede alla stanza.

È un ammasso di cavi e tubi. La defibrillazione ha posto fine all'aritmia cardiaca causata dal trauma delle percosse. Il suo cuore è ora una linea che oscilla su uno schermo. Un sottile tubo di plastica gli entra nel collo, un altro è infilato nell'incavo del braccio e lo nutre con una soluzione salina. I suoi polmoni hanno bisogno di una ventilazione assistita. Il gonfiore per l'emorragia celebrale non consente di stabilire in modo definitivo la presenza di un trauma cranico. Una gamba è rotta in due punti e una mano è schiacciata. La mascella è fratturata. Jeremy Fitz ha ingoiato due denti. Verrà operato domani, sempre che riesca ad arrivare al mattino.

I due uomini si allontanano e procedono nei corridoi silenziosi e deserti, con le suole che scricchiolano sui pavimenti lucidi, finché non individuano la stanza di Richard Redhead.

Guardano di nuovo da dietro il vetro.

Vedono il collo fasciato, il ferito con indosso un camice ospedaliero. I suoi vestiti sono piegati sulla sedia accanto al letto e in cima alla pila Mace vede una maglietta dei Thank-You. Non è nuova, risale al loro tour di tre anni fa. È macchiata di sangue.

È Richard Redhead?

Brindle fa un cenno di assenso.

Sei sicuro? Mace insiste.

Sono io che gli ho parlato prima che venisse caricato sull'ambulanza, ricordi?

Lo riconosco. Era al concerto dell'altra sera, stava davanti al palco e dichiarava il suo amore per Jenny Thank-You in modo piuttosto invadente e fuori luogo. Lo riconosco da quel ridicolo scalpetto.

Spiegami cos'è uno scalpetto.

Lo scalpetto. Il taglio di capelli.

Non so di che parli.

Mentre Mace fa un gesto da dietro il vetro, Richard Redhead gira la testa verso di loro.

Non importa.

Be', comunque ci ha visti ormai, dice Brindle. Entriamo. Fai parlare me.

Mace lo segue nella stanza, illuminata da una sola lampada, non puntata sul letto. Nonostante la penombra riesce a individuare un grosso bernoccolo e un piccolo taglio sulla fronte dell'uomo.

Salve, Richard, sono James Brindle. Le ho dato una mano fuori del ristorante.

Redhead annuisce.

Una scena alquanto impressionante, continua Brindle. Così ho pensato di passare per vedere come stava.

Mace fa un passo avanti per presentarsi, ma Brindle lo ferma con uno sguardo e un gesto discreto della mano, prima di prendere l'altra sedia per avvicinarla al letto. Mace incrocia le braccia e si appoggia alla porta chiusa.

Brindle si accomoda ma poi accosta ancora di un altro po' la sedia al letto. Posa il telefono sul bordo del materasso.

Può parlare? No, non risponda. Eviti sforzi, potrebbero riaprire la ferita. Parlerò io. Vede, Richard, ci sono due cose che lei dovrebbe sapere: la prima è che io sono un poliziotto e la seconda è che so che si è fatto tutto questo da solo. Si è tagliato la gola e ha provato a sfondarsi la testa. Quello che mi chiedevo è con cosa si è colpito. Ho scommesso col mio amico Roddy qui presente che ha usato un martello. Ho puntato dieci sterline, non tanto, mi rendo conto, un dettaglio minore, insignificante a dirla tutta, vista la portata di questa faccenda. Speravo tuttavia che lei potesse chiarirci questo piccolo dubbio in modo da chiudere la partita.

Richard Redhead guarda i due uomini a turno.

Brindle si china verso di lui.

Non è obbligato a rispondere nemmeno a questo. C'è però un'altra domanda che mi tocca farle e devo avvertirla che la risposta potrebbe determinare il suo destino.

Redhead alza una mano e si indica la gola, quindi scuote piano la testa.

Brindle si alza sporgendosi su di lui.

Cosa?

Richard Redhead sussurra una parola.

Destino?

Sì, risponde Brindle. In altre parole, se deve essere incriminato o internato.

Redhead spalanca gli occhi.

Già. Diverse donne sono rimaste ferite, una con esito mortale, in seguito ad aggressioni simulate. In città è scoppiato un putiferio. Sono state interrogate persone innocenti. I media hanno parlato di un assalitore seriale. Quindi la mia domanda è: perché? Perché si è fatto questo?

Richard Redhead deglutisce una volta. Poi un'altra. L'attimo di silenzio si prolunga e quando l'uomo si decide infine a parlare, lo fa con un filo di voce.

Non lo so.

Non lo sa? ripete Brindle, alzando il tono. Si volta verso Mace, incredulo, poi torna a guardare Redhead.

Cosa l'ha spinta? Fama, denaro, solitudine, follia, gelosia, noia? Ci deve essere un motivo.

Devono trascorrere altri lunghi secondi perché Redhead dia una risposta. La voce è così bassa che la parola si perde sulle labbra.

Brindle si allunga di nuovo.

Deve parlare più forte, Richard. Ripeta. Aspetti, me lo sussurri all'orecchio.

Attenzione, dice l'uomo con un lamento esile e rauco.

Brindle si volta verso Mace e solleva un sopracciglio, poi, sempre proteso su Richard Redhead, torna a guardarlo.

Si è tagliato per avere attenzione?

L'uomo sbatte le palpebre. Annuisce con gli occhi. Poi parla di nuovo, la sua voce è più chiara adesso.

Loro l'hanno avuta.

Deglutisce e poi prosegue.

L'hanno avuta e la volevo anch'io.

Dunque lo ammette? ribatte seccamente Brindle e proprio in quel momento Mace vede una goccia di saliva del poliziotto finire sul viso di Redhead, che annuisce.

Lo dica allora, insiste Brindle. Dica che è stato lei a farsi questo, così da toglierci ogni dubbio. Lo ammetta, Richard. Lo dica.

Redhead lo fissa per un attimo, prima di parlare, sempre bisbigliando.

Sono stato io a farmi questo.

Più forte.

Sono stato io a farmi questo, ripete Redhead, sforzandosi di alzare la voce.

Mace ha l'impressione di cogliere un sogghigno nel volto di quell'uomo.

Tutto qui? dice Brindle, ormai incapace di contenere la rabbia. Tutto qui, cazzo?

Richard Redhead si inumidisce le labbra secche. Deglutisce ancora una volta. E poi parla.

È tutto, dice.

Brindle prende il telefono e interrompe la registrazione.

È seduto al grande tavolo della cucina, un tavolo che ha costruito da sé con legno di recupero e il cui piano è butterato da nodi e crepe. La stufa è spenta e non viene accesa da giorni. Al suo interno ci sono soltanto i resti carbonizzati di due o tre ciocchi adagiati su un grigio letto di cenere.

Austin Thornby resta a lungo immobile. Se ne sta seduto finché la notte non lo avvolge e la stanza diventa buia e fredda, anche se lui quasi non se ne accorge. Non sente nemmeno i rumori che ogni tanto riecheggiano nell'aia, i movimenti delle mucche nella stalla, lo sgomitare delle pecore che ha riportato dentro per l'ultima volta stasera.

Per il resto, il silenzio è assoluto nella brughiera. Fuori dalla finestra, in questi momenti immobili, ci sono soltanto sagome fosche e inerti, blu scuro o nere, i cubi e i triangoli dei fabbricati e dei veicoli stagliati contro un cielo che non ospita stelle, un cielo senza luna, perché le fondamenta della fattoria Slackholme affondano nelle nuvole e la nebbia oscura il campo visivo, come spesso accade da moltissimi anni.

Thornby tiene i piedi piantati su un vecchio tappeto steso su un pavimento di pietra ancora più vecchio.

È rimasta soltanto questa stanza.

Le mani di Thornby poggiano come oggetti inutili sul vecchio tavolo di legno che il passare del tempo ha deformato, un mobile sbilenco, poggiato a sua volta su una pietra fredda e indifferente.

Non rimane altro che questa stanza ormai.

Il pensiero che quelle lastre di pietra lo colleghino ai tanti secoli trascorsi e alle persone che hanno lavorato questa terra per generazioni prima di lui, e che in questa terra riposano, non gli è di nessun conforto.

È pervaso soltanto dalla certezza di quel che accadrà tra poco. La pietra sotto i suoi piedi lo esorta ad agire. Perciò Austin Thornby spinge indietro la sedia e si alza. Ora sente il freddo nelle articolazioni, nelle ginocchia martoriate dai campi ghiacciati e pieni di buche, nei gomiti che hanno caricato migliaia di balle di fieno sui rimorchi. Lo sente nelle due dita rotte che sono rimaste storte e mentre esce dalla cucina e sale le scale due gradini alla volta, sente il dolore al collo che gli dà il mal di testa dalla fine dell'estate. Allunga un braccio sotto il letto e prende il fucile. Non ha bisogno di accendere la luce per trovarlo.

Il fucile è lì da quando gli era ancora permesso di condividere il letto coniugale. Sulla canna ci sono batuffoli di polvere e qualche capello. Tempo fa hanno approvato una legge che impone di tenere le armi da fuoco in appositi armadietti muniti di serratura e lui ha sempre pensato di costruirne uno, magari di mogano tinto, ma c'erano sempre compiti più urgenti e meno frivoli cui dare la precedenza. Ormai non ha più importanza.

Tiene le munizioni in una scatola in fondo all'armadio. Nemmeno in questo caso ha bisogno di accendere la luce.

Solleva il coperchio, lo getta via ed estrae due cartucce. Piega la canna del fucile. Lo scatto del metallo risuona nel silenzio glaciale della notte. Infila le cartucce senza problemi. Il bordo smussato dell'incamiciatura aderisce alla perfezione.

Chiude l'arma, si gira e scende di sotto.

Torna in cucina. Al tavolo e alla sedia, al legno deformato e alla gelida pietra del pavimento.

Non c'è altro da dire o da fare, nemmeno da pensare, per cui Austin Thornby si siede e ruota il fucile in modo da accostare l'estremità della canna alla bocca. Sente il metallo sullo smalto dei denti, è freddo come un gelato e un brivido gli corre dall'osso ricurvo della mandibola fino al cranio, accentuando il dolore al collo e alle tempie.

Chiude gli occhi.

Pensa al silenzio, a sua moglie, ai figli che non hanno avuto e preme il grilletto.

Non succede nulla.

Il grilletto è bloccato.

Inspira, sente il sapore del metallo e della polvere nella bocca. Avvolge il grilletto con l'indice e preme di nuovo, ma anche stavolta niente.

Imprecando, Austin Thornby posa il calcio del fucile sul pavimento. Afferra la canna con una mano e si china in avanti, fissando lo sguardo nel nulla. Poi, con tutta la forza che ha nel braccio, scaglia l'arma dal lato opposto della stanza. Il fucile rimbalza, manda in frantumi qualcosa tra le ombre della cucina. Una tazza, forse. Un piatto sporco.

Esce dalla porta sul retro. Attraversa l'aia, tra le pozzanghere e le buche che si ripromette di riparare da una vita. Anche l'aria frizzante che gli brucia il petto sa di metallo. C'è agitazione nel fienile. Sente muggire.

Si serve di una vecchia torcia a dinamo per rovistare tra le cianfrusaglie che ha accumulato per anni nell'officina. Fa un gran rumore, sposta stracci, chiavi inglesi, tappi per pozzetti di scarico, spago, pinze arrugginite, scalpelli, punte di trapano. Trova la tanica, sa che è ancora quasi piena perché l'ha usata per fare il pieno alla motosega all'inizio di settembre, prima che le foglie e anche la sua vita ingiallissero.

Svita il tappo e inala; è ancora il suo odore preferito. Insieme al creosoto e allo sterco di vacca e a un profumo francese che sua moglie Kaye si metteva un tempo.

C'è un accendino nel cassetto.

Riattraversa l'aia.

La legnaia è asciutta e il buio gli risparmia la vista delle macchie sul pavimento. Intorno a lui sono accatastati i ciocchi che dovevano servire per riscaldare la casa quest'inverno.

Austin Thornby svuota la tanica sui tronchi. Bagna di benzina anche il cavalletto su cui era riversa la moglie ormai dissanguata e poi la pila più piccola di ramoscelli e infine se stesso. Si inzuppa dalla testa ai piedi. È fredda e oleosa. Inspira quell'odore inebriante.

Dà un colpo alla rotella dell'accendino, basta una sola scintilla. Non serve altro. Il fuoco lo agguanta e lo avvolge. Lo bacia con un lampo sfavillante. Lo incendia.

Lo sente intorno a sé, sente le fiamme alzarsi a poco a poco e poi divampare. Raggiungono la catasta di legna, attaccano il capanno. Brucia tutto, lui e il resto. Il rumore è assordante. Il dolore indicibile.

Quel che resta dei ciocchi arde nella stufa e proietta nella barca le ombre dei due uomini che cercano di scaldarsi. Sono seduti vicino al fuoco, uno accanto all'altro, quando Brindle si volta verso Mace, con la voglia che spicca sulla pelle pallida della guancia e lo sfarfallio delle fiamme che scemano riflesso negli occhiali.

Sono stanco, dice il giornalista. E non so come raccontare questa storia, da dove partire.

Dall'inizio, replica Brindle. È un'ottima storia.

Le sagome nere proiettate dai due uomini si allungano, si ritraggono e si sovrappongono mentre gli ultimi bagliori del fuoco si affievoliscono fino a estinguersi quando il ciocco più grande collassa, unendosi al mucchio di braci ancora fumanti.

Per tornare a quello che hai detto prima.

Riguardo a cosa?

Brindle non risponde subito. Aspetta un bel po' prima di parlare.

Sulla solitudine. Sulla quieta disperazione.

Sì?

Va bene, lo ammetto.

Sei umano anche tu allora, ironizza Mace.

Brindle sembra offeso.

Certo che lo sono. Perché dici così?

Fuori, la temperatura è scesa ben al di sotto dello zero e la superficie del canale si va indurendo intorno alla barca, intorno a loro. Mace avverte la morsa del ghiaccio in formazione. Il bollitore gorgoglia sul fornello.

Allunga un braccio e cerca di ravvivare il poco fuoco rimasto con l'attizzatoio, poi prende una coperta di lana e un maglione e li passa a Brindle. Resta sorpreso nel vedere il poliziotto infilarsi subito il maglione senza chiedergli in tono sarcastico se non sia il caso di disinfettarlo.

Quando riprende a parlare, il vapore del suo respiro gli si addensa davanti alla bocca.

Ti vedi con qualcuno?

La domanda sembra confondere Brindle, che gli lancia un breve sguardo prima di tornare a contemplare il fuoco.

Mi vedo in che senso?

C'è qualcuno nella tua vita?

Brindle sposta gli occhi altrove. Guarda i piatti nel lavello, il cesto con i pochi ciocchi rimasti, i barattoli allineati sulle mensole, la bottiglia vuota, la citazione incisa lungo la trave centrale: *Di una lepre prenderò i panni / Insieme al dolore e ai tanti affanni / E in nome del Diavolo mi presenterò / Quando a casa tornerò.*

L'ispettore sembra quasi sparire in quel maglione troppo grande per lui.

Qualcuno?

Smettila, hai capito bene, risponde Mace con calma. Senti, perché non ammetti che sei qui per altri motivi, a parte il lavoro, a parte questo caso? Non avevi nessuno bisogno di venire qui, in realtà. Sei venuto perché volevi venire.

Si è fatto tardi.

Brindle si china verso l'attizzatoio, ma Mace allunga un braccio e gli afferra il polso, glielo avvolge tra le dita, lo sente accelerare, come se avesse un insetto intrappolato sotto la pelle.

Resta, dice. Se ti va.

Cosa?

Resta, se ti va.

Brindle si guarda attorno un'altra volta. Posa gli occhi ovunque, tranne che su Mace.

Dove?

Dove, secondo te?

Cala il silenzio. Poi è ancora Mace a parlare, con una voce che è quasi un sussurro.

Non è un delitto ammettere di avere bisogno di un altro essere umano.

Brindle lo guarda. Lo fissa. Mace vede le braci riflesse nei suoi occhiali. La sua voglia rosso scuro, che sembra avere vita propria, una sua bellezza.

Almeno questo non è un delitto, insiste.

Poi sentono le sirene.

Per la prima volta dopo svariate settimane il cielo è terso, senza una nuvola e pieno di stelle, ognuna è la sfolgorante conclusione di un viaggio. Ma poche persone sono sveglie a quest'ora.

Non piove e la nebbia si è dissolta nel nulla, lasciando la valle nuda ed esposta. In balia degli elementi dell'Europa settentrionale, mentre la temperatura precipita.

Nei rispettivi letti in città e dintorni, Bob Blackstone, Abrar Sharma e Malcolm Askew si arrendono al sonno sotto i piumoni. Rosie Kemp e Alice Wagstaff si tengono strette tra le braccia, mentre sul pendio della collina, nel profondo del bosco, Tony Garner rabbrividisce per il freddo e si avvinghia al piccolo corpo di Earl, rannicchiato per condividere col padrone il poco calore rimasto. Nell'appartamento devastato di Garner, Raymond Pope si addormenta sul divano a brandelli, con uno spinello ancora acceso in mano e la cenere ardente che scava nella gommapiuma piccoli buchi neri da cui si leva un odore pungente. Ha infilato in una borsa i pochi oggetti dell'amico che è riuscito a recuperare con l'intento di rivenderli. Una pila di CD, scatolette di cibo per cani, pentole e padelle, diverse bobine di filo da pesca.

Roddy Mace viene svegliato dal russare tenue di James Brindle e, nel blu intenso dell'alba autunnale, vede accanto a sé la schiena nuda del poliziotto, il bianco della sua pelle tesa. Ha dormito solo un'ora o due, ma per una volta non gli sembra di emergere da sogni bui o di essere inchiodato al letto dall'ansia come una farfalla nella vetrina di un museo, anche se non ha mai fatto così freddo all'interno della sua barca. Dopo aver tirato le coperte affinché Brindle stia al caldo, sguscia fuori dal letto senza far rumore. Indossa i pantaloni, la maglietta, il maglione e le calze. Il cappello e la sciarpa.

Quando scosta le tende vede che il canale è ghiacciato, una rete di crepe e fessure attraversa la superficie indurita, in cui sono rimasti intrappolati ramoscelli, piccole mele selvatiche e una lattina di birra. Resteranno lì finché il sole non li libererà.

Sulla sponda opposta, gli alberi e i cespugli sono imbiancati dal gelo, che ha decorato ogni ramo di minuscoli aghi lucenti. L'intero paesaggio sembra animato e più definito nei suoi contorni, ma è al tempo stesso ridotto a una miriade di punti cristallini, come sconquassato da un'esplosione.

La gelata è sopraggiunta mentre loro dormivano, accostati l'uno all'altro, uniti. È una versione incantata dei Pennini, un miracolo di questo cambio di stagione inatteso.

Sorpresa dalla nuova solidità del corso d'acqua, un'anatra atterra scivolando sul ghiaccio. Traballa per qualche istante prima di ritrovare l'equilibrio. Nella penombra, Mace riaccende il fuoco e resta lì a scaldarsi per un po'.

Il suo telefono è in carica. Dà un'occhiata allo schermo, ci sono due notifiche. Un'email con un allegato e un messaggio. L'email è di Jenny Thank-You:

*Ho saputo degli sviluppi. È terribile.*
*Come promesso, ecco il demo di cui le parlavo.*
*I paralleli storici sono impressionanti.*
*La prego di non condividerlo.*
*J T-Y. x*

Il messaggio è di Rosie Kemp e dice semplicemente: *Incendio da Thornby.*

Apre l'allegato di Jenny Thank-You. È un un MP3, un brano musicale dalle sonorità strane e stordenti, la melodia segue un ritmo sinuoso che disorienta e impressiona. La strumentazione è scarsa e arcaica, con una varietà di oggetti che vengono colpiti o scossi producendo un tappeto di rumori secchi in sottofondo. L'etereo falsetto di Jenny Thank-You si adagia su tutto ciò e fa da contrappunto a una voce maschile, gutturale e demoniaca.

I testi raccontano con dettagli raccapriccianti una serie di brutali assalti nelle piccole strade buie di una città *soffocata dal fumo*, dove *brulicano le forze del male* mentre una guerra *si cela dietro un orizzonte contorto*. Il brano fa il suo effetto anche ascoltato così, con il misero altoparlante del telefono. Da molto tempo Mace non si imbatteva in qualcosa di tanto inquietante. Non assomiglia a niente.

Mace ravviva il fuoco e aggiunge altri ciocchi. Sempre accompagnato dalla musica, va al lavello, riempie d'acqua il bollitore e lo mette sulla fiamma blu del fornello. Apre i portelli che danno sul ponte e si affaccia fuori. A quest'ora l'aria è una lama, così fredda da scottarti la pelle. È quel momento di incertezza sospeso tra la notte e il giorno, in cui l'oscurità non ha ancora lasciato il posto alla luce ma non sembra più maligna o eterna. Mace si rolla un'ultima sigaretta con le briciole di tabacco secco raschiate sul fondo della busta che ha pescato nel cassetto, se l'accende e osserva il fiato mescolarsi al fumo, a ogni tiro segue un nastro grigio che sembra ristagnare in eterno nell'aria gelida. Fa respiri profondi, sente in bocca il sapore della valle.

Al termine del brano, spegne il telefono. Poi lo prende di nuovo e lo mette in fondo a un cassetto, sotto degli asciugamani, e accende il portatile.

L'acqua calda gorgoglia nel bollitore quando torna sottocoperta e trova Brindle seduto sul letto con il piumone tirato fino al mento e un'espressione di vago sconcerto. Sembra diverso senza occhiali, pensa Mace. Più attraente. Più classico, in un certo senso. Brindle sbadiglia e Mace lo imita.

Dovresti provare le lenti a contatto, dice.
Cosa?
Niente.
Mace prepara i tè. Earl Grey per l'ispettore, Yorkshire forte e scuro per lui.
Ci sono delle bustine nella mia tasca, lo informa Brindle.
Mace ne solleva una. La agita.
Lo so. Mi sono preso la libertà di servirmi da solo.
Brindle sbadiglia di nuovo e si strofina un occhio con una nocca. Mace immerge le bustine e poi, girandosi per esser sicuro che Brindle non lo veda, le tira fuori dall'acqua con una biro.
È presto, dice Brindle. È ancora buio. Cosa fai? Lavori?
Mace gli passa una tazza e si siede sul bordo del letto.
Sì. Ho un articolo da scrivere. Come va il doposbronza?
Brindle non risponde. Beve un sorso di tè. Gli brucia la bocca.
Presto arriverà l'inverno.
Arriverà presto, sì.

# Ringraziamenti

Il caso dello Squarciatore di Halifax non è un'invenzione. Lo studio più completo e dettagliato cui ho fatto riferimento per comprenderne il profilo è l'articolo di Tim Chapman, *Haunts of the Halifax Slasher. A walk through hysteria and violence in a Pennine milltown*, comparso su «Strange Attractor Journal», volume 2, aprile 2005. Anche *Weird Calderdale* di Paul Weatherhead (Tom Bell Publishing, 2004) e la rivista «Northern Earth», a cura di John Billingsley, sono state utili fonti di informazioni sul caso e sulla zona. I miei ringraziamenti e la mia gratitudine vanno alla mia agente Jessica Woollard, ad Alice Howe, Clare Israel e tutta la David Higham Associates. A Claire Malcolm e la New Writing North. Ad Andrea Murphy e la Moth. Al mio editor, Will Atkins. A Jenn Ashworth, Jake Arnott e Niall Griffiths per il loro incoraggiamento. Un grazie ai librai di tutto il mondo.

Agli amici. Alla famiglia.

E soprattutto a mia moglie, Adelle Stripe.

Varianti

Benjamin Myers

# Blu come te

Romanzo

Nel cuore dell'inverno innevato, in un piccolo paese dello Yorkshire, la giovane Melanie Muncy scompare. La polizia manda a investigare il suo uomo migliore, il detective Jim Brindle: ossessivo, taciturno, solitario, nessuno è più implacabile di lui nel perseguire la verità. Anche Roddy Mace, in forze al giornale locale dopo aver sacrificato un'importante carriera da reporter a Londra, è interessato al caso, che potrebbe offrirgli un'occasione di riscatto.
Ma non è semplice condurre un'indagine all'interno di una comunità estremamente riservata, dove sono in troppi a vivere esistenze nascoste. Come Steven Rutter che, solo e indigente, abita in una casa isolata da tutti, conosce la brughiera circostante come nessun altro, e protegge segreti sconvolgenti anche per lo scafato detective.
Soltanto l'ostinazione di Brindle e Mace finirà per scuotere l'assetto della comunità e rivelare verità insospettabili.
Benjamin Myers, con un intreccio noir mozzafiato ambientato in luoghi densi di atmosfera, accompagna il lettore in un tour de force avvincente e spaventoso, confermandosi, dopo il successo di *All'orizzonte*, tra gli scrittori più bravi ed eclettici della narrativa inglese contemporanea.

Bollati Boringhieri